向单
XIANGDAN
著

爱的迷惘

北京出版集团
北京出版社

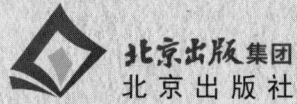

图书在版编目（CIP）数据

爱的迷惘 / 向单著. -- 北京：北京出版社，2024.9

ISBN 978-7-200-18448-8

Ⅰ. ①爱… Ⅱ. ①向… Ⅲ. ①长篇小说—中国—当代 Ⅳ. ① I247.5

中国国家版本馆 CIP 数据核字（2024）第 030594 号

责任编辑：占　琴　陈业莹
责任印制：张鹏冲
封面设计：人文在线

爱的迷惘
AI DE MIWANG

向 单 著

出　　版	北京出版集团
	北京出版社
地　　址	北京北三环中路 6 号
邮　　编	100120
网　　址	www.bph.com.cn
总 发 行	北京出版集团
经　　销	新华书店
印　　刷	三河市龙大印装有限公司
开　　本	710 毫米 ×1000 毫米　1/16
印　　张	16.25
字　　数	195 千字
版印次	2025 年 4 月第 1 版第 1 次印刷
书　　号	ISBN 978-7-200-18448-8
定　　价	68.00 元

如有印装质量问题，由本社负责调换
质量监督电话　010-58572772　58572393

感谢我所有的朋友们，没有你们就不会有这本书。

也感谢唯一做不了朋友的人，没有你就不会有写出这本书的我。

/ 目录 /
CONTENTS

夜

第一章　梦日记 ……………………… / 3

第二章　无我相 ……………………… / 8

第三章　遇蝉 ………………………… / 18

第四章　夜火 ………………………… / 25

第五章　孔明灯 ……………………… / 36

第六章　爱别离 ……………………… / 47

第七章　皎梦 ………………………… / 63

语

第八章　云开 …………………… / 77

第九章　青程 …………………… / 89

第十章　夏之旅 ………………… / 102

第十一章　对空言说 …………… / 115

第十二章　愿忘 ………………… / 134

昼

第十三章　冬之梦 ……………… / 153

第十四章　春雪 ………………… / 170

第十五章　随想 ………………… / 190

第十六章　罪的杰作 …………… / 204

第十七章　惜鳟空 ……………… / 226

最终章　再见了 ………………… / 239

夜

第一章 梦日记

醒来。

一个暮春的午后。

高海源静静地躺在昏暗的廉价出租屋单间里。他那双炯炯有神的眼睛，不知疲倦地盯着空无一物的天花板。

说空无一物并不准确，天花板上随处可见瘀斑和细裂，那是长年累月未经彻底打扫所留下的痕迹。即使是在这个执拗躲闪着日光的小屋中，依稀可以在薄明的黑暗中发现它们的古怪纹路。

大致是正中央的位置，孤零零悬着一只光秃秃的LED灯泡。那是他搬来这里近两年的时日里，唯一更换过的电器。他特意挑选出一只凛白明亮的灯泡换上。一旦按下开关，顷刻间，就能在这里的任何角落洒满人造的清辉。

不过此刻的高海源并没有伸手按下开关的心思，他正深深浸淫在梦方醒的奇妙时刻。

这是一场平淡的梦。然而，正是由于它太过于平平无奇，反而引发了一种奇妙的新鲜感和错乱感。梦里的一切都自然而然地出现了，并以着丝毫都不违背物理规律或理性原则的方式无波无澜地延伸着……直到梦醒时分，他才发现自己正身处这个小屋里。

他细细品味着梦醒的那个瞬间：

那就像是一个断崖，崖上和崖下是截然不同的两个世界。两个纵使都是平坦无澜、毫无意义可言的世界，却为何还要粗暴地隔绝开来？让两处的人们只得相望而不能相逢？又是什么样的存在，基于什么力量和理由，把正处在彼岸的我转瞬就送来了此岸，让我永世不得不在这边留驻？更重要的是，我究竟是怎么确知彼岸是梦而此岸是现实的？是因为醒来时是在床上这一个简单的常识吗？那么我又为什么一定觉得自己不会做一个在床上做梦的梦呢？

在他这漫无边际的思绪肆意蔓延，直至即将吞没一切现实的牢固基础之时，一个从未曾想到过的念头冷不丁地窜进了他的脑海：

难道说，我不愿意接受那个世界才是现实，仅仅是因为——在那个世界里，没有她的身影……

高海源不愿再深想下去，立即伸手按下了灯的开关。

明亮的灯光旋即驱散了一切荫翳，让那些瘀斑和细裂统统隐没在了光的盛筵中。

他胡乱洗了一把脸，穿上鞋便冲出门，向学校走去。

已经过了规定的上班时间很久。不过，在这样一所普通高中任教的好处之一便是，只要在规定的时间里把自己所教的课程上好，其他课后时间，教师还是能够享有一定的支配自由。高海源这天的课已在上午上完，下午只需要做一些简单的课后工作，譬如改作业、备课即可。没有多么紧迫。

雨后方晴，眼前的一切显得清洁而生动。

脚踩在路面浅浅的积水湾上，干脆的"啪嗒"水声和数片立即漂散开的濡湿桃花瓣在他心中激起一阵清澈明快的涟漪。

他条件反射般地抬起头，望向一条岔路，是期待在路的尽头瞥见那个熟悉的身影吗？他不敢确定。只是在那阵依然荡漾着的涟漪中，觉察到了一丝遥远的痛楚。

很快就到了办公室。为数不多的几个没课的同事都在埋头干自己的工作。高海源识趣地没有打扰他们，静静走向自己的工位。落座之前，他特意看了一眼身后那个空着的工位。

那是林筱晴的座位。虽然他们一起共事了很久，但直到最近，机缘巧合，聊到了双方都感兴趣的话题，两人才互加了微信，称得上是成了朋友。

座位的主人没有来了的痕迹。

这种有些许迟滞的空洞感是什么呢？是微弱到连愿望都称不上的念想，无意外地失落后幽薄到连失望都称不上的情感微澜吗？

落座后也没有什么心情立马开始工作，暂且放空一下，却不自觉地回忆起了今天晌午：

连着上完了三节课，有一些疲乏。于是趴在桌上打算先缓口气再回屋午休。

眼皮不住地打架，不一会儿就合上了。

意识逐渐远去，不过我没有挣扎什么，兴许会有个美梦即将到来呢？……

"哒哒"，桌上毫无征兆地传来两声轻快的指节轻叩声，我立刻警醒。睁开双眼，坐起来环视寻找这声响的来源。

身边既没有前来视察工作的校领导，也没有来问问题的学生。

只看见你已经走到了办公室逆着光敞开的门口。

爱的迷惘

　　你小巧的面庞看向刚刚惊醒的我，对视的一刹，你在光的影子里绽开了恶作剧的微笑。

　　我心领神会，追了出去。

　　我们边走边聊。果不其然，你也是已经上完了一天的课。想要早点儿回家，不过又不太好意思一个人早退。于是便想拉上正在办公室里呼呼大睡的我来垫背。

　　真有意思。

　　我们一起并肩走出校门，无所事事地聊着先前未说完的一些无聊话题。无非是我辞职之后的打算，还有你的一些想法和爱好。

　　四月的正午，阳光明媚。人行道旁的桃树开满了桃花。纷飞的花瓣在我们的眼前飘过。

　　很快，走到了那个岔路口，我们要去往不同的方向。

　　我跟你挥手告别，你浅浅地说了句："下午见。"脸上依然是恶作剧式的微笑。

高海源再次看向那扇依旧敞开在逆光中的办公室大门，没有人进来。

　　为了避免失落感进一步扩大，他决心工作起来。不过他不打算继续那些早已计划逃离的日常工作。他拿出纸笔，着手记录下午睡时做的那个快要被遗忘的梦：

　　下了一夜的雨早上依然没有减弱的趋势，就像是在预示着一场绵延不绝的梦。

　　上完今日的课吃过午饭，本想躺在床上看看新近资讯，没料到精神的困顿较之身体的疲乏来得更快。几乎刚要沾上枕头，就已经陷入了沉沉的睡眠。

我做了一个梦，说是梦也许并不准确。因为这场梦异样的明晰和真切，既不是美梦也不是噩梦。在熟悉的场景遇见熟悉的人，用熟悉的语调说着熟悉的话。发生着完全不出乎意料的事。有欣喜也有失落，有过程也有结果。窗外依然是停不下来的雨。似乎连其他梦境中最跳脱不定的时间，也在老老实实地遵循着物理世界的法则。

　　唯一能将它与现实世界区隔开来的只有记忆。当我在被窝中醒来时，那些坚固的记忆立刻不受控制地向梦境世界发起了无情的指控，一一驳斥着梦中每一件事的真实性。

　　我望着斑驳的天花板，就像一个审理着不愿接手的案件的无聊法官，恍惚地听着刻薄控方的指控词，最后毫无疑义地为之判决应得的胜利。不过，胜利者却始终没有说出我最想听到的话。那就是，它较之漫长梦境更好的佐证词。

　　如此，只是让我有些觉得好笑罢了。

　　我出门继续今天未完的工作。雨已经停了，太阳似乎在遥远的天边穿破了厚重的积雨云。我依然在思考着——梦究竟是现实的描摹，抑或现实不过是梦的绵延。

写罢，合上笔帽。又认真地读了几遍。
此刻，他正尽情地享受着写作这份孤独的快乐。

夜　第一章　梦日记

第二章　无我相[①]

事件的发生，有什么必然如此的原因，或是有什么必定会通往的结果吗？

高海源已经不是第一次思考这类问题了。

如果说小说中出场的人物、身处的场景、发生的事件都无一例外地有所含义，好像也确实如此。

无论是那些推动故事发展的情节，亦即故事的构成；或是情节之外，作者加以罗列和描述的事物，即故事的点缀，全都无一不包蕴着深邃辽远的巧思。在故事发生到必要时刻，自然化身成为线索，打开通往结局的唯一通路。也有可能是当意料之外的结局骤然降临，读者和剧中人一样手足无措时，回首那些种种，才恍然大悟于一切其实早已包藏于所有细致的描写和精挑细选的生动意象中。

但是，生活为什么不能也是如此呢？

那些纷乱的日常、杂沓的事物，总是昼夜不息地涌来。

[①] 取自《金刚般若波罗蜜经》："无我相，无人相，无众生相，无寿者相。"

无数难以臆测的梦、无比陌生的人、一次次以不同姿态现身的熟悉景物：学生们不知所谓的喧闹、同事的小孩在办公室里兴奋地呓语、永远需要备好的下一节课……钢笔、墨水瓶、方桌、笔筒、记事本……它们为什么会在此时此刻出现在这里？它们在台灯下黯淡的影子里究竟潜藏着哪些拒绝被窥知一二的秘密？

他总是无处可逃地被裹挟进无意义的洪流里，任其浮沉。他不愿如此，于是拼命挣扎。但是这挣扎又能有怎样的效果呢？他在浊流中竭力睁开双眼，也无法让目光穿越它们，找寻到那兴许根本就不存在的源头，更无从得知这股洪流会把他带去何方。

慌乱挣扎之际，他扑腾的手抓住了一缕水草，那是名为记忆的水草。

来不及多想，他紧紧抓住这救命的稻草。顷刻，他发现这看似柔弱的水草竟然连成了一片，通向幽邃的深处。

那是很久远的过去了。

久远到自己的面容都淡忘，久远到对彼时的追忆都不得不蒙上一层滤镜。在那满布噪点，确实已无法再次寻见的场景中；在一张张已然褪色到难以辨认的脸庞上，挂着严肃又惊讶的表情，无一不怀着激动的声音称赞着他的聪颖。在那个甚至无法准确理解"聪明"这一词语含义的年纪，他总是沉默地倾听着长辈们对自己未来五彩斑斓的勾勒。在原本一无所有的贫瘠土壤上，静静地种下一颗颗黄金树种子，并将那一棵棵黄金树顶天立地的幻象牢牢地铭刻于心。就这样，他有生以来第一次品尝到了一种难以言喻的快乐。那是在川流不息的冷漠人潮中，终于看见了一个独一无二的"自己"的快乐。

那个"自己"，不同于周遭来去匆匆的一切，执着地矗立在那里。张开双臂，熠熠生辉。于是他不顾一切地向那里奔去。

那也是抛下所有，拼命奔跑的纯粹快乐。

他在这份快乐的滋养下成长，逐渐变得傲慢起来，变得目空一切，满不在乎。然而，矛盾的是，即便是这样的一个人，随着年岁渐长，也不得不痛苦地认识到，那些顶天立地的黄金树终究只能是幻象。现实既没有提供承载其重量的坚实土壤，自己也并无能够让其开枝散叶、茁壮成长的必要才华。

就算有再清晰的认识又能怎样呢？那些早已被他决然舍弃的东西，难道还能再寻得回来吗？

家人无条件地支持、学业上继续深造的机遇、轻易就能得到让旁人羡慕的稳定工作，还有朋友们一次又一次的宽容，甚至是青涩时代那些懵懵懂懂的爱慕。这些都无一例外地被他用作燔祭，只为照亮那个一味只藏身在氤氲中，名唤"自我"的迷梦。

他还清晰记得那一天。

高中时，他就读于家乡重点高中的重点班级，身边的同学们都堪称人杰。他们时常聚在一起，认真精确地规划未来的学业、工作、生活。这无疑是一群为了幸福生活而不懈奋斗的幸福之人。他总是看着他们，满怀幸福地看着不属于他的幸福。越是这样观看，他越是不得不发现，这些人的梦想、他者的祝福，无不与他所追寻的"自我"背道而驰。那个"自我"拒绝去模仿，拒绝被理解，拒绝自欺欺人。近在咫尺，远在天涯。

这是多么欣然却残酷的领悟！要么孤注一掷，把一切的一切都寄托在寻找这只属于他一人，独一无二的"自我"。这条路注定通向不可被理解分毫的孤独与骄傲。要么，走向由无数人一脚脚踏出的康庄大道，引导"自我"回归不知何时就那么走散了的"集体"的脚步，去拥抱平凡但安稳的幸福。

于是，那时的他第一次迷惘了。他不知道究竟应当何去何从，又无一人能够倾诉。他变得自暴自弃，天天迟到、上课睡觉、顶撞老师、漠视规则。也许是在暗自期待，"集体"可以抢先一步抛弃自己。不愿理解，不想治愈，这种想法维系着他彼时脆弱的健康。

成绩出来，不出意外的差劲。他被语文老师叫到走廊。他并不喜欢语文课，当然也能感受到老师同样不喜欢他。

　　他做好准备，准备迎来一顿劈头盖脸的痛骂。可是迎接他的只有一阵长久的沉默，沉默到教室里同学们的窃语变得格外刺耳，沉默到他不敢再直视老师看不透的目光。

　　"你将来一定能够成就一番大事，要去看别人看不见的风景。"

　　语文老师留下这样一句没头没尾的话后没再多说什么，转身返回了办公室。

　　独自一人被留在树影斑驳的走廊里，像是一个做了坏事被发现的孩子。他的心强烈地震颤着。他有很多的疑问，但他知道，这些问题他不应该去问别人。他决心自己去寻找答案，不仅仅是为了他自己。

　　这是他第一次确知，自己所肩负着的孤独的责任。

　　追忆，远比他先前所想的更为艰辛和苦涩。他端起桌上不知何时送过来的无糖馥芮白，啜饮了一口。原本应当温暖厚重的口感，已经变得冰凉无味。他这才注意到，过来时刚过正午，而现在，晚霞已经悄悄地晕染在远方的层云之上。

　　一连喝掉半杯，口渴感才缓缓退去。他摘掉眼镜，揉了揉太阳穴，顿时感受到一阵袭来的疲惫，于是他把举到一半的眼镜放在只有一杯咖啡的洁白小方桌上。

　　这是一家名为"空辞"的家庭咖啡店。他常常在休息日无所事事的时候，来这家小店一坐。三年前，他只身来到这座小城，想要随便找个清净的去处读书写作。于是便在软件推荐页面的最角落里，找到了这家似乎是无人问津的小店。或许更重要的是，这种不知所云的店名，对他天生有一种莫大的吸引力。

　　弯弯绕绕了小半天，才总算在茂密幽深的写字楼丛林里找到了这家小店的入口。点完咖啡，他立即就清楚了这家店冷清的原因。店主是一个不招人喜欢的中年男子，算不上邋遢，但绝对称得上是不修边幅。他坐在吧台里，侧对着门口，专注地玩着电脑。看到有客人走进来，也只是快速地用冷淡的目光瞟上一眼，用手指指吧台上的菜单，又专心地投入游戏的世界了。

直到点好咖啡，听到店主说"随便坐"，高海源一度怀疑店主是个哑巴，绷紧的心才随之稍稍放下。

他挑选了一个紧靠大落地窗的座位。窗外正对着X江转弯的地方。虽然离江面还有一点远，不过窗外直到江滩，都是一片开阔的空地。芳草萋萋，微澜泛波，日影迟迟。唯一与这和谐画面不相符的，就是店主电脑音响里聒噪的游戏声。

严格来说，声音开得也不算大。如有交谈时，这声音基本能够忽略不计，不过一旦安静下来，刀砍斧劈、魔力穿梭、怪物哀号的声音便一齐制止着任何沉默。

他看向店主的背影，时而专注沉稳，时而因激动而剧烈颤抖，丝毫没有起身去做咖啡的打算。直到一局游戏结束，他活动了一下久坐的腿脚和肩膀，走到水池旁，洗起了杯子。

听着战斗结束，由激昂转为悠长的BGM，高海源心想，"空辞"大概和"无语"是一个意思吧。

就是这么一家让人无语的小店，三年来成了他逃离无聊工作和昏暗出租屋的唯一去处。

无数次的前往，每一次店主都是从电脑前用同样冷冷的眼神瞟他一眼。不知从什么时候开始，连点完单后的"随便坐"也不会再说了。不过对他来说，无论何时去都能坐到靠窗的位置，想要安静思考就戴上耳机；一旦沉溺其中便可立刻摘下耳机，回到喧闹的日常中。再合适不过了。

不久前，他决心离开这座小城。

他当年不知为什么会前来，如今也不知道为什么会走。总之是时候要走了吧。他这样觉得。去下一个陌生的地方，遇见下一群陌生的人，从事下一个完全不一样的工作。当个海员怎么样？或许他天生适合做这个？

这时，他想起了"空辞"，如果说还有什么谈得上留念的，大概只剩下这里了。

三年来，他总是坐在同样的位置，看着店主同样的背影。畅想他充满惊奇与冒险的前半生：搏击风浪、登上雪峰、在丛林里驰骋、在星海中徜徉。在那里，真正激烈地爱过，也真正刻骨地痛过……不知不觉，店主的脸变成了他的脸，或是他的脸变成了店主的脸，没有什么区别。

所以，他想，哪怕最后一次也好，和店主聊聊。聊聊那个不知是什么的问题，得到那个不知是什么的答案。

当他站在吧台前，看着店主专注的眼神时，他迟疑了。荧幕里激烈变幻的光映照在他睁大的眼瞳里。他真的想要从这个甚至不知道名字的陌生男人口中得到什么样的答案吗？不着急，时间还很长，可以慢慢地想。

于是，他点了杯常喝的无糖馥芮白，坐在靠窗的位置。立刻开始了对自己并不算漫长经历的追忆。

熟悉的景物，穿过摘掉了眼镜的双眼，呈现出一种别开生面的安然气象。

碧空、夕照、白云，原本截然不同的色彩此刻以无比和谐的方式混合在一起，却又显得泾渭分明，保有着各自的全部神髓；X江以熟悉的曲率蜿蜒转向远方，在他的想象里，江面应当在夕阳的照耀下波光粼粼；无数路人因为看不清面庞，都显得熟悉而温情，就像是久未见面的家人，疏于联络的朋友，还有每天都只是事务性交流的同事。他们迈着坚定的步伐向着窗口走来，他的心随着这步伐的逼近越发激烈地脉动着，他时刻准备扬起手来，回应他们热情的招呼。

不出意料的，那些人在转过街角后就走远了。那些人自然不是

夜　第二章　无我相

他们。

夜幕已经降临，屋内的白炽灯更为清晰地映照在玻璃上。他终于看清了自己陌生的面孔。

接下来的追忆就会进入真正痛苦的部分了。高海源深知这一点。但事已至此，他只能深吸一口气，戴上厚厚的眼镜，直面记忆根底里的深渊。

那也是很久远的过去了。

久远到重要之人的面容都忘却；久远到每次翻看书柜里泛黄的旧照片，都会因无情的遗忘而彻夜悔恨过去。

照片里小小的他穿着一身墨绿色的小小军装，站在公园的大石头上，皱紧眉头看向镜头，伸手抱向身旁的微笑妇人。这是他的外婆。端详着照片，他总是有很多疑问。那个他小时候喜欢的墨绿色军装去哪里了？为什么他要紧锁眉头？为什么外婆要把他抱到石头上？那是在公园里的哪个角落拍下的照片？为什么外婆跟他记忆中的模样不甚相同？可是这些问题再也没有办法开口问了，身边的那个重要的人早已经不在了。

去外婆家，总会路过一家自行车店。店里陈列着一排排崭新的自行车。漆黑刚毅的轮毂、矫捷流畅的造型、灯光下闪烁的五彩烤漆，自行车的每个部分仿佛都积蓄着饱满的力量，安静等待着被选召后一举冲出桎梏的命运。这些吸引着懵懵懂懂的他，每一次路过都会驻足观看，牵着他小手的外婆从不会催促，总是陪着他一起慢慢地看。

有一天从车店出来，外婆忽然问他："长大后你想做什么？"从未想过这个问题的他支支吾吾起来，不知道该怎么回答。

"要去大城市看看，去看看我没见过的大海。"

年少的高海源点了点头，这是他的答案，也是外婆的答案。

十二岁生日那天，他收到了一个意料之外的大礼——他最喜欢的一辆紫红色山地车。那时的他只顾着沉浸在梦想成真的喜悦中，只顾着踩着脚踏、拨动挡杆，穿梭在各种崎岖的小路上，忘记了外婆的殷切期待。

他永远记得那一天。

那一天他和外婆发了脾气，发脾气的原因无从找到，也许是记忆出于保护他的机制无论如何也没办法回忆清楚，应该是一些鸡毛蒜皮的小事。他还记得临走时他义愤填膺恶狠狠地踢了一脚门槛，丢下一句"我再也不来你家了"。而后在外婆无可奈何的目光中，头也不回地走了。

不久后一天放学，爸爸像往常一样骑着摩托车来校门口接他。见面后，爸爸没有往日的笑颜，回避着他困惑的目光，忧戚地告诉他："外婆走了。"

他有一种从现实中被猛地抽离的漂浮感，不禁脱口问道："谁的外婆？走去哪里了？"父亲没有回答他的这些幼稚的问题。冷冰冰的理智却立刻解答了他的所有疑惑。

那是他第一次如此痛恨自己的理智。

父亲载着他来到殡仪馆。一间不大的告别室里挤满了等候许久的亲人们，流露着他从未见过的神色。他无心细细观察，匆忙地找起那张他唯一真切期盼的面庞。

直到一直在哭的母亲终于平静下来，问他想不想再看一眼外婆，他才察觉到此时此刻所有的寻找都不过是徒劳。

他陪着母亲，或是母亲陪着他。已经不重要了。他们一起来到屋子最里侧端正摆放的一副黑棺前。

看到那张平静脸庞的刹那，母亲的眼泪又止不住地迸发出来。不过他没有哭。他只是觉得陌生，那绝不是上一次他恶言相向的外婆。他拒绝被灌输任何相信。

很多的时日已经过去了，有十五年了吧。事到如今，高海源不得不承认，即使一切都是毫无意义、毫无规律可循的洪流、也只有"死"才是唯一的真实，是无可回避的真实，是不在场而无处不在的真实，是任何人的愿望与意志都无法动摇分毫的真实。

外婆的死与和他的争吵毫无干系。外婆是因常年的重度哮喘在睡梦中发作，窒息去世的。即便知道这些，又能怎样呢？

那些没有说完的话，没有来得及道的歉，还有没有看见的海，又要为谁去倾诉呢？

有一次，他在梦中惊醒，是一个窒息的梦。他想象着外婆在窒息前与他是否做着同样的梦。在梦里窒息而死的是他不是外婆，醒来后他因为自己的过度健康而愧疚不已。

回首看来，这十五年仿佛就像做了一场大梦，他甚至说不清这场梦到底是漫长还是短暂。如果说是短暂的话，怎么会连那么重要的面容都记不清楚；如果说是漫长的话，那份久远的痛楚又怎么会如此清晰明澈、历历在目。

所以，是时候要走了。

无论是出于责任、愧疚、还是梦想，还是仅仅是为了觅得一处合适的死地，都无所谓了。

今年的盛夏时节，他带的这一届学生就会去参加高考，每个人都会不约而同地走完人生的这一段小小的旅程。离开这座小城，去往下一个还没有想过的地方，遇见下一群还不认识的人，开启一段崭新的故事。他也要这样，去往下一个离海更近的地方。

深沉的夜幕笼罩着整座城市，X江也在浓重的黑暗中隐去了身形，只有那奔涌不息的滔滔水声在他的脑海中怒鸣。

江畔前空地上的杂草已经除尽，平整好的地基上尚未搭建成型的脚手架亮起了盏盏昏暗的灯。不久之后就会有一座高楼拔地而起，耸立在这里。

店主依然在聚精会神地玩着游戏，敏捷躲闪、猛烈出击、心无旁鹜地斩杀着神鬼敌怪。

　　高海源拿出一只心爱的钢笔，把它轻轻放在饮尽的咖啡杯旁。他本打算要用这支价格不菲的钢笔写下无数个精彩纷呈的故事。

　　迈出"空辞"老旧质朴的门槛前，他第一次忍不住对背后的店主说了声："再见。"

　　他没有回头，他仿佛看见店主转过头来，露出微笑，对他点了点头。

第三章 遇蝉

"还有多久能下班呢?"

高海源一秒一秒地细数着。时间的流逝,仿佛在这间安静明亮的教室里获得了一种静谧且坚定的透明实体。

他又环视了一圈教室,只有寥寥数十人。

这个时节,距离决定眼前这些学生命运的高考已经不足两个月。想到曾经的自己也是这芸芸学子中微不足道的一员。彼时的他还从未想过会站在这个角度以一个若即若离的任课老师身份,观赏这出换了无数代演员的无止境的舞台剧。

这时一个与他有着相同名字、相同经历、相同样貌的本该退场的演员,出现在了讲台前空着的座位上。讲台上的他饶有兴致地看着课桌前的他;课桌前的他沉默地看着讲台上的他。他们凝望彼此的目光陌生而又坚毅,他们默契地为彼此畅想起本不属于他的人生。

北方燥热的初夏,教室里几台陈旧的吊扇百无聊赖地旋转着,似乎是为了合奏一曲名为"青春"的空洞赞歌。他无心去细听这赞歌干瘪乏味的陈词滥调。他的内心正猛烈地燃烧着。他相信人类历史上那一个个伟大的名字：牛顿、麦克斯韦、玻尔、爱因斯坦……他坚信物理的定律永恒支配着世间的万事万物，他信仰人类凭借智慧终究可以肆无忌惮地抵达这些永恒的宁静与辉煌。而这，也是唯一必要和有意义的事情。他正蠢蠢欲动，随时准备将自己渺小的生命投入这激励了无数人，还将会激励无数人的伟大事业中去。

窗外的夏蝉，开始了无休止的鸣响。

南方闷热的初夏，教室里的电扇依然在悠悠地转动着。空调喷吐的冷气让这间空旷的教室不时透露出丝丝寒意。他觉得即便是找寻到统御一切自然规律的大一统理论，也丝毫无助于解除他存在的虚幻。他被生命中的际遇与无常所吸引，如饥似渴地阅读各种的故事，流连在由一个个出类拔萃的造梦者所编织的五光十色的秘境中。

他不想止步于此，不满足于仅仅作为一个旁观者。他也想要踏入那一个个绚丽生命的秘境，摘取秘境中最为残酷冷艳的花朵。然后，记录和编织出让他人也能为之动容的梦。

但是每当想到这里时，他又会深感无力。纵然他可以毫无根据地一味笃信自己拥有所谓的才华。但是那些造梦所必需的材料：无意识的尽情存在、盲目的激烈冲动、鲜活的生动感触、无数偶然连接而成的必然……如果缺乏了这些，语言终究只能是为语言，即使多么华丽，也无法获得自然延伸，化身成为打开梦之秘境的唯一钥匙。究竟应该如何觅得它们？

他猛地发现，自己被意义所牵绊住的前半生，竟然是这样的空洞：在不可能有奇迹发生的日常坚牢里无目的地奔波，还要美其名曰为了存在而奋力奔跑，只不过是害怕自己从未真正地活过，哪怕一次也好。

"高老师，你还好吧？"

突如其来的问候，打断了高海源的凝望。

回过神来的他，这才注意到，一个刚体训完的体育生已经坐在了他面前原本空着的座位上。

"没什么，就是在想想明天的课要讲哪些题。今天布置的作业你都做完了吗？"高海源随口应付道。

学生没有接下他的话茬去乖乖地写作业，而是开始有一茬没一茬地跟他聊起了家长里短。

这倒也不出高海源的意料，他不讨厌眼前这个稍微有点儿话痨的体育生。学生名叫唐亮，身材高高瘦瘦，长着一张不符合体育生身份的白净面孔。梳成中分的长刘海儿下端正地戴着一副细银边框眼镜，显得很是斯文。薄薄的夏季校服里，隐约也能看出经年累月锻炼的痕迹。

唐亮的学习成绩不错，脑袋灵光，不过每到课后自习的时间，总是喜欢找高海源聊一些与学习无关的人生议题。虽然时常用戏谑的口吻谈论一些严肃的话题，但是高海源觉得他有着一颗真诚的心。

一直以来都觉得自己未曾活明白的高海源，无法用笃定的态度解答唐亮一个接一个的问题。不过他喜欢聆听唐亮略显自负和幼稚的夸夸其谈，就像是在聆听一个从未实现过的自己，倾诉着自己从未设想过的梦。唐亮同样也喜欢对这个不甚说教、对自己的经历遮遮掩掩的青年教师刨根问底，似乎总想探寻到自己的老师有异于常人的证据。

随着体育生们下训，空旷的教室渐渐地热闹起来。精疲力尽的学生们一旦坐进这间用以提升他们文化课成绩的教室里，立刻就把所有训练的疲惫，连同他们被划定的这个身份一起，毫不犹豫地抛进丢满了各式营养剂和补品空瓶的垃圾桶里。三两成群，面露微潮，兴奋地翱翔在对不远处未知未来的共同愿景当中。

周遭的世界喧嚣而自然地流淌着。高海源和唐亮并不为之所动，仍然保持着沉静、缓慢的语调，你一言我一语漫无边际地聊着天。

在得知高老师毕业于本省的××师范大学时，唐亮有点儿亢奋，用略微颤抖的声音提高了音量说："我也打算考××师范大学，毕业后也回这里教书，把我的学生都送进大专。"

认真的眼神，骄傲的表情，一时间让从未预想到会听到这样愿望的高海源迸发出了久违的开怀笑声。嘈杂的教室顿时安静了下来，所有人都被这对真诚大笑着的师生所吸引，纷纷不明就里地一齐跟着笑了起来。

唐亮说完这句话后，就像是吐露了多年的心声，心满意足地坐回了自己的座位开始学习。平静下来的高海源也转而思考起了唐亮这番出人意料的宣言。

曾几何时，那个让他倍感煎熬的高考结果，时至今日，就像是一个坏掉的风铃，再也无法荡起他心绪的任何涟漪了；他常年观察着这风铃沉默摇曳的姿态，仿佛看见了风从不轻易示人的影子。终于，他也得以像一个旁观者那样，轻松地诉说那段失落的过往。

不过他倒从未想到过，那样的过往，有一天竟然也会成为他人的梦想。说到底，梦想这东西，不就是像唐亮诉说的那样，只要在他人眼中，一定会刻上深深的反讽意味吗？可是也只有这样的东西，才能支撑起那些不知梦想所具有的反讽意义的可怜灵魂们吧。

坐在讲台上的高海源，独自一人意味深长地微笑起来。

下课的铃声如期响起，教室里躁动不安的学生们像是听到了冲锋号一样，争先恐后地冲出了教室。唐亮和高海源打了声招呼后也转身返回寝室。不久，空无一人的教室就又恢复了先前的宁静。

高海源享受着这份难得的宁静，慢悠悠地收拾起自己的东西。关上灯，锁好门，独自走在深夜校园寂静宽阔的柏油大道上。十六的满月高悬在无云的夜幕中，皎洁的月光如江水般无声地倾泻下来。几盏稀稀落落亮着的路灯，在冷冽明亮的白色月光映衬下，显得黯淡无光。

只要走出校门，跨过一座人行天桥，再在没有路灯的林荫道上月光下走上一段，就可以回到那个熟悉的出租屋。读书、玩游戏、洗漱、看看新闻、睡觉。就像晚风如约轻抚过黄昏时将暮未暮的广阔原野，一切依旧，烟火如常。

此种无碍的心境没能如他所愿维持下去。刚踏出校门，转过角，他立刻就被一幅出乎意料的画面深深吸引：校园高耸的院墙下并排种着一排整齐的低矮灌木丛。平日里有高墙为它们遮风挡雨，忙碌的阳光无暇为了它们翻越那面墙。所以，虽然每天都要从这里经过数次，高海源也从未留意到阴影中这一丛灰头土脸的灌木丛。

现在，一轮明丽的玉盘悄然升起，高高地越过了那面一直横亘在这里的墙。将温润的清辉静静地洒落在灌木丛上。平日里那些在阴影里悄然生长的细弱生命，此刻都一同骄傲地仰起头，尽情沐浴在洁白的月光里，熠熠生辉。

偶然瞥见这贯穿日常坚壁的一幕，高海源不得不被惊慑住了。他掏出手机，找寻着各个角度，希望能够把这幅懵懵懂懂觉察到似乎还有着更多含义的画面忠实地记录下来。

高海源一边端详着手机上最新拍出的这张照片，一边继续走着。新换的手机夜拍效果很好，比起肉眼所能目睹得更为明亮，甚至连月光都无法抵达的黑暗也无处遁形。

他看着这幅饱满艳丽的画面，总是觉得似乎有所欠缺。到底是欠缺了什么呢？是言语吗？如果真的是这样，那应该要用怎样的词句为它赋予怎样的意象呢？

他走到了人行天桥的台阶前，这是无比熟悉的台阶。即便继续盯着手机，也可以用精准的步伐分毫无差地踏过每一个台阶。

"熟悉……对了。"

高海源蓦地抬起头。明明已经是这个时节了，那么熟悉的聒噪蝉鸣声为什么还没有响起，四处都是这么的静寂。

抬起头的一刹那，他想要深究蝉声消泯的心情，立刻就被打散了。

人行天桥上行台阶的尽头，站着一个熟悉的小小身影，聚精会神地举着手机，对着桥侧一株叶已落尽的枯枝，似乎在尝试着各种各样的角度。

　　高海源一眼就认出了这是林筱晴。因为只有她这个晚上也有晚自习；也同样需要跨过这座人行天桥，走一段只有月光照耀的林荫小道，然后在那个熟悉的岔路口和他告别，回到自己的出租屋里；也只有她，会在这个如水般温柔的月夜，为一株枯枝而停留。

　　裂隙迅猛地蔓延，那坚壁顷刻就垮塌了。

　　他想起了去年冬天的一个深夜，一辆疾驰的大挂车撞上了这座人行天桥的桥墩。粗壮的钢筋混凝土桥墩吃力地扛住了这生闷的一击。但是桥面严重位移了，不再安全。市政府封闭了这座桥，开始为期漫长的修缮。

　　因为上班要绕很远的路有些不便，于是高海源买了一辆红色的小自行车，骑行上下班。那段时间偶尔会遇见走路上下班的林筱晴。每当这时，他都会热情地叫上她坐到自行车的后座，摇摇晃晃地上坡、下坡，彼此调侃着体重的增加，然后热情地相互挥别。

　　如今，桥面早已修好，稳固如初，就像从来没被撞过一样，自行车也很久没有再骑过了。那也是日常吧，差点儿被遗忘的日常，不会有奇迹发生的再也回不去了的日常吧。

　　林筱晴专注地看着手机的拍摄界面，没有注意到桥下的高海源正在一步步走近。

　　高海源凝视着她专注的侧颜，小巧精致的面孔在月光的映照下明暗交错，呈现出一种动人心魄的美：上弦月一般弯曲细密的眉弓和澈如满月的双眸之间修长的睫毛，就像是生长在月华之下绵延不绝如山脊般挺立的鼻梁旁无数浸湿了露水的细叶芒。微微战栗，楚楚动人。轻启芳唇，不经意间流露出一线恍如残月的皓齿。认真的神情，仿佛能够消解平淡生命中的一切愁肠。

走到了林筱晴的身边，高海源不愿打扰这绝美的一刻，于是站在一旁静静地看着。

原来，她不仅仅是在拍摄那一株枯枝，明月在这个角度恰好穿过枯枝照耀过来。辉煌的满月悬于腰线，就像是被这命数将尽的枯枝用尽最后一点力气托起；纷杂的枯枝，在月光慷慨地倾洒中仿佛又绽满了无数银白色的繁花。

枯枝，明月，原本孤独的物像在她的镜头里偶然地相遇了。

"咔嚓"，清脆的蝉鸣声又开始在遥远的地方鸣啭。

完成拍摄，锁上屏幕，林筱晴这才注意到高海源正站在身旁。她立刻换了神态，热情地和高海源打起了招呼。

沉浸在偶遇中的高海源有点儿失神，愣了一两秒才仓促地回应。他想着应该要对刚才拍下的美丽画面说些什么，可是话到了嘴边却什么也说不出口。他深感语言的苍白无力。

于是他们俩默默地走在回去的路上，跨过修缮一新的人行天桥，走过月光影绰的林荫小道，慢慢地走着。只有皎洁的月光，在二人的脸庞上流转。

终于，走到了那个熟悉的岔路口。

"今天你也拍到了好照片呀。"高海源说。

"是呀！"林筱晴小巧的面孔，在月光照不见的黝黑影子里，似乎绽开了爽朗的微笑。

回到了出租屋的高海源，什么也不想做。就那么和衣躺在床上刷着手机。思忖着，应当为今夜的这一幕幕偶遇赋予怎样的文字才适合。

不久，他在朋友圈里看见林筱晴发出方才拍下的那张照片。一如他所看见的：明亮的月光穿过光秃秃的枝丫。

不过，她什么文字也没有配。

第四章 夜火

随着最后一场梅雨依依不舍地离去，夏的身影已然悄声塞满了这里的所有空隙。

屋里老旧的空调轰鸣着，拼尽全力阻挡外界翻涌着的热浪。然而，只要将门窗轻轻推开一条缝，就会知道，这只不过是人造商品的一厢情愿罢了。

取下窗台上绘满阳光气息的换洗好的春装，一件件平铺在米白色的格纹床单上。系上纽扣，拉平领口、袖口，从右往左用一模一样的步骤叠起一件件颜色、款式各异的衣服。然后一齐压平，装进三年前带到这儿来的数个旅行袋里。最后再把装满衣物的行囊搬进腾空了的简易衣橱里。

重复机械的动作，这是高海源告别春天的小小仪式。

看着堆满行囊、敞在背光中的昏暗衣橱，他审视着在方才缓慢的行动时，思绪中不住浮现的那些念想。

念想们有着一个共同的名字，唤作小晴。

叠到一件灰黑色的冲锋衣时，他想到这是去年冬天骑车载着小晴时他穿的衣服。小晴开玩笑说不相信他的车技，于是紧紧拽住这件冲锋衣背后一段尼龙绑带。绑带紧勒的那种新鲜触感，跨越了半载的时空，在他此刻薄薄短袖下的肩头上鲜活强烈地复苏了；叠到一条军绿色的长裤时，他想起了前两天小晴上课时被学生说到穿的衣服不好看，晚自习前愤愤地叫上他，一起去学校附近的一家商场挑衣服。精挑细选总算试到了一件心满意足的淡绿色连衣裙。

他们并排坐在回程的公交车硬邦邦的深蓝色塑料座椅上，他热情洋溢地从背包里拿出最近在读的一本小说，兴奋地向她分享一段最爱的作者描写美少年的桥段，偷偷看向她认真阅读的侧颜。和煦的阳光摇曳在一切沉醉于夕照的事物里；新换上的连衣裙柔软的裙摆，随着从车窗缝里悄然溜进的暖风轻轻飘荡。那一抹淡然而耀眼的青绿，成了他关于这个行将逝去的春之色彩唯一的记忆。

他反复品味着这些美好的回忆。手下简单重复的动作，沾染上了一种象征性的意义。

所以说，这就是在心里住着一个人的感觉吧。就像是明媚温暖的篝火轻柔地燃烧在清冷寂静的心底。偶尔无规律响起微弱但明晰的"噼啪"声；雀跃的火星，拉拽着颀长的光影，闪动起迷人的危险讯号。

这份久违的感动，高海源甘之如饴。即便只是面对着昏黑的衣橱，他也不得不深深地陷溺于其中。

他知道有一个字可以简单粗暴地囊括这所有的一切，那就是"爱"。想到这个字时，他的心忽然一阵悸动。

这就是爱吗？这么说他是爱上了小晴吗？他越发直白地拷问着自己。

自从那夜月下的相逢以来，他们像是找到了共同的话匣子。终于热烈自然地聊了起来。

从摄影的技巧聊到旅行的见闻；从好吃的餐馆到要好的朋友；从

家庭的琐事到不着边际的梦；从喜爱的作家到玩过的游戏。他们时常在无所事事时聊聊天。不知道是从哪里开始的话题，也常常不知道在哪里就那么结束了。不过这对他们来说都是无所谓的罢了，因为他们彼此都知道，还总有说不完的话。

渐渐地，高海源把林筱晴亲切地称作小晴。像是对此做出回应一般，林筱晴也开始把他叫作大海。他们俩是无话不谈的好朋友，所有人包括他们自己，都愿意如此坚定地相信着，永远。

他依然在掂量着"爱"这个字沉甸甸的分量。

衣橱里昏黑的木质柜体，起伏不平的行囊，化作了黑夜里的无垠海面，澎湃地翻涌着。他想象着有一艘扬起白帆的小船，孤独地航行在永不止息的风暴里。

在那里，他既是船长，也是舵手；在那里他无依无靠，也无牵无挂；在那里，没有必定要航向的灯塔，唯有以暴怒连接乌云与波涛的雷霆，偶尔照亮他坚毅的面容。

这样的场景，在他来到这里后的时日里，越发频繁地出现在他的脑海里。每一次，这样的画面出现，他便会孜孜不倦地为之增添上更加翔实的细节。这些画面越是惊险和微妙，他的心潮便会随之越发激昂地鼓动起来。直到心脏仿佛随时都能够跃出躯壳的樊笼，先一步奔向那片埋葬着不知多少生与死、爱与梦，名为"自由"的大海里去。

他猛然惊觉，自从那个在如练的月华之下，与林筱晴一道行走在林荫道上的夜晚以来，这幅搏击风浪的画面已经许久没有出现在他的脑海中了。

他依然可以畅通无阻地想象那惊险刺激的一幕幕。他一手握紧沉重的舵，一手拽起断掉的帆，拼尽全力让这孤舟凶猛地航行不至于倾覆。刀割一般的飓风扬起早已被暴雨撕扯褴褛的衣衫；他无心流连于四周照彻黑夜的电闪雷鸣，目不转睛地紧锁在船头桅杆直指的正汹涌嘶吼着的黑暗巨浪。那浪涛用尽全力跃至夜空的顶点，终于像黑色的大幕一样，缓缓降下。

正当他松了一口气时，从那凝结住的水幕中骤然冲出一只大白鲨。丑陋的巨兽，张着比小船还要大的巨口，向这里飞扑过来。沉静的船长立刻打满舵，拉满帆。小船绷紧全身，敏捷地向一侧偏去，发出咯吱咯吱的悲鸣。千钧一发之际，与那残暴的巨兽擦身而过。

巨鲨锋利的鳍划过他的肩头，鲜红的血，晕染着渐次平静下来的大海……

精彩依旧。

只是无论他再如何畅想，曾经那份让他深深沉醉、血脉凝固、心脏随即喷薄而出的快感，再也消失不见了。

一阵徒劳无果后，他开始拼接起最近时不时就会浮现在脑海中的片段：皎洁的月光穿过枯枝，映照在她精致小巧的面孔上。她穿着那条青绿色的连衣裙，和他一同漫步在林荫小道。他们走过那个熟悉的岔路口，也走过了他清冷的出租屋巷口。小道向着月升起的地方蜿蜒而去，似是永远也走不到尽头。

无数缤纷的桃花瓣像细雪一般飘落，飘过她发着光的容颜、飘过她柔软起伏的裙摆、飘过她缓缓迈起的坚定的脚步前，旋即落满了他的心头。

他用余光偷偷瞟向她略显局促，不安摆动着的手。他捏了捏自己汗津津的手，想要鼓起勇气，牵起她的手，向她表白心迹。可是，这究竟是需要怎样的勇气啊！珠穆朗玛的雪峰，马里亚纳的深渊，相距十八万光年的大星云，也不过是抵达的技术；可是此刻身边相距不过一拃，每天都能看见的纤纤玉手，却无疑是抵达的幻象！

强使紧张到麻痹的心绪舒缓下来，似乎连怎样自然而然地走路都忘记了。忽而错乱的步伐，踉跄地激起了一小片静躺着的桃花瓣。寂静的夜立刻重归于寂静。还没等他开口，一旁的小晴抢先说道："大海……"

这一场白日梦，醒了。

衣橱深处，堆满着衣物的行囊纹丝不动，只有幽暗的轮廓显得更加深邃。

他明白，他对小晴的思念，远胜过那片从未目睹的海。

像一株被闪电倏忽击中的枯木，他枯萎了许久的内部熊熊地燃烧起来。他决意，与其让这奇迹的火焰燃尽他的生命，再悄无声息，不留痕迹的消亡而去。他只能，也必须在这炽焰最猛烈灼烧天际的壮美时刻，向小晴说出他从未曾想要说出口的话语。立刻，马上！

关上衣柜的门，门板上挂着一面简陋的镜子。他仔细地端详着镜中的这张脸。

这是一张自我放逐了十五个年头，怎么看也不会招人喜欢的脸：凌乱的胡茬，不规则地分布在色泽暗沉的脸上；没有充足睡眠的神色，显现出一份胜过年龄的沧桑。只有隐藏在厚重近视镜片下的一双凌厉的眉眼，倔强地讲述着少年时代英气勃发的过往。

他不明白，这样被自我所放逐的自己，有着怎样被爱抑或是去爱的资格。但是，此刻的理智只不过是冲动怯懦的奴仆。一言不发，还要卑躬逢迎。他洗了把脸，简单地刮了刮胡子，准备出门。

周日的傍晚，天然有一种喜悦殆尽，工作的愁云即将重又笼罩大地的哀凉氛围。出门快速用罢晚餐，他无心流连于天边一线缓缓流动的广阔火烧云，略显急躁地来回踱步在这条不长的林荫道上。一遍又一遍地在心中预演着可能发生的每一种情况，每一句对话。等待着夜幕降临，月明星升。

前天小晴感冒了，抱病上班。于是他把自己用不上的药拿给了她。吃过了药后，病情应该已经康复了不少。白天发了些消息给她，得知她一直都在断断续续地休息，晚上应该可以叫她出来散散步。高海源思忖着。这时他觉得，如果不是因为这份自私的爱催逼着他们，这本该是多么轻松惬意的一个夏日黄昏啊！

爱的迷惘

　　　　太阳沉入自己的凝血，天空像大祭坛一样。①

　　他反复看着自己早已编辑好，还迟迟未按下发送键的消息。这是一条不长的消息，也没有传达什么重要的信息。只是在以尽量平静的口吻，尽力模仿着日常聊天时的语气。简短地描绘着今夜天气宜人，表达出想要邀请小晴也一同出来散散步的简单愿望。

　　但是，就是这样一条再正常不过的消息，只因其沾染了前所未有的期待与热望，竟会变得难以想象的沉重。

　　微风不知什么时候停了下来，无穷尽的聒噪蝉鸣声笼罩着周遭。他的拇指与拇指下屏幕上发着绿光的"发送"按键之间阻隔着一道由无形的闷热空气所凝聚而成的墙壁。他感到此刻有源源不断的勇气汇聚于他的指尖，助他随时都可以击穿这面坚壁。只要他决心按下，凝结许久的时间便会再不止息地流淌下去；只要他决心按下，看似已然确定的无趣未来，便会重又步入动人心魄的迷雾中；只要他决心按下，怒涛翻涌的远海便会以一种从未敢想的姿态降临他的眼前。

　　于是，他决心按下。

　　一份亘古的思念在现代高效的通讯技术加持下，立马化作了一串肉眼凡胎不可见的电磁波，以宇宙中极限的速度，在一瞬之间精准无误地传递到不远处小晴的手机上。"叮咚"收到消息的提示音在他的脑海里清澈地荡漾。

　　沉默，依然是难以忍受的沉默。风不再动，蝉亦止鸣。高海源紧盯着屏幕上的对话窗口，无比期待着它下一次一如既往地跃动。

　　也许等候了漫长的时间，也许只是短短的一会儿。他变得焦虑起来。是自己把话说得太简单了，没有能表达出自己丝毫的心意吗？还是说小晴这会儿仍然沉眠在睡梦中。他这才察觉到，一向自诩思虑周

---

① 引自波德莱尔《黄昏的谐调》。

全的自己，竟没有丝毫考虑到如果小晴病体未愈，并不想出门的话该怎么办。

这一明显更具可能性的事态，竟然被他有意无意地忽视了。他陷入了两难的境地，是要不顾小晴的病情，坚持叫她出来；还是远隔着手机的屏幕，求助于这人造商品，可怜又可笑地竭力倾诉。

他微微颤抖着的手指，在平静如一潭死水的聊天界面敲下一行满载他愁思的文字："有重要的事情和你说。一定要来哦。"

把这句话投入水潭中，锁上屏幕，着意不再去紧盯着它激起的波纹。转身快步走起来，企图用行走驱散这无法独自排解的苦闷。

不久，林荫道走到了尽头。爬上一个短短的坡道，是一个Y形的岔路口。他时常从这里经过，每次都会不假思索地走向岔路的一侧，从那里可以通向繁华的闹市区，可以通向翻修一新的江畔公园，也可以通向"空辞"。

抬头望向入夜时分，点亮几盏昏黄路灯的路口，似有若无的几粒雨滴，悄悄地落在他久经日晒的黝黑臂膀上。高海源迈动轻快的步伐，向着岔路口他从未去到过的那一侧毅然走去。

是非移转，景致袭迁。蝉声息了又响，阵雨落了又停。大海以近乎贪婪的目光，尽数吞没这熟悉地方的一切陌生事物。他没有幼稚到会把一切可能性的结局，皆尽寄托于最美好的幻想。他一直思索着，如果小晴愿意接受他的心意，他可以放下那些不切实际的梦，有生以来第一次努力尝试好好地去生活。他相信如今这份强烈炽热的情感，足以将他引领向从未设想，甚是向往的地方；但如果这份一厢情愿的执念只会让小晴感到为难，那么他也不会纠缠，亦可借助这猛烈燃烧的火势，化作源源不断的动力，帮助他更决绝地放逐自己，去向更遥远的地方。那时，他会向小晴表达深深的感谢，然后，再好好地道别。

"叮咚"，久违的消息提示声终于在这斩尽了迷惘的明澈时刻恰如

第四章　夜火

其分地奏响。

条件反射般地掏出手机，停下脚步，没有立马解锁屏幕，他凝视着清晰映照在黢黑屏幕上平静的面容。他预感到，无论如何，这恐怕是最后宁静的片刻了。

沉静的潭水，漾起了一圈波纹。他思念的人儿就像是一只独自嬉水的蜻蜓，留下一串让他难以释怀的涟漪，转眼又不见了踪影。

屏幕上的文字逐渐变得清晰起来。"刚才睡醒，还是感觉很累。有什么重要的事呀，一定要见面说才行吗？"

读罢，他的眼际不由自主地模糊了。

此刻，在屏幕背后看不见地方的林筱晴是一个他全然陌生的林筱晴。一个被荫翳笼罩了笑颜，任他无论如何努力，也无法触及分毫的林筱晴；一个也许一直都在那里，却始终被他所刻意视而不见的林筱晴。

一股锥心的痛感，残恶地刺向了他。

作为一个向来与"愚昧"一词无缘的成年人，他比任何人都要清楚，小晴这样平淡冷静的回复是在表达着怎样的词话之外的含义；他同样清楚地知道，如果还想要和小晴保持这样无话不谈的挚友关系，那么他就应该在这恰如其分的时机，巧妙地克制自己一厢情愿的念想，回归到日常平凡安稳的运行轨道上。如果一意孤行，只会错上加错。做正确的事，是他始终秉持的信条。

那么，不要再为难彼此了，就这样回去吧。

雨势渐渐地变大了起来，那股无明燃烧的火，已经被浇灭了大半。

抬起头来忽然发现走到了一间寺院的后门。敞开的后门，不见人影。以古朴的形制和现代的材料巧妙融合并搭建而成的建筑在通明的灯火中熠熠生辉。宝殿的后墙在沉默中显得无比庄严。墙上以一丝不苟的严谨标准字体，端正地写着"严肃礼佛，认真做事"一行通俗易懂的大字。高海源有些许的困惑，仅凭借这样直白的信条，真的能够支撑这里的僧众们日复一日地隔绝于五光十色的世界吗？

顺着院墙继续走下去，是一排平平无奇的僧舍。不知是这里的僧众们有晚课未归，还是已经早早地就寝。总之一排僧舍没有点亮起一盏灯，静寂无声。只有雨珠敲打在映着夜空中的窗户上，铝合金的窗框微微振响。他想起太宰治在《人间失格》里写着："忧郁的伽蓝也要随之倾覆。"大概他也目睹过这样的雨中伽蓝。

远离一切颠倒梦想，究竟涅槃。这该是多么美好的本真状态呀！

高海源被一阵迷惘侵袭了，接下来该走向哪里呢？

他看着那扇敞在雨夜中的大门，门上加着一把无形的锁。那里面与他熟悉的生活相去甚远，轻而易举就拥有着他触不可及的宁静。可是，宁静或许是终点，却无法成为他的目的。一旦他掉转航向驶向那里，这份寻求无疑会立刻让所寻求的结果成为可笑的悖论。所以，他始终不能驶向那里。

触不可及或者不敢触及。对他来说，真正可怕的从来都不是失败，而是无聊。

无论用什么样华丽的辞藻加以修饰，无聊就是无聊。无所作为，无能作为。如果没有如未知宝库一般丰饶神秘的积累，在所谓的宁静中只是麻木地目睹着事物一如既往地流转，不去为之赋予上独一无二的色彩，并满怀期待地将之放归于可能性的海洋里去，那么，这无疑就是他的地狱。

所以，必须去寻找真正的快乐、真正的失落、真正的迷惘、真正的痛苦。

高海源解锁了黑屏许久的手机。在纹丝不动的聊天界面打下一行字："当然是要和你表白呀。难不成是叫你出来吃夜宵增肥吗？"他不再犹豫，按下了发送键。然后尽情地沉浸在这不包含任何理智，甚至也不是由任何一种可以叫得出名字的情感在支撑着的无来由的纯粹行动所带来的奇妙回音之中。

如此，现实就具有了一种如梦似幻一般的奇妙结构。所有事件都在以必然的方式连接着。他却无从把握住那些变动不居的微弱关联。偶然，必然地发生着；必然，偶然地消解了。一切都充斥着奇趣无限的可能性。如果可能，他希望这样的梦永远都不要醒来，他想要选择以戏谑的方式，来面对现实无情的戏谑。

可是，就像所有的梦都是会醒来的一样。这样自欺欺人的自私迷梦注定只会以更加决绝的方式惊醒。一个人想要迷茫，另一个人就会寻求觉醒。

"你真的是，给我整不会了。"

"很抱歉，现在没有这方面的想法。"

"你以前不是说过，你不想结婚吗？"

"我还以为我们会是好朋友的……"

一连串密集的回复，像是连珠炮一样，摧毁了高海源留给自己幻想的最后阵地。一如他所愿的那样。

他看着这番如约而至的通告，仅仅是看着。就像是在看着一个并不够出彩的故事结局。他不想接受这样，却什么也无力改变。他又努力想让自己变得合乎情理地痛心疾首起来，黯然神伤或是声嘶呐喊。可是，就像烈火燃尽后只会留下难闻的气味和不知所云的余烬。一切的欢乐和痛苦都是需要源源不断的燃料供给的。此时的高海源，并不天然地具备这样的燃料。

他还是想要像一个正常人一样试图挽回些什么。无动于衷仍然是他唯独无法接受的。

"我们当然会一直是好朋友呀！"

"如果能一直是朋友的话就好了。"

"身体要紧，别再想这些难受的了。早点休息吧。"

高海源没有什么头绪，只是一味发送着这样天真的话语。他也许有点庆幸没有坚持叫小晴出来。他不知道应该挽回的是些什么，行为显然是先于理解的。他想要远隔着屏幕，在无法触及的距离安抚小晴，更是为了安抚忽而失去了航向的自己。那面密不透风又光怪陆离的小小屏幕，隔绝着他们彼此间注定无法传达的苦闷，因而也保护着他们。

雨，已经停了下来。又回到了闷热的初夏夜晚。蝉在看不见的树丫上无穷无尽地奏鸣着。桃花在几个月前已经落尽，树梢在幽蓝的夜空中盛开着茂密的叶子，朝微弱的路灯下洒下一片片浓荫。

再经过一个空无一人的幼儿园，这段漫长的旅途就会走到终点。他会回到清冷的出租屋，洗上一个舒服放松的热水澡，历经一场无梦的酣眠，然后开始新的一周无趣的工作。在那里，也许还会遇见一个一无所知、全然陌生的林筱晴。他不知道自己是否真的想要这样。

他的设想，只是从来都不含有任何可以影响现实的力量罢了。

就像他忽然看见了一阵烟雾，于是一份紧张感立刻就拽住了他的心。他踮起脚尖，隔着高高的铁栅栏门，眺望着静悄悄的幼儿园。哪里都没有寻着火情，只有一消防应急灯在黑夜中闪烁着静谧而孤独的光。

直到他在这阵迟迟没有散去的烟雾中嗅到了一股调味料的焦香，这才反应过来，哪里都不会有他想象中的火情。只不过是不远处的烧烤摊的烟火气，顺着蜿蜒曲折的下水道，漂泊到了这里而已。

在这个深蓝的夜晚，大概什么也没有开始，却好像一切都自然而然地结束了。

他不得不选择以戏谑的痴情，来面对生活无情的戏谑。

第五章 孔明灯

钝感，无从驱离的钝感。高海源终于想起了用这个词来形容当下这种异乎寻常的状态。

就像坠入一个黑暗黏稠的泥沼当中。在经历一阵不可抗的急坠快感之后，立刻就陷入了无比的迟滞中。无法雀跃、无法挣扎、无法感知风流动的方向，也无法对无可名状的敌人发起无畏的冲锋。

究竟为什么会这样呢？

自那个深蓝色的夜晚被小晴毫不意外地拒绝以来，时间的流逝却出乎意料地获得了一种实体。在那些无所事事，本应让思绪放空、精神得以自然舒展的时刻，他的脑海中总是无法克制地浮现出小晴的面颜。当然，也有可能只是他从不愿去克制罢了。

那些恶作剧般的笑容、月华下专注的面孔、随风飘动的裙摆，无不以刻骨铭心的力度，镌刻进他脑海中最显著耸立的石碑之上。

他曾尽一切努力将被世俗、社会、道德等受他人的意志指使而刻下的东西，痛彻地从那里磨除殆尽。终于，他得以不再流连于那片被阵阵黑暗浪潮侵蚀着嶙峋海滩，只余下一座空白石碑的荒岛，得以决绝地背向那里，向着一无所知的洋流毅然驶去。

这也是他在这行使自我放逐、渐行渐远的十五个年头里，为数不多、值得向自己夸耀的骄傲，孤独而喜悦的骄傲。

彼时的他，大概怎么也不会想到，那座一心只想要遗忘的空碑，那片一味只愿去逃离的荒岛，竟被如今这迷失航向，只求自由漂泊、自由迷惘、自由消亡的自己，于无垠的心海上，无稽而奇妙的重逢了。

真的是无稽的偶然重逢吗？如今镌刻着光辉名字与无数美好刹那的丰碑，耀眼夺目，尽情地绽放着他从未有幸能够拥有的温暖亮光。尽管是他从未拥有，在无论多么辽远的未来也不会拥有的光。他依然无法克制自己，不去目睹。

为什么这光会蕴有如此奇异的力量？就像印度神话中的湿婆，在欢欣的舞步中摧毁一切；在欢欣的舞步中重又开启一切。也许是因为他在那光中第一次品味到了所谓"幸福"的滋味。对他来说，一切熟稔之物都不曾有过这样深重的力量，唯有陌生的"幸福"，他从来对此都一无所知。

于是，他成了生活在记忆中的人。

时间，在日常的轨道中并不具备实体。所谓实体，并不是指看着秒针在正圆形的表盘上循环跃动。这只是一种运动，人为强行将时间与之关联起来的运动。而时间的本体，有必要是更深刻、更决然的东西，是像"光"一样，寄宿着我们某种共同情感的东西。

在那些蚕食着他生活的记忆中，高海源遇见了时间的本体。

过去的时间，经过记忆的淳化作用，浓缩成了一个又一个数学上的奇点，鲜明坚定地存在于那里，不可忽视。然而，若你执意去寻找他，立马又会发现，他的体积是无穷小，足以从任何小心翼翼地徒然捕捉它的指缝间轻易溜走。时间就在这些不因任何人的意志为转移的奇点上蛮不讲理的率性跃迁，就像一个顽皮的孩子。无能为力中包含着无为的能力,欢笑通向遗憾,苦难成为憎恨,终会让你不胜其烦,困于其间。

还有一种类似的东西,叫作未来的时间。其实它并不是时间,而是一种幻象,是时间的影子。我们只能根据实体(过去的时间)去幻想和构建未来的时间。自己的或是他人的。所以,未来的时间本应也是不连续、不可究、不讲理的。然而,我们的理解力却偏偏要在此时不解风情地参上一脚。它无法想象这样恣意妄为的存在,故也无法容忍。于是,在这样卑劣的潜意识中,我们将那些自制的枷锁,诸如因果律、同一律、矛盾律强加在时间的影子上。对未来最满怀期待的人,都只不过是追影子的猎人。期待,在这重意义上,是一种恶习。

而未来的终会到来,到来的又会立马过去,这是时间唯一必定会乖乖遵循的铁律。

于是我们把这幻象与现实、影子与实体、过去和未来接驳的地方,叫作现在。因此,现在不是时间,是时间对思想的、对情感的一种作用,是一种现实的幻灭,抑或幻灭的现实。

当满腔的热情照进现实,发生作用,只会有两种结果:倘若对未来的希望落空,我们会立刻感到锥心的痛苦。期望越是美好丰饶,痛苦也越是刻骨铭心。然而,这不过是一种奢侈的痛苦,我们因自己永无餍足的贪婪为自己创造出了本就不可能有的幻象,然后又因为毫不意外地失去它而感到痛苦。殊不知这只是幻想与现实间的根本性差异所致。这才是生活本真的样貌。

也有那么为数不多的幸运情况,现实会依照我们对未来的构想本分地进展。这时,我们便会得到快乐与幸福吗?不,不会的。这类情态的发生,往往只是因为我们所设想的未来与过去的现实差距并不遥远。没有超乎寻常的热望,又怎么会有欣喜若狂的幸福呢?这样实现愿望的情感起伏,顶多只能称为欣慰罢了。

可是,短暂的欣慰之后等待着我们的又是什么?是一种难以察觉的绵密失落感。无论现实的进展多么顺利，也不可能与我们所期待的未来完全吻合，这也是它们间的根本性差异的体现。

在幻想沦为现实的一瞬间（我们称为"现在"的瞬间），未来所饱含的色彩立马便会丧失大半。那些逻辑性的思索、努力的意义、不屈的精神，都会被蛮不讲理的时间洪流裹挟、冲刷。最终只留下一个叫作"过去"的干瘪记忆刻印。这样的失落感足以被称为"无聊"吧。为了驱散这种隐匿的无聊，我们只能寄托于下一个热望。热望消退，无聊积累，最终必然导向痛彻心扉的痛苦。这就是我们这类人无可回避的宿命吧！明明一无所获，也一无所失。

正如叔本华所说："人生无非是在无聊和痛苦之间打着转。"真正的至理，在这样物产丰盛的时代也依旧在起着作用。幸福和快乐，只存在于两个地方——再也回不到的过去和注定要失落的未来。

无动于衷，是他唯独无法接受的。在经年累月的孤独思索中，高海源自恃已经找到了对抗这种本质上虚无主义的独特方法论。

方法是遗忘，这是绝大多数能够幸存下去的人有意无意中都在施行的方式。

既然过去干瘪和无可动摇，那么干脆就彻底地遗忘它。遗忘那些美好，也遗忘那些痛苦。让"过去"的事真正地过去，让记忆的刻印被飘落的遗忘粉尘覆盖，不再具有困住人心的力量。

只要不困于过去，那就不会过于热切地寄情于未来。无聊和痛苦都会被控制在可以接纳的程度，成为生活的调剂，而非生活本身。唯有这样，现实才不会幻灭，幻灭也不会成为现实。正所谓"活在当下"。

然而，天然的遗忘是一种诗性的天赋，并不具备这样天赋的高海源必须加倍地努力。所幸丰饶的现代社会发明出了足够多的工具，诸如电影、电子游戏、综艺、阅读书报甚至工作，来帮助他遗忘过去，幸存下来。

可是，他选择去背负起常人难以理喻的沉重罪孽，拼尽全力逃到这个一无所有的远方，难道只是为了遗忘，然后沉醉在另一个安稳的生活中吗？

所以，唯独无动于衷，是他无论如何也无法接受的。

所以，他选择在痛苦与迷惘中继续前进。

又这样航行了不知道多少个日夜，在某个已然被他遗忘了的清晨，他遇见了那束击退万顷黑夜，为他而来的曙光。找到了另一个，也是唯一一个让他能够得以幸存下来的方法——书写。

"过去"的牢笼坚不可摧，对"未来"无比热切的期盼就是唯一的拯救。而接驳两者的"现在"无可避免地通向悲剧性的结局。既然命定如此，不妨尝试去坦然地拥抱它，以"书写"的欣喜去尽情地拥抱它！

如此，"过去"与"未来"之间，现实与幻象之间就打通了一条奇妙的逆行道。以书写将"过去"幻化成"书写过去"的未来，将"未来"的热忱寄托于"将被书写"的过去。这样，借"书写"的力量，他可以自在地雕刻下已然注定无法触及的遗憾过去；也可以恣意地描绘出永远不会失落的梦幻未来。"现在"只有在这样殉道式的逆行下，才能摆脱唯有"幻灭"的宿命，肩负起"为过去赋予意义"的全新使命，成为创造性的力量！

所以，他必须去书写。不是因为他有所谓"写作的才华"，而是他必须去书写。

他必须为痛彻而欣喜，一丝不苟地拂去飘落在记忆刻印上无数遗忘的尘埃，用锋利的刻刀，不断以不亚于第一次的力度，反复勾剜出绝不能被遗忘的清澈线条，直至涌出淋漓的鲜血为之赋予别样生动的色彩与生命力。

更准确地说，他想要成为生活在记忆中的人，因为这样会让他痛苦。

  他将这样的发现视作自己的创举。正因是注定无法向任何人传达分毫的创举，才得以让他深深为之振奋。

  现在，摆在他面前的唯一问题，阻碍他提笔写作的最后现实是，他并没有这样足够痛彻的记忆，或者说，这样的记忆还不能够丰沛，成为抵消他存在的根源性虚无哀愁的出类拔萃的故事。

  他环膝坐在入夜后，寂静无人操场的空阔草地上。只有背后的一盏探照灯在倔强地驱赶着周遭虎视眈眈的黑暗。

  长久的静思无人叨扰，他得以从纷杂的繁务中暂且脱身。终于，难得寻回到了久违的理清思路，心旷神怡的澄澈。

  明天就是学生参加高考的日子了，明明是无比重要的事情。许多少年们今后的人生将因此而走上截然不同的道路。可是这样的事态对他来说却总是缺乏真实感。他人的紧急事态，与此刻的他间隔着无比遥远的距离。

  他的思绪，被与小晴的记忆和曾经充盈自我的孤傲思想所占据，再无余力。

  他还有一个困惑，为何曾自以为那般坚定的自我，竟会如此不堪一击。明明小晴一如他所愿地直白拒绝了他，也一如他所愿地在每天事务性相见中葆有着作为朋友的体面。他明明可以在任何时候一如所愿地向她洒脱的道谢、告别、相互祝福。然后义无反顾地奔向更远的地方，寻找他一心只想要寻找的痛彻的故事。

  但是，他为什么如此程度地动摇了。像是从一面不经任何准备和缓冲就直接翻转到另一面的镜子，无理而危险。他越发在意起小晴。日常的一言一行，一颦一蹙间仿佛皆尽包含着无尽的深意。在依旧不得不每天见面，背靠背紧挨着的工位上，他们彼此间都默契地装作什么都不曾发生。依旧是事务性地交流，工作完成后惬意地说笑，偶尔互赠一点美味的零食。可是，他却偏偏要在这难能可贵的日常中翻找出隐匿的影子。他明知这样执迷地翻找，定会把彼此的生活都搅乱；

夜　第五章　孔明灯

他同样明知，这已然病态的关注，早就超过了朋友或是喜欢的范畴，定会成为他们相处间沉重的负担。为什么他就不能放过小晴，也放过自己呢？他依然想留在这里固执地寻找什么注定觅不得的东西呢？

一个想法缓缓浮现，也许是他早就发现，却一直都在刻意逃避的想法。也许，小晴就是一个从精彩的故事中走出来的主角……这样的想法无疑太过残酷，潜藏着无言的祸心。高海源觉得不应再放任自己这样瞎想。想象对自己的残酷，是他一厢情愿的自由；对小晴残酷的事情，是他无论如何也不可容忍的。

他粗暴地打断了沉浸许久、漫无边际的遐想，力图把注意力转向即将遇见的人和事。

今晚，他并没有晚自习，之所以这个时间还留在学校里，是因为有几个关系要好的学生邀请他参加一会儿过后的放灯仪式。

吃完晚饭，太阳沉落在不远处的楼宇后。暑期消散，空气清新醉人。受到这份怡然天气的感召，高海源决定暂且放下手头未完成的工作，独自在操场上走走，整理一下近来杂乱的种种思绪。

刚一踏上足球场上过分翠绿的人工草地，一种异质的触感立马从脚尖传到了脑海。昨夜里停下的雨，在过分豪奢的盛夏阳光中，只能把自己曾抵达过这里的丝丝证词努力藏匿在这荫翳的角落里。徒劳地等待一场等不到的雨来将它接走，还是躲不过注定要散逸在光中的命运罢了。

毫无由来的微弱感动，立刻就打破了他先前定下的小小计划。不顾裤子会被濡湿，就这么盘腿坐了下来。转瞬即逝的沁凉更加直白地掠过他的周身。手指拨弄着翠绿坚韧的塑料芒草和草影里潮湿的漆黑橡胶粒。就这样一直坐着吧，什么也不想。直至世界的尽头。

这当然也是他的一厢情愿罢了。

长久的思索暂告一段落，他依然没有找寻到任何答案。这也是当然的。思考只是对过去经验的归纳和缅怀，对于未曾经历过的事态做出可靠的分析，这显然超出了它的能力之外。骄傲也好，哀愁也罢。未经记录的思想一旦中止，立马就会以骇人的速度被彻底遗忘。高屋建瓴的结构，画龙点睛的巧思，在记忆中竟连丝毫的印记也留存不下来。对他来说，这可悲的实态，竟也早已习惯，颇有麻木之感。只剩下无凭的清透情感和一句"唯有无动于衷，是不可接受的"。不知为何，依然在他的脑海里固执地回响。

"高老师，你在这里呀。"

又险些沉湎于无意义思索旋涡中的高海源，等待着他人施以的援手。

回过神来，下了晚课的学生三三两两地结伴前来操场。在一个个逆着微弱路灯明灭难辨的青稚脸庞上，高海源竟找寻不到一丝一毫荫翳的影子。

平静的步伐，爽朗的笑声，明天也只不过是万千普通日子中，一样会成为往昔的一天。在他们这个年纪，紧迫和哀愁，并不能真正地发挥其效能。

向前来打招呼的学生致过意，高海源勉力支起身来，使劲跺了跺坐到发麻的双脚。走进逐渐喧嚣起来的人群中。

学生们在簇拥中，拿出了一盏橘黄色的硕大纸灯。此时显得瘪瘪的，然而一旦被点燃，定会鼓起莫大的勇气，飞向无声的夜空吧。

早就备好的纸灯上密密麻麻写满了祝福的话语，开朗活泼的班长把它对准探照灯的光，故意用做作的语调大声朗读起来："×××，请一定要考上理想的大学啊！""×××，祝未来一帆风顺，后会有期！"每次朗读完毕，都会响起一阵轻快的欢笑声，以及一句不含有任何愤怒的嗔怪："班长，真讨厌！""你给我等着！"，旋即又是一阵轻快的欢笑声。先前还心事重重的高海源，不由得也在这无比明朗的情感宣泄中，一同傻呵呵地欢笑起来。

一板一眼地认真念完角落里的最后一句祝福语，人群不约而同

夜　第五章　孔明灯

安静下来。像是某种神秘仪式步入了重要的环节。班长捧着灯走了过来，说道："高老师，您也写点什么送给我们吧。"

高海源自然没有什么理由拒绝，接过学生递来的温热黑色马克笔，顿时一股愧疚涌上心头。相处几年以来，他们日日相见。他按照学校和课程的要求，顺利完成了知识的讲授。但他从未觉得自己是一名合格的教师。因为他没有足以坚定到自豪的信念，自然也无法问心无愧地向谁传授真正的瑰宝。那些正确的知识，不是让他陷入了更深的迷惘吗？攥紧胖胖的马克笔，望向一张张天真质朴的面庞，他觉得此刻，自己有千言万语想要向他们倾诉。不是作为一名老师，而是作为一位朋友。

他终于动笔写下了清晰浮现出的唯一一句话——"大家都一定要幸福呀！"颤颤巍巍的笔尖在纸灯上缓缓地扭转，一股热流自他从未觉察到的深处无法遏制地奔涌，直奔眼际而去。

平凡的文字，意外迸发出无可匹敌的力量。名为"感动"的力量，扣碎了那扇不知已紧闭了多少个年岁的心扉。

写完最后一个字，他们一同迫不及待地点燃孔明灯，一同迫不及待地欢呼起来。那才是真正纵情的欢呼，永远都不会停下来的欢呼。

出于明早学生精神面貌以及消防安全的考虑，校方发来通知，要求老师们将学生驱离操场，赶回寝室休息。

学生们流露出一线明快的失落，又立马回归到庞大的理性中，悻悻地走了。

坐回到重归宁静的操场上，眺望着远方已经化成一个个依稀忽闪亮点的孔明灯。它们自由、不羁，以自身微弱的温暖亮光，义无反顾地直面最凝沉的黑夜。不等待、不依赖、不悲不喜，而且，并不奔赴广寒的方向。

方才炙热的情感释放依然在他的胸膛中剧烈跳动，与坐下仍旧微凉的草地激荡碰撞，引发了一种奇妙的作用。许多他以为早就佚失在时间长河里的记忆，开始鲜活地复苏了。

曾几何时还是那个无忧无虑的少年时，他一心崇拜着一个光辉伟岸的名字——诸葛亮。他就像周遭每一个追星的孩子一样，如饥似渴地珍藏起偶像的一言一行。在论坛上与异见者展开没日没夜的论战。"舌战群儒""草船借箭""空城计"……一个个传奇美好的故事充盈着他空白的内心。随着年岁渐长，他明白了那些传奇事迹许多都是后人美好的幻想。而那些故事照映出真正内在的品质——"鞠躬尽瘁，死而后已""兴复汉室，还于旧都"，更是让他如痴如醉。世界性的热望和世界性的绝望在诸葛亮的身上汇聚直至顶点。

如今，他被身边无数渺小的繁务和感情牵绊，只是想想诸葛亮曾经那些波澜壮阔的伟业也会觉得是一种僭越。可是，每每抽离开来，联想至此，他又总是会感受到一种不同凡响的力量，微弱但坚定地伫立在那里。这是为什么呢？

他想起了曾在论坛上读到过一篇不知名网友写下的讲述孔明生平的长文，那些熟稔的事迹无须多言。而唯有其中极富演绎性质的一幕至今仍然深刻于他的脑海：每当站在人生的重要岔路口时，初出茅庐、赤壁前夕、五丈原的星夜，他都会抬起头来，仰望苍天。这时，漫天的星海总会汇聚成一道无比明亮的广阔航路，顺此航行下去，他便不会迷惘。

孔明灯即将在黑夜中远逝，高海源若有所悟。思想不过是对过去的缅怀，再重要的思想也会随着过去一道成为过去；而情感不分贵贱，亘古绵延，它所迸发出的力量，才是通往未来的唯一途径。那一盏盏孔明灯，定是载着他的、孔明的、学生的、异见者的，以及无数人共同的情感，飞向夜幕外璀璨的苍天航路！

打起精神，环顾本应空无一人的操场，一个熟悉的身影在不远处静静地坐着，同样凝视着早已空无一物的深沉夜空，那是直到刚刚他还一直在找寻的唐亮的身影。

他在不久前的体育统考中以三分之差遗憾落榜。这意味着三年来无数的汗水、奋力地奔跑全都付之一炬；这也意味着，他将以一名普通考生的身份，去参加一场算不上公平的竞赛。

一如他所想的那样，唐亮银丝镜框下如炬的目光和锐利的下颌线，不会有丝毫的迷惘。

高海源不会去打扰他，心想："唯独无动于衷，是他无论如何也不会接受的。"

第六章　爱别离

故事的发展，往往非常奇妙。

执笔悬于纸上，有万千的思绪和情感交相奔涌。高海源并不急于书写，他摩挲着钢笔杆久违的细腻质感，感受着斟酌词句，用言语来塑形思想这一违反自然本能的行动所带来的奇妙触动。

如果说爱上一个人是一种本能，那么爱上这份爱则无疑是违反本能的。

高海源不得不察觉出，他正陷于这样的一种怪圈中。他曾爱上了小晴，这是明白无误的；小晴拒绝了他，这也是明白无误的。但是无法强使自己遗忘，又不可能无动于衷。于是他转而思考起了什么是爱，以及自己为什么会爱上小晴。他爱上了这样的思考。

当这一念头清晰浮现出来，高海源立即痛苦地明白，他对小晴所寄托的情感，发展至今，已然不能再被称为爱了。

虽然并没有真切深刻地经历过，但是从他的阅读思考，乃至最为瑰丽的幻想，全部都在不约而同地大声告诉他："爱"，首先应该是不经过任何大脑的反思，是一种纯粹而热烈的盲目冲动。盲目地诞生，也盲目地消亡。正如我们倾注着盲目行动力与热情的无知青春一样。若是没有此等抛弃一切杂念、心无旁骛地被情感的洪流吞噬，任其漂荡，在该欢笑的地方放声高歌，在该痛哭的时候悲痛欲绝地盲目觉悟，那么他就显然不配拥有"爱"这份专属于青春的绝妙赞歌。

他将一切悲痛和喜悦都诉诸语词的习性，虽然在一定程度上安抚了他受挫后易感的心灵，但毫无疑问也为他的快乐套上了沉重的枷锁。在那些无数渺小明澈的快乐将至未至时，他的理智总会抢先一步诘问道："这有什么意义呢？"于是一盆冷水自头顶浇下，就这样侵蚀了他的整个青春。他成了要为自己的沉重罪孽而赔付上整个青春的少年犯。欢乐和悲伤都只能在预约好的时间隔着坚固冰冷的铁窗来探探监，怀着怜悯而渺远的目光。

他在这样的思考中，将自己划定为一个年纪轻轻的老人。自此，他才真正确信，自己并没有去爱任何人的资格。就像马尔克斯所说："爱首先是一种本能，有的人生来就有，有的人则永远也没有。"

不过，有必要更加明确的是，他的的确确不曾为，也不会为这样痛切的领悟而怅然若失；相反，这样孤独冷傲的思考，宛如在微凉的秋雨后，端坐在公园的长椅上。看一片片被雨水冲刷澄净，不染纤尘的枯叶旋落在自己头顶，是一种他愿选择并为之奋斗的明净智慧，是一种专属于孤独者之爱。

方才，他刷到了一个短视频段子。视频中，一位身穿保安制服的憨厚小伙，无比自豪地说道："大爷六十岁才当上保安，而我才二十岁就当上了保安，比大爷少走了四十年弯路！"高海源在安静的办公室里肆无忌惮地开怀大笑。不出意外引来了一阵侧目。他兴许只是想要用这真挚的笑声，缅怀一下自己从未能有幸拥有过的青春吧。

同事们很快就重又回归各自未完成的工作上。高海源也决心要专注在自己当下必须完成的事情上。

他回想起了第一次切身感受到"害怕"的一幕。

那是一个平凡的午后，家附近新建起一座商业古镇，父母带着闲来无事的他一同去古镇游玩消遣。周末阳光明媚，游人众多，鳞次栉比的仿古屋檐下人头攒动。身着各朝各代简朴古装的店家、五颜六色便服的游人们交错游转于工业量产的仿古小把件和飘香四溢的当地美食中；刻意隐藏起来的音响循环播放着各式音乐，淹没着众人的喧哗。

　　那阵子这样的商业模式颇受追捧，这也不是周边兴建的头一家古镇。所以这幅略显朋克的滑稽场面对他来说也并没有什么新奇的。他一如既往地四处闲逛，随手拍下再也不会翻看的照片，找一家人多的小店吃完晚饭。日暮低垂，准备回家。

　　站在古镇器宇轩昂的牌楼下，等待父母的档口，一阵人潮蓦然涌来。顿时，一股阴森顺着被他放置于牌楼下浓重阴影下的背脊迅猛攀登。夕阳的映照，宛若褪了色的血迹，漫延在阴影的缝隙里。在那稀薄明艳的橘红色笼罩中，活生生的每一个人，那些男人、女人、老人、小孩，那些快活的人、幸福的人、相爱的人。无一人不鲜明地刻在他的眼瞳中；无一人不向着相同的方向漫无目的地走着；无一人不是来这里寻找有别于日常生活的种种，然后一无所获也不会愤怒；无一人不让他感到害怕。

　　他害怕了，害怕被这人潮淹没；害怕被这黯淡的逸乐冲刷掉炽烈的骄傲；害怕浅薄安稳的生活从容地剥去他真正知悉这世界庞大深邃暗面的特权；害怕他所害怕的一切，理所当然地正在发生；更害怕，他其实只是个普通人。

　　坐在回程的车上，远眺高速路旁被薄暮勾勒出轮廓的群山。黯影连绵起伏，永逝而去。那份新鲜的恐惧感仿佛已经是很久远的过去了，却有一种截然相反的感动油然而生。那是怎样的一种感动呢？大抵就像是一辈子生活在绵绵细雨中的人，在终于接受了这样黯然阴郁的命运后（或者甚至谈不上接受，因为他从不知还有另外一种可能性），竟在雨歇的间隙，无意间抬头瞥见厚重云层破开一道巨大的口子。明晃晃的天光悠然从那里流曳出莫名的感动。这份感动不同于激昂、猛烈、犹如阳光普照般的骄傲之情。它感静谧且安然，以一种细腻的温馨，一点一滴坚定地除去攀附在他脊梁深处的恶寒。不同于快乐、悲伤、激动、愤恨这些来去匆匆的激情，这份感情就同先前的那阵惶恐相伴。长久潜藏在他心底里的深谷中，伺机而出，必然地刺穿他的一生。究其引发的结果，可说是一种欣慰吧。他欣慰于在这般稚嫩的年纪就遇见了如此深邃的恐惧；欣慰于竟会因为这样的恐惧而深感不安；欣慰于他还有着一生的长度去与之战斗。

于是，他欣喜而迫不及待地将这如此独特、一期一会的感动称之为"爱"。一生都定然不会落幕的爱。

从那一刻起，他终于"爱"上了自己。爱上了一直孤独行走在独自所开辟的荒原上的自己；爱上了阿多尼斯"我向星辰下令，我停泊瞩望。我让自己登基，做风的君王"这般冷傲的定场诗。

只是，彼时尚且稚嫩的高海源不会想到，这份看似崇高伟岸的自我之爱，竟是如此多疑善妒，拒绝任何丁点的不忠。

从那时起，他开始一步步沉沦在这样扭曲深邃的爱中，一步步疏离了身边无数浅明却自然的爱。

他的家庭和睦、幸福美满，父母工作稳定，极明事理，义无反顾地为他提供一切支持、甚至不提出任何要求，鼓励他那些不切实际的幻梦。他自然知悉这是无论从任何层面都让旁人艳羡的家庭。他无疑非常感谢他们。但是在他心底最阴暗、从不示人的角落里，他认识到，这不是爱的感激；相反，是怀有某种埋怨的"感激"。并不是因为有所不满而埋怨，恰恰是埋怨太过圆满。他觉得有一种庞大无声的暴政不由分说地将"圆满"塞融进他根源的一部分，无可驳斥地剥去他的恐惧、他的痛楚、他的孤傲，还有他自别于他人最重要的一点——他的斗志。

他竟暗自期许能够有所变故，期许密不透风的"幸福之墙"能够破开一道裂口，让他一窥墙外的风景。在他最为神经质的幻想中，命运不能对他加以垂青，甚至不应公平相待。唯有残暴的命运才能让他斗志满满，神采飞扬。如果说哪里有天堂的话，那里一定就是他的地狱！

　　所幸，现实从未如他所愿。他又立刻为自己病态的期许而深感愧疚，这更是无处忏悔的愧疚，既愧对父母，也愧对自己。

　　所以他只能逃离，逃离这个生他、养他、爱他，却被他辜负的家，也逃离那个即将被辜负的自己。

　　可笑的是，就连这逃离本身，也因为父母毫不例外的支持和鼓励，而成了一种孩子气式的赌气出走。

　　还有那些懵懵懂懂的好感又怎样呢？自打来远方读书、工作以后，他结识了很多性格、志向迥异的伙伴。他们把酒言欢，相互倾诉着各自尚未明朗的青春。有时，彼此也会被对方的心性和热情所吸引，一种熹微温暖的关心泰然涌来。此时总在一旁静观着的自爱便不会再沉默，以明确坚定的语气告诉他："这世上，有的路只能一个人去走。"于是，他不得不振作起来，驱散那份隐约飘浮着的暧昧气息。最后，与每一个伙伴郑重其事地道别、祝福，为彼此将要走上的道路致以诚挚的敬意。

　　所以，长久以来，久到也许他自己都不曾注意过。他早已习惯戴着厚厚的假面去生活。装作很在意那些其实他并不在意的；而那些真正无比在意的，却不得不假装毫不在意。

　　所以，自认为比任何人都更了解自己的高海源满怀欣慰与自信地笃定：他再也不会爱上任何一个人，除非发生奇迹。

　　所以，奇迹就在这恰如其分，整出戏剧最具反讽意味的时刻，无可置辩地降临了。

　　他爱上了梳云掠月、顾盼流光的小晴。有某种比他所有沉思、所有意志、所有爱都更加深沉和庞大的东西，充满颠覆性力量的东西。

他不会再去穷究那奇迹到底意味着什么，为什么一定要在此刻降生。就像德尔图良满怀理性与狂喜的宣言："因为荒谬，所以相信。"任何丁点儿的理喻，无疑都是对这奇迹的亵渎。

他只愿去相信，这绝无仅有的奇迹的确已然降临；只愿去信仰，这奇迹迸发出的光，足以照彻他氤氲的道路。

专属于他的奇迹此刻就在身后不足半米的地方荡漾。银铃般的笑声好似在水面行走，专心阅读时凝视翻飞书页的明眸能够劈开海洋。被他亲手钉死在十字架上的爱，竟然在这间被琅琅书声环绕、晦明变幻的小小办公室里奇迹地复苏了！

所以，是时候该道别了，认认真真地道别，满载丰收与喜悦的道别。

在这样一个时代，没有人应该成为他人的救世主。成为救世主或是被当作救世主都太过沉重，更遑论是他唯一最想要感谢的小晴，告诉他"爱"还应有着更本真模样的小晴，以至于对她半点有可能的伤害，都是高海源无法容忍的。

所以，他只能再一次选择离开，独自背负起对小晴过分沉重的爱或是崇拜，以更坚决的步伐，走向从未敢设想的远方。唯有小晴，他不想再去辜负。

他已经设想好了要如何与小晴共同走完这最后的一程，更正确地说，是他静静地待在小晴身旁过完最后这些日子。

学生们的战斗已然结束，一个个熟悉的面孔或激动或忐忑地前来找他道别。三年朝夕相处的时光，足以记录下许多，也足以淡忘许多，对他们来说都是这样。高海源出于本能，只能记下那些美好的事情。于是，他仅怀着明镜般的心情，与每一个学生都认认真真地道别，并送上了他所能想到的最美好的祝福。

不久后要和办公室的同事们一道外出监考一场上级安排的外校考

试。他第一次带毕业年级的旅程会就此画上句号；他最后一次带毕业年级的旅程亦会就此画上句号。

在这个告别的季节告别，在下个起航的季节起航。一切都刚刚好。

仅剩的当务之急是，为了不进一步伤害和打扰林筱晴，也为了让这份只属于他的奇迹不会黯淡下去，他必须在最后的时日里，创造并爱上一个幻影，名为小晴的幻影。

这个幻影有着林筱晴曾在无意间倾洒给他的一切美好：有着永远映照着皎洁月光的容颜；有着永远随风飘动的裙摆；有着永远伴奏着桃花瓣飘落的莺声燕语；有着永远绽放在逆光中恶作剧的回眸。

这个幻影会沉默地承载起他对未知世界一切美轮美奂的期盼，成为漆黑夜里一盏永不熄灭的火烛，永远遥不可及，永远地拒绝他，也永远地指引他。

这个幻影会坚定地幻化成他漫长航行中不可磨灭的丰碑，纵使他再也不会航向那里，他也定然会一次又一次地驶过那里，直至成为他永恒的梦魇和永恒的缪斯。

现在，建造起这幻影的动机、材料乃至方法皆已齐备。最后的东风只欠一物——小晴的首肯和祝福。

也许那副从未摘下过的假面已然融为他不可分割的一部分。纵使他的内部暗流涌动，风暴肆虐，他仍然竭尽全力地去做一个光明磊落的人。坦荡地喜怒，也坦荡地爱憎。这也可以说是一种执念吧，出于某种代偿心理的执念。

正因如此，他无法将这千载难逢的机遇在暗地里独自进行下去。任何对小晴可能有所伤害之物都不会有存在的土壤，即便只是在他的心壤中，不为人知的伤害。

所以，他必须坦荡地向林筱晴告别，坦荡地向她诉说所有的爱——对小晴的爱、对自己的爱、对"爱"的爱。然后，寄一切希望

夜　第六章　爱别离

于小晴能够理解和原谅他的选择与道路，然后给予他梦寐以求的慷慨祝福。如此，他所有的爱便不会失落、不会伤害、不会迷惘。

虽说是孤注一掷的重要期冀，但是高海源并不认为这是一场毫无胜算的豪赌；相反，在他历经的那些大大小小的别离当中，每一个熟悉的人都总会被他流露着真挚热情和决绝使命感的只言片语所打动，慷慨地将自己早已遗落多时的一部分，被平淡生活所磨平的棱角，寄予这个有些偏执和怪异，却并不令人讨厌的少年的幻梦中。他就是这样，背负起许多重要之人的重要之物，一路走到这里的。

他相信，小晴也不会例外。他曾经那副决然的模样也让她为之青睐过。而现在自己这般地动摇，只会让小晴同样困惑。所以，他要写作出最后的一封诀别信，让一切都回归正轨。回到那个依然可以互相理解、互相倾诉、互相告别的时候。

天色渐晚，已经过了下班的时间很久。高海源坐在只剩下他一人的办公室里，终于开始动笔写下这样的话语。

小晴：

最近这些时日我深感诚惶诚恐。我们在关系上的一些变化让我实在是不得不越发在意。

当然，我清楚地知道造成这一切的罪魁祸首还是在于我自己。我在那天晚上的一时脑热，说出了不应该说出的话，亲手摧毁了我们好不容易才得以建立的相互信任的朋友关系。我很害怕如今自己的一些试图弥补和恢复我们关系的举动会给你带来更多的不适和伤害。如果你觉得我并不是一个值得继续信赖的朋友，也不用再多费神说些什么。把这篇信发给你看之后，我自然会退回到合适的距离。我们仍然可以是在需要时互相帮助的同事，我也不会再因为一些无聊的情绪波动就来轻易地打扰到你。

但我还是期望你能读完这篇不长不短的信，也许能够帮助你不再为此事烦忧。

如果时间还能回到那天晚上，我大概还是会说出类似的话。我其实并不后悔自己表露了真心，我也不觉得喜欢一个人或者被一个人喜欢是一件丢人的事（特别是对你，如果有人说不喜欢这么可爱的小晴，那他一定是在骗人罢了）。真正让我深深后悔的，在之后这十多天里，无时无刻不在折磨着我的，是我那时的一时怯懦，没能坚持说完我想说的话。我一直自负地期待着来日方长，我们还能像之前那样做一如既往的好朋友，分享快乐、分享喜悦，也分担忧伤，之后还有很多机会可以和你慢慢倾诉衷肠。

但是现实就像我所暗暗担心的意义。你真的是一个内心细腻，而且善于为他人着想的人。即便我在这之后的许多满不在乎的举动肯定已经让你深感不快，你也并没有直接向我发难，依然在照顾着我的感受。谢谢你，还有，对不起。

这些天里我们理所当然地渐行渐远，让我感到很绝望。我不知道还有什么办法能够修复我们的关系，一意孤行也只会让你更加为难，让我更加难受。所以我只有用写信这一途径，说完那天晚上没有鼓起勇气说完的话，试图解开一些误会，让你能够放下心来，也就足够了。

在进入这个学校之初，一起培训的时候，我就在默默地关注着你。不过我也是个慢热的人，如果时运不济我们也就不会有更深的了解。这段时间以来，工位的靠近让我们慢慢相识、相知；爱好的相近，对你的性格、生活、理想的进一步了解也让我逐渐对你有了更多的好感。不过缺乏恋爱经验的我也不知道，这种好感和在意是否就称得上是爱。之前短短一段时间里，我们一起畅聊、一起买衣服、一起玩游戏，成为名副其实的好朋友，让我感受到了梦想成真般的快乐，也正是这种快乐冲昏了我的头脑。所以在那天晚上，我鼓起莫大的勇气，向你表白心迹。

但是，我想说的并不只是这些，真正希望告诉你的，其实是和你早前推荐给我的那部剧里一样的桥段——"我喜欢你，但我不会追求你。"喜欢你是因为你真的很耀眼，深深地吸引了我；不会追求你是因为我有自知之明。现在的我，既没有深爱一个人的勇气，也没有组成一个家庭的能力，更是因为我还有一些未尽的梦想，需要我独自一人再去闯上一闯。

所以其实我从来都没有欺骗过你。我不打算结婚的计划没有改变，喜欢小晴，但是想要一直做好朋友的想法也不会改变。人生苦短，即便是我也想要努力地奔跑、大胆地爱。

不知为何，这些年来我似乎是养成了以强迫似的善意和热情，让人不得不接受我的意志的恶习。越是要好的朋友，越是深受其害；越是值得的人，越是被我辜负。和你这段短短的相识，让我看清了这一点。我决心要去做一个更能考虑到他人感受的人，做一个自然和舒心的朋友。

所以，我当然不能再奢求你的原谅。但是我怀着无比恳切和真诚的心，写下此信，渴望能够借此化解我们间的隔阂，在往后漫长的日子里，我们依然能够快乐地聊摄影、聊文学、聊游戏、聊绘画、聊剧、聊理想、聊喜欢的人、聊开心或者不开心的事……然后沿着各自的道路攀登，成为更好的自己。

高海源写罢，敲打成电子稿粘贴进微信聊天界面，不再去逐字推敲琢磨，然后以一种料想中无比明朗的心境，毅然按下了发送键。

静候回音。

背起迅速收整好的背包，关上教学楼里最后一盏亮着的灯，快步走向几天后就要到期退租的出租屋。踏过喷涂红漆的钢制人行天桥，只能听见自己坚定的脚步声在那儿回响。乌云蔽月，没有路灯的林荫小道漆黑一片，只不过凭依这些年已然化成习惯的记忆，他也能够在深沉的黑夜中畅行无妨。偶尔有一辆亮着大灯的车从路旁驶过，明晃晃的LED冷光旋过路肩、人行道、路旁的树干，直至丰茂的树梢。不由分说地驱赶走一切荫翳，还有隐匿在荫翳中那些看不见的颜色。不等他仔细去端详，立即又暗了下来。被光筵所吞没的色彩，重又回归到了浓沉黑夜的怀抱里去。

恍如隔世。

回到出租屋，洗漱完毕。仰躺在收拾一空，只剩下一席枕被的床上，并没有丝毫的困倦。于是，他没有关上开关，就这么紧盯着被LED灯照彻的天花板。逐渐适应了这同样明亮的冷光，空无一物的天花板上开始一道道浮现出那些熟悉的瘢斑和细裂。

一旦沾染上离别的气息，就连那些熟悉的脏污、丑陋的痛苦，也会显得无比鲜活可爱。别离就是有着这般化腐朽为神奇的力量。

细弱的裂痕一点点深入和扩大，悄声蔓延。在空无一物的天花板上肆无忌惮地疯长。随即，无碍地跨过本就不存在的边界，向着空无一物的世界进发。原本浑然一体的完整世界，就这样碎裂成无数个再也不能被复原的碎片，晶莹璀璨，洒落进无数个迥然不同的梦里。然后，全部这些梦又因为这化作通路的世界性裂谷而悄悄连接起来。他得以沿着这些深渊中的坦途，在一个又一个梦境穿梭畅游……

天刚破晓，日光一如既往地透过有些许残破的窗帘照耀进来。

"叮咚"，他收到了梦寐以求的回音。来自林筱晴的回音。

深吸一口气，再郑重其事地打开聊天界面。那里有短短的一段话，却是对他、对林筱晴都显得太过冗长的一段话。

爱的迷惘

"你没有做错什么，是我自己不太喜欢这样。我也不喜欢被人误会，我也做不到一边被喜欢，一边装作什么都没有。"

一遍又一遍地读着。那个他好不容易才用由记忆根底里摸爬滚打翻找出的材料搭建出的，自以为固若金汤，可以任由自己遁入其中的城堡，在只差最后一片砖瓦便大功告成之际，轰然垮塌了。不，不是什么壮观的毁灭；而是打从一开始，就建成了一片荒唐的废墟。

他一遍遍地读着林筱晴时隔一夜给出的答复。痛苦地想象着她是怀着怎样的心情，以一种怎样的神态，阅读他所写的那封诀别信；然后，又是以一种怎样的表情，给出这段更为决绝的，毫不留情击碎他一切病态念想的回复。

屈辱、不甘、愤懑，这些情绪理所当然。只是在这样一个自诩智慧的人这里一股脑地涌来，实在显得讽刺罢了。

高海源不再深思熟虑，而是任凭感情的驱使，在对话框里敲下一行又一行的胡言乱语。

"所以说还是从我变得开始喜欢你那一刻开始就已经错了吗？"

"即便我说的再多只是希望我们能像以前那样做好朋友，也不再可信了对吧？"

"那段日子很短暂也很快乐。其实我也知道我那时不负责任的感情根本称不上是爱。但是我那时是真的有一点迷茫，甚至动了想要留下来的心思。我觉得不能再这样下去了。于是那时我就动了歪心思，利用了你。你能明确地拒绝我也好，好给我个痛快送我上路。"

"我现在也算是自食恶果了。没想到被你拒绝之后反而让我越来越在意你，越来越无可救药地爱上你。结果也就越错越离谱。给你带来了太多困扰，这些真的不是我的本意。"

"所以你无论如何对我，无论多么讨厌我都是我咎由自取。希望你不要有心理负担。只希望你能认识到自己的优秀和美好，知道无论如何还有很多人在意着你、喜欢着你。也希望我能尽快走出来吧。"

"有时候真的希望自己也是个女孩,不会爱你也就不会伤害你。这样的话我们肯定还是毫无芥蒂的好朋友吧,哈哈。"

不会再有任何的回应。理所当然的。

高海源凝视着再也不会跃动的聊天窗口,现实远比他先前的所有想象都更为深邃。深不见底的潭水包围了他,无论他向哪里走,都必然地沉沦其中;可是,即便他纵身一跃,再拼命挣扎,也必定无法激起丝毫的水花。只有沉默再沉默,比死亡更加浓沉的沉默。

他放弃了挣扎,静待着被删除或者拉黑的命运必然地降临。他从一无所有的地方前来,也注定只能回到一无所有的地方里去。连做梦的资格,都不再被准许拥有。这就是他一直孜孜不倦所追寻的天堂吗?

可是,这毕竟仍是他的设想。他的设想只是从来都不具有可以影响现实分毫的力量罢了。

聊天界面还是一动不动地伫立在那里。空白的时间在那些凝固字句的缝隙里满不在乎地流走。在这些空白的时间里,他并没有被拉黑或是删除。就像是被自由自在,飞向不知哪里去了的林筱晴彻彻底底遗忘了一样。

几乎是不可避免的,他们在学校外派监考的大巴车上,又一次相遇了。

并没有时隔多久的再见,先前全部那些喜悦、期盼乃至苦恼都荡然无存。唯独仅剩的只有尴尬,他从未想到自己有朝一日竟会为其所困的尴尬。

他尴尬地向林筱晴打了声招呼,林筱晴也给了他一个尴尬的回应。于是他们就这样无言地登上了车,相隔远远地坐在车厢两端深蓝色的塑料座椅上。谁也不敢再抬眼多看谁一眼。任凭窗外那些熟悉的景致,以烦躁的流线,从眼际划过。

到达考场,准时为一个个无忧无虑的陌生考生安检,宣读注意事项，分发试卷答题卡，核对身份，贴条形码。重复机械的工作，似乎目标明确，却怎么也找不到什么目标。抬头望向洁白的天花板，同样洁白的吊扇整齐划一地旋转，不会掉落下来；还有明亮的荧光灯罕有那么无规则地闪烁一下，并不会惊扰无所事事的他和正在奋笔疾书的考生们所共同编织出的这个无声无色、无味无触、无意识、无无明、无挂碍、无有恐怖、无智亦无得，不生不灭的白日美梦。

　　吃过午饭，来到为外派监考老师们准备的休息室。不出意料，林筱晴也早早吃完了饭，坐在休息室的角落里。于是他选择在远远的另一个角落里坐下，不知道接下来应该做些什么。

　　也许是出于习惯，他从背包里取出一个便携式游戏机。看着游戏机没有解锁的漆黑屏幕，高海源想到林筱晴也有一台同样的游戏机。不久前他们还在一同联机玩着游戏。那是一个悠闲的游戏，每个人都出生在一个孤岛上，岛上有着山川湖泊、鱼虫花鸟。他们就在彼此的岛上，像孩子一样奔跑，收集材料，为每一个远道而来的朋友都建造起漂漂亮亮的房子。

　　他害怕解锁漆黑一团的荧幕，害怕如此温馨的游戏成为他此刻孤单无比独特而鲜明的写照。

　　把仍旧黑着屏的游戏机怯懦地放置一旁。事务性地打开此前一直关着的手机，看看那些无足轻重的信息。

　　只有一条信息，来自林筱晴的信息。

　　奇妙。高海源下意识就点开了那条信息。那一刻他的行动一定不包含任何意义、任何结构、任何期待。不是刻意地不想要包含，而是他确确实实不能包含。对如此这般奇妙实态的理解，远超他的任何能力之外。作为高海源这个个体的自己，更是拒绝对此加以丝毫掌控。

　　此刻，他唯一能做的，只有尽快敞开怀抱，迎接这奇妙的潮涌。看看这无比新奇的力量，会把这个他也不认识的自己，带去哪里。

林筱晴只传来了一张照片，照片里是正在被她的手举着的那台同款游戏机，亮起的荧幕里正是那个悠闲的游戏，游戏已经到了保存界面。"记录成功，欢迎再来玩哦！"

没有再配以任何多余的文字，胜过千言万语。尚且来不及消化的高海源看向林筱晴那一隅，她依然背对着这里，不知在做些什么。

他颤抖着拿起放在一旁的自己那台游戏机。解锁休眠的屏幕，打开游戏，同样拍下照片，发送给林筱晴。与勇气无关。

"等我，一起来玩。"

不久，收到回复：

"要休息了，下次吧。"

当然，这是缓解一上午工作疲累的休息时间。看向林筱晴，已经做出了要午睡的姿态。于是，他也做出了这样的姿态。没错，只是做出这样的姿态而已。

即便工作再细致烦琐，他也不会感到一丝一毫的疲惫，更不需要午睡，因为他不再需要做梦。现实确已具有了一种如梦似幻的奇妙结构。不对，任何梦，都不过是对此等现实偏颇蠢笨的失色临摹罢了。

仰头望向休息室里悠悠旋转的吊扇，有一束盛夏时节明媚的光，从没有系紧的厚重窗帘进来，照耀着它。吊扇边沿有着一圈翠绿，转起来后宛如翻飞飘舞的绸缎一般，非常美丽。

回首那些过往的青葱岁月，他这才发觉：所有那些骄傲与哀愁、恐惧与愤怒，乃至思想和梦想，全都只是黑白的电影和精湛的素描。只有深沉的黑和耀眼的白；最多在看不见的角落里还点缀有一点夕照般残破的血色。全部都是技艺的炫耀，却无法企及美的分毫。

不久的将来，在那方小小的荧幕里，他们会一同在蔚蓝的天空下尽情奔跑，一同踏上翠玉般一望无际的草甸，用捡来的树枝编起捕虫网，追逐帝王蝶蓝宝石般璀璨闪耀的翅膀；他们也会一同攀上白雪皑皑的山峰，挥动笨重的斧头，砍下银装素裹的雪松。用收集来的木材建造起属于自己的温暖小屋（当然，同时也还要追寻那看不见的雪豹幽冥般的足迹）；然后，他们还要一同跨过千万条蜿蜒流淌的小河，一路抵达撒满五彩缤纷贝壳的黄金沙滩，让泛着光的海水没过脚踝，向澎湃奔涌的大海掷出钓竿，冷静沉着，看准时机，吊起一只凶猛的虎鲨。迈起欢快的步伐，把它捐献给博物馆，成为只属于二人永恒的纪念。

在那里，高海源会化身成为全然陌生的大海，遇见小晴。不是曾经那个他妄图建造的雕塑般无色的幻影，而是一个真正的，他直到现在还一无所知的小晴。

他们都会顶着圆滚滚的大脑袋，露出天真无邪的目光和灿烂的微笑，穿上五颜六色的奇装异服，以最本真的样貌——孩童的样貌（他们原本就都是孩子），在那片只有二人的天空下、彩虹般的岛屿之上相遇、相识、相邀、相携、相爱，直至相别离。

没有什么好抉择的，他必须留在这里，必须真正彻底地爱上小晴，也必须尽一切努力被小晴所爱；甚至他必须伤害小晴，也被她真正伤害。这正是他的宿命，真正幸运的宿命。

他打从一开始就清楚地知道，压根就没有什么不留遗憾的道别和可以及时止损、礼貌的爱。

第七章 皎梦

向着一个清晰辽远的目标，一步步心无旁骛地前行，对高海源来说自然是前所未有的困难，却也带给了他意想之外的欢愉与踏实感。

他重新开始尽可能客观地发掘自己。他觉得以他当下的状态来说，可说是从未有过的客观，自然不会再含有什么反讽的意味于其中。

当然，应该还是不应发掘？他也思考过这个问题。他很羡慕那些仅凭满腔热情和近乎天生信念就可以不断前进的真正行动派；但他也很快意识到，这个问题的出现无疑就是这个问题的回答。真正的行动派从不会诞生出这样的疑惑。这是发掘工作前一个小小的反讽插曲。

他想要真正地爱小晴，那么首先他只能是，也必须是他自己。

抱着这样的信念，高海源有些许无奈，也有些许欣慰地开始了"自我"的发掘和审视。

首先，他毫不意外地发现（也可能是他一直都知道，只是从不愿承认），在他先前全部那些赖以为生、自以为是的所谓品质，其实都暗含着怯懦和逃避的影子。或者说，那些所谓独特的品质，不过是他长久以来，为了掩饰自己那些根源性怯懦和逃避而处心积虑披上的一件金玉其外的大衣。

他长久以来一副愤世嫉俗的模样，究竟有多少是为了掩饰他对任何事情都缺乏持之以恒的决心而使出的花招。也许是因为他把自己那些聪明才智都用在了施展这样的伎俩上，以至于这伎俩太过于精湛，让他得以把那些打从孩童时起就换了一个又一个的虎头蛇尾的梦想全部不留痕迹地尽数消解，毫不愧疚。甚至还能美其名曰"成长"或是"对自己更深入的了解"。在这样茁壮的"成长"中，他至今依然过得浑浑噩噩、一事无成。

还有他那些自以为是的流浪，难道不更像是对自己必须肩负责任的一种逃避吗？一直以来，他享尽了家庭、团队、朋友能够给予自己的所有帮助，却在自己被真正需要应以认认真真工作、生活来回报他们时，说出一些似是而非、不负责任的话，来为自己的离开开脱。同时，还不忘冠以"理想主义"和"Romantic（浪漫的）牺牲"为名义，把自己感动到涕泗横流。

如果他这所谓的智慧只是这样的东西，那么他先前所仰仗的智慧无疑就是他现在最大的敌人。

在父母不遗余力地资助下，他搬到了一所敞亮的房间里。书房宽大的落地窗正对着郁郁葱葱的矮山。日出时绚丽的朝霞尽收眼底，无云的夜空中会有一轮皓月静谧地滑过。他正端坐在窗前宽大的实木书桌旁，谛视着这些，被他错过良久，平凡浓烈的景致依旧日复一日地流淌。

他的思想如同这些被从那间逼仄出租屋中陡然释放出来的风景一样，充满着新鲜的活力和审慎的力量。

漫长的暑假到来，除了偶有一点事务性的工作还需要前往学校，大多数时间他都可以独自一人待在这个崭新的空间里，尽情享受独处的乐趣。

真的是在享受吗？也许搁在不久前，高海源还会大言不惭地说出这样的话。可如今这样的独处，更平添了一层无法排解的空落落的感觉。

近乎是一种乡愁般抒情式的至深忧伤。

当他打开书，想要深深沉醉在那些曾经让他感动、让他振奋、让他痴狂的故事中时，他会不由自主地想着小晴最近都在读着什么样的书，自己又是否有着足够精彩的故事值得同她分享。于是，他合上了书。这种强迫性的观念，绝不应是爱本身。

他只有顺着书桌流畅的山形木纹眺向远方。那些无法企及的层云、彩霞和茂林，竟成了他唯一的慰藉。让这些美好的事物原原本本地呈现在眼中，本就是一种幸福。既无可企及，又无须企及。

可是，他对小晴为何就无法这样恬静自然地去爱呢？明明对他而言，小晴有着不逊于任何绝景的美好，值得他牺牲一切，奉献出他所知的最无私、最庞然的爱，不参杂丝毫烦扰，适宜的爱。可是他却为何非得在这本可无瑕的美妙关系中，孜孜不倦地索取那些本就不可能拥有的东西呢？非要把自己残破的影子一次又一次地笼罩于这美丽的存在之上呢？

也许，爱就是这样自私的东西。远胜理智，却依然享受着践踏理智的欢愉的东西。

还有他那仅剩的最后一个梦想又要怎样？难道要等到它就像过去那一个接着一个弃若敝屣的迷梦一般，被他毫不意外地遗落在哪里之后，再把这全部责任都归咎在小晴这独一无二、过分美好的存在之上吗？这显然更是无法接受的恶行，将自己的无能和懦弱归咎于他人光芒的恶行。

可是，如今的他就是这样。即便提起笔来也不知应当如何去落笔。既寻不见不得不倾诉的偏执思想辩证，也觅不得无可阻拦的痴愚情感洪流。也就是毫无灵感可言，只能隐约感到那个他仍然一无所知的爱，正在和他曾经仰赖的自我，尖锐对峙。

他幡然猛醒，自己又一如既往地掉落在了思想的旋涡里。他已然分辨不清，究竟是自己主动走入其中，还是他的路途上遍布泥沼，一不小心就会沦陷其里。这思想从不会通往他急需的任何解脱，却是他已然成瘾的毒剂。而他就活像一条活在毒瘾中，惶惶不可终日，可怜可憎的毒虫。

曾经他在这无拘无束的荒原上孤傲行走时唯一依仗的"思想"，如今却以成了他追逐小晴，逃离这空无一人的地方最大的阻挠。他必须强使自己戒断它，即便这一过程痛苦又危险。

现代心理分析大师费诺姆在《逃避自由》书中一针见血地指出："自由已经成为新的枷锁，唯有爱能消解迷惘。"此刻的他无比渴望能亲手斩断这从小就牢牢囚住了他的铁链，即便他对这当下唯一可仰仗的名为"爱"的利剑一无所知又一厢情愿，他也仍只能是义无反顾。

于是，他把手又一次伸向了那台静静躺在桌角、正沉默着的便携游戏机，打开那个不久前才慷慨赠予了他无限丰沛色彩的游戏。

看着游戏好友列表中，那唯一一个特别好友灰色的头像，以及头像旁不在线的状态提示。高海源感受到突然有一阵尚未明朗的奇特欲念侵袭而来。那是一种介乎于欲望和愿望之间，难以被精确定义的模糊情欲。他知道他可以邀小晴上线，来一同游玩，他也知道他不该这样做。

无与伦比的丰沛色彩，同样也意味着无可比拟的热望。这是无论如何必然通向失落的热望，自诞生伊始就只是为了在其无可回避的遗失之时，让遗失者永生哀叹的热望；这也是坦塔罗斯即便拼命伸手，也无法触及那果实分毫，却仍不得不向那无望的果实痛苦伸直手臂的惩戒般的热望。总之，即便任何人乃至他自己都会嗤之以鼻，他仍然不得不打开那个因其恩典般的奇异色彩，从而沾染上如此沉重热望的悠闲惬意的游戏。

这理应被称为一种欲望，但奇怪的是，这又不同于他所熟知的那些欲望，并非来去匆匆的肉体性质的浅薄欲望，但也绝非是什么更为高尚的欲望。它有些类似于白蚁的啃噬——鼓起勇气来与其对视，只会目睹淋漓的鲜血和丑恶盲目的冲动；可是，当有意对其视而不见之时，一种难以言喻的瘙痒便会攀上他的脑髓，蚕食掉他全部的精神。几乎是直抵他最根底求知的欲念，或许只是因为那些旧有寻求自身存在明证的通路，无一不被彻底阻断了。

高海源明知这是不通往任何得到的欲求，可是他却无法抗拒的害怕这欲求所必然带来的失去，害怕这失去到来的那一刻；更害怕这失去永远也不会到来，直至被彻底遗忘的那一刻。

所以，他在这般抗拒思考所形成的奇特思考下，做出了那个他明知一定会后悔的行动。

他打开了有着他前几天断断续续发送的一些无聊分享，却没有得到任何回应的熟悉对话框。怀揣着巨大的痛楚和释怀，以近乎平静的幽默语调，诉说出他的哀愿：

"快来上线吧！我摘了好多好多特产梨子，等着去你的岛上换苹果赚钱呢！"

良久，小晴答应了下来，并不出乎他的意料。

小晴上线后，大海重整心情，迈起欢脱的步伐，摇晃着大大的脑袋，赶赴小晴的小岛。

顺利抵达，他独自一人奔跑在依然湛蓝的晴朗天空下；在悠然飘动着白云影覆的翠玉般的草甸上，采集繁花野果，追捕奇虫和彩蝶；在有流星不时滑落的黢黑大海前，钓起他也叫不出名字的珍稀海鱼；然后同岛上那些开朗可爱的小动物 NPC 相谈甚欢，把一颗颗圆滚滚的梨子换成红彤彤的苹果，大赚一笔。

可是，就在这如梦似画般的地方，他不会感到丝毫的满足，只因为他在哪里都寻不见期盼的那个身影。

夜　第七章　皎梦

高海源无疑比任何人都更加清楚，无论是对他还是对小晴来说，那些苹果和梨子都并不重要；抑或是草甸上的奔跑，星塬下的徜徉，汪洋里的垂钓其实都无足轻重；甚至是这个悠闲的游戏本身，还有他和小晴之间那些时断时续的联系，都必然不会也不能永远地持续下去，从无开始的东西有朝一日也定会复归于无。但是，他又无比确信，唯独这一次，他的设想不会落空。只是因为这一次，他不再希求任何可能得到或是留存。他只是不得不选择用这种类似于"自由"的乡愁，推动他们必然如此的命运继续向前迈进。也正因如此，任何结果（那唯一的结果）是他无论如何可以接受的，因为那不是他咎由自取的结果，而是他只能如此的结果。

种兰因，结絮果。

临别的时刻终于到了，他遇见了小晴的角色。她站在上线的地方，一动不动。他没有呼喊她，他知道，此刻的小晴并不在这个五光十色的小小世界中的任何一处。那个他一直处心积虑想要逃出的庞大世界对小晴来说却是他想象不到的精彩纷呈。

只有他一个人被困在了这方伊甸园般的虚拟世界里。是时候离开这里了，即便是被残忍地驱离也罢。不，这样也许更好。

一切存续，都只不过是一场做不完的梦。

他醒悟，其实是自己一直在逼迫小晴，成为那个唯一能够把他从这场梦中解救出来的人，是他一步步在残忍地逼迫小晴做出残忍的事，一阵必须如此的痛心他必须承受。

高海源静静地退出了游戏。临走前在小晴角色的脚下放上一点小小的谢礼，以尽可能爽朗的语气发送一条注定不会再激起什么汹涌波澜的感谢和道别的简短消息。然后，不再去打扰不知正在何处忙些什么的林筱晴。

接下来的一两周里，高海源每隔上一些时日就会发消息叫上小晴前来联机。以一如既往的开朗语气邀约，一如既往地感谢和道别。小晴也总是让他得偿所愿，一如既往地回复上简短几个字，然后一如既往地站在上线的地方一动不动。

在他们这样一如既往的游戏日常里，高海源敏锐地捕捉着每次都在细微变化着的些许征兆。无疑，预示着那场他既暗暗期许，又深深恐惧的可怕风暴，正在悄声孕育和切实逼近。

到了漫长暑假里因一些教学外的事务性工作不得不返校的日子。毫无意外，高海源又见到了林筱晴；同样毫无例外的，她更加显得美丽了。

那是一种他未曾瞥见的美，没有一丝一毫是为他前来的美。

在偶然的目光交会中，高海源寻觅不到任何诸如期待、感动、害怕、愤恼这类多余的情绪。

原本就精致如刀刻的面孔在这些未见的日子里，平添上了一层古希腊雕塑般的沉静。

隽秀的眉头并未深锁也谈不上舒展，只是以优美的弧线将淡漠的影子投映在冷峻的眼窝里；发源自那儿的两道细密柳叶眉顺着精心打理的发际没入鬓角；挺拔的鼻梁旁两瓣小巧的鼻翼微微颤动；抿紧的双唇，宛若少女轻托在两颊前名贵的小提琴，只要拂动那凝绝的曲弦，不必轻启，也能奏响无声的妙音。

还有那束不避不迎的清澈目光，分明是看向他，却无疑并没有看见他，就这样轻盈地穿透了他蠢笨沉重的身躯，直视着他身后无边无际的黑暗。

一阵如期而至的屈辱感袭向高海源，这是小孩的无聊把戏被轻易看穿，对方还怜悯般地陪他将这把戏演绎下去时所感受到的屈辱。他第一次逃避了小晴的目光，也第一次真正想到了放弃——就停在这里，放过彼此，该是多么轻松、美好。

可是，正如他先前就已知悉，"放弃"如果需要被想到，那就再也放弃不了了。

工作很快结束了,林筱晴依然什么也没有说,向着回家的方向走去。高海源也追了过去。

校门外钢制人行天桥通往盛夏时节耀眼的夕晒中,他勉力支撑着被晒得发痛的双眼,那里除了一个正在平静前行的影子外,什么也没有。宁静的午后,一切生灵都沉醉在梦的边缘,回味着那个行将远逝的奢侈之梦。只有钢制人行天桥上一前一后向着同一个方向行走的二人,挣扎着想要醒来。

他的脚步声急促而凌乱,她的脚步声平静却轻盈。可是他们之间的距离从未有丝毫的增减。她的背影依然在那个可望而不可即的前方。

熟悉的桥走到了尽头,他终于无法再忍受这嘈杂的静寂,既无法忍受它的延续,又无法忍受它的终结。高海源放慢了追赶的脚步,企图以"声音"这空气的机械振动为媒介,填补二人间满是粉黯夕色的虚空。

"回去后等你来玩游戏,我又囤了好多梨子。"

他本以为自己可以以尽可能轻浮的语气说出这句酝酿了许久的话,可是,话语一旦脱离了嘴角,也就脱离了他的掌控,以近乎是哀求的姿态,奔赴桥的尽头,消散在越发迟滞的光中。

一个步伐声彻底消泯了,另一个步伐声一如既往地奏鸣着。仿佛那苍白的话语没有任何力量,或者压根没有能够抵达它本应去的地方。

可是,话语一定会抵达它必须去往的地方,一定会发挥它必须发挥的效能,这是以最直白的方式运转的最深奥的事情,与任何人的愿望都不再相关。

高海源伫立在走尽的桥上,沿着台阶下行的林筱晴侧身对着这边,并没有再进一步转向过来。他看着那个藏身在暮光中黯淡的轮廓,恍惚间,又看见了似水月华之下,专注地凝视着一束枯枝,溢满无比皎洁月光的林筱晴。他从那时起就应该清楚地知道，林筱晴的美，与他从来都没有半点关系！

在声音尚能企及的最远方，她轻描淡写地开口说道："我不想再玩那个游戏了，你找别人吧。"

目送林筱晴的身影消失在日落处的岔路口，他的心第一次真正感受到胜过刀割一般的疼痛。想要去哪里走走，又迈不开脚步；打开手机里好几天都没有动静的对话框，又急忙关掉。如果有谁说失望一旦被料想到就不会再感到失望，那一定只是因为那失望本身不过力量渺茫罢了。

他不得不在这个开始与结束相交错的岔路口，回望过去独自一人所走过的路。毫不意外地发现，凡他所走过的路，皆已筑起了扭曲而厚重的墙。他下定决心，一定要彻彻底底地拆除这面既保护了他又隔绝着他的高墙。可是，他从来都不知道这面墙是如何筑成的，自然也不知道要如何去拆毁它。

恰逢此时，林筱晴这束玲珑的月光，自那坚壁微细的缝隙里径直穿透进来。他就像抓住了唯一的救命稻草般急不可耐地追赶过去。这怎堪能被称为爱呢？充其量也只不过是自私的奔跑罢了。然而，这过分执着地追求，就像是未知的暗潮，一定会吓退和伤及愿意凝望这深夜中大海的人。可是他却依然在执迷不悟的追赶着已然退缩了的小晴。这固执的追赶无疑又筑起了更为坚固和密不透风的崭新高墙。他无处可逃，又只能无助地寄希望于林筱晴这唯一的光，以最暴烈的形式，彻底摧垮所有的墙。

所以，他们俩任谁都知悉，这痛，是唯一的出路罢了。

如今，暮光消泯，夜幕降临。他依然伫立在桥的尽头。他终于得偿所愿。暑假结束后，小晴也会从这里搬走。一切他所真正在乎的东西全部尽数失去了。飘舞着纷飞桃花瓣的林荫小道；如水般漾满月华的人行天桥；回荡着银铃似的嬉笑声嘎吱作响的自行车；还有那个最后，最为鲜丽悠然的小岛，连带着他的所有故事、所有骄傲、所有尚未做完的梦，全都无一不再是高海源他再也回不去的旧乡了。

明烈的痛感如同肆意奔涌的洪水，不再有任何阻拦地席卷了他。一切的一切，都被简简单单地清零了。

大概是凭依着本能吧，高海源终于回到了陌生的家。熟悉的物件都显得太过陌生，他甚至本能地抗拒起周遭这些物件和景致流露出熟悉的一面。因为"熟悉"，就一定会勾起无尽回忆。回不去的过去有多么美好，徒劳的回忆就会有多么痛苦。陌生，就是这个世界此刻能够给予他的唯一温存。

当他一旦想要把注意力从这一无所有的痛苦回忆中抽离片刻，他也就真正陷入了彻底的虚无中。不再有任何的东西可以让他攀附。于是，他被厚重的疲惫铅坠着，笔直地跌落进浓沉的梦中。

……

隔天清晨，一束温暖的晨曦透过窗幔的缝隙，照耀在他舒展开的手掌上。

在晨与昏相交割的地方，醒与梦的边界依旧分明的令人疾首。可是这个平凡的梦却鲜明猛烈地撞击着他浑身上下的每一个官能细胞。只不过是再平凡不过的一个梦：

> 在梦里，我是一个普普通通的高中教师，带完了一届毕业班级，正面对着一群新入学的陌生新生们，为他们上着新学年的第一堂课。学生们正襟危坐，安静认真。看着一个个天真无邪的脸庞，目光中无不闪烁着对即将到来的未知知识与生活的好奇与憧憬。而我则洋溢着真正澎湃的热情。心无旁骛地介绍起自己，努力地讲述着自己这些年来对这门课、这生活的些微领悟。我的讲述声滔滔不绝，扬扬得意；学生们也听得津津有味。课堂上充满了欢声笑语，每一个人都在

这一刻尽情欢笑,成了真正要好的朋友。直到下课铃声响彻,依然恋恋不舍。

真的是再平凡不过的一个梦,几乎就是这个燥热暑假结束后,即将发生的现实万无一失的预告。然而,正是在这样的时刻,平凡的梦方能显得如此非凡。

诚如叶芝所说:In dreams begin the responsibilities. 梦并非未来的预示,恰是责任的伊始。梦揭示了他最为原始的欲望。

在他不染一尘的梦里,没有出现她的身影。她却又因为这样的缺席而坚定地到场。所有那些积重难返的道路全都被如此明朗和决绝地斩断。他竟在这潜藏于心底最深处的梦境中,发掘出他居然一直都拥有着如此唾手可得的美妙幸福。

金灿灿的霞光已经洒满了窗外的山岗。高海源的每一个毛孔都在尽情地战栗,贪婪地吮吸这炽热而新鲜的空气,为他的第二次新生放声歌唱。他真正相信,他所有的爱、所有的责任、所有的梦想,都会自这个皎洁的梦中,自这个一定会成为不久将来现实的预告中,真正开始。

曾经他是自我世界中一贫如洗的国王;如今,他想要成为这个喧闹世界中拥抱一切的乞丐,一个一无所有却真正幸福的第欧根尼,再也不回头。

前方的路途迷雾散尽,他不会再犹豫不前。他的爱与他的梦确已合一,那唯一的道路通向坚定的幸福。落座在宽大的实木书桌前,高海源拿起了纸和笔。

他想要存在,他就必须书写;他想要书写,他就必须存在。为了让自己有朝一日能够看见,更是为了让自己真心在乎之人有朝一日能够看见。

如果有什么爱是话语难以传递的,那就用文字去抵达;如果有什

夜　第七章　皎梦

么美是终将消散的,那就用描写来镌刻;如果有什么梦是注定会被遗落的,那就用史诗来铭记;如果有什么未来是无法前往的,那就用故事去开拓!

相信,他们必将抵达到同一个地方。

语

第八章 云开

高海源制定了详尽的暑期时间计划表，满怀信心地认为能够按此施行下去。

一如回到了小学时，那些个无忧无虑、无所事事的夏天。

久远的记忆通常会相当的模糊，可是总有些不明就里的事情，清澈的仿佛就发生在昨日一般。

应该是每年的暑假一开始，他就和所有那个年龄的孩子们一样，乘上最后一趟从艳丽的黄昏里的校园驶回家的班车，心绪早已飞赴了那近在咫尺的地方。

即使那时尚且懵懂，却已能确定无疑地知悉到，正坐着的这趟班车，稳稳地驶向"自由"的方向。有时身边坐着最要好的朋友，有时身边坐着憧憬的女孩，有时身边谁也没坐，都无关紧要。因为那时的"自由"不需要去寻找，也不需要去追赶，肯定会在他努力学完一整个学期的知识后，在固定的地方等待着自己一次又一次地回来。

那时的"自由"与"幸福"也并不是相分离的概念，彼此总是相伴相随。有时只是父母在下班后，竭力掩饰住疲惫，用爽朗的语气说出一句朴实温暖的问候；有时只是外婆悉心做好一顿简单却热气腾腾的晚餐。他确实拥有过这样幸福的自由。

那时的"自由"也与"爱"无关，并不是说他不会爱这一切，只是他从来都不曾想到过以爱的名义，来统摄这些所有细琐的情感。他从不需要证明自己对谁人的爱，更不需要去翻找去爱自己的线索。他自然而然地就会对身边全部美好的事物和熟稔之人都充满真正的关切和无尽的好奇。那时的他也从不曾对自己将要走上的道路怀有任何迷惘。他无疑深爱过他们。

那时，父母和外婆总会担心他尚未成熟的爱与自由太过泛滥。于是满怀担忧与期冀地为他报名各式各样的兴趣班，制定起详尽的时间计划表，憧憬着他能在"爱"的规划中，向着"幸福"的方向一步步坚定地成长。

可是，那时也总是事与愿违。他并不会觉得这般热情细致的规划是什么弥足珍贵的东西。所以，要不了几天时间，那些详尽的规划表就都会被他彻彻底底抛诸脑后。纵情与发小们藏身在大院条条隐蔽的小道里；嬉戏在院门外不远处的江滩上；漫步在郁郁葱葱，鸟语花香的山林间。那时的他，尽情享有着连自己都不知道正拥有着的"拥有"。

"幸福"、"爱"与"自由"，多少如雷贯耳的哲人们皓首穷经也未能寻觅得到的东西，恐怕都不过是我们每个人与生俱来的一部分。直至它们被我们彻底翻找出来，那时也是我们第一次弄丢它们。一旦弄丢了谁，谁就一定会成为我们此生中再也抵达不了的灯塔，唯有迷航者才会无比渴求的灯塔，成为因其光芒和温暖而深深束缚住我们的枷锁。然后，我们又会成为那个捡着芝麻，丢着西瓜的小猴儿。在失去中追逐得到，却又在得到中继续失去。余生只得以全数的悲欢为注，踟蹰徘徊在这条患得患失的道路上。

多年之前，他这些与生俱来的东西，随着外婆的陡然离世被一并从他的骨血中淋漓地剥除殆尽。继续沿着日常的轨迹去喜怒、去生活，对他而言成了一种奢靡的挥霍。他对此只会感受到无穷无尽却无可名状的愤怒。如何平息这股怒火，他从来都不清楚。直到他遇见了林筱晴。什么也没有做的林筱晴却无疑有着让他把一切桎梏尽数遗忘的魔力。于是，他不得不爱上了她。他或许从一开始就知道，这是注定不幸的"爱"，因为爱的依据是源自对自己的"恨"。这是任何人都不能也不该承受的"爱"。

这般可悲可叹的命运，可是他却不会感到气馁。从前不会，往后也不会。倘若我们每个人终其一生都未尝真正地失去、未尝在无光的海中绝望迷航。那这些看似光耀宏伟的灯塔又要如何去抵达呢？难道指望从别人的故事中去学习吗？还是站在遥远安全的高处，发表出精彩绝伦、无可辩驳的评论？未经痛苦与喜悦彻底的洗礼，若非被执着的信念顽固地驱赶，那又怎能成为真正宝贵之物呢？不过是被陈列在一个个不染一尘的玻璃展柜中的精致古董，除了彰显宣称所有者自我的匮乏之外，再无他用。

还有那些在这条道路上用作赌注的欢愉与悲愤又如何？就像是金钱一样，用作花销时是劳动的交换凭证，用作赌资时就全然是另外一回事了。也无怪乎智慧如陀思妥耶夫斯基竟也会沉沦其中。或者说，正因他是陀思妥耶夫斯基，所以才会选择这样常人唯恐避之不及的恐怖逸乐吧。同样，这些充塞于得失之间空白的非凡情感，都无不寄托于日常所无法触其分毫的幻境中。与之相比，那些日常的喜怒哀乐，都显得只像是巴普洛夫的狗所做出的应激反应而已。正是这样浓沉的情感，历经时间的洪流与得失的磨砺，飘落在那些不明就里的久远记忆上，为之拂开遗忘的面纱。成为我们存在区别于梦境或是他者故事的明证，成为真正弥足珍贵的东西。

高海源依然沉浸在这样的思索中，一如既往。只是这一次，他不会再为这样的思考感到煎熬。相反，这是他制订的每日计划中不可或缺的一部分；是他这假期每日的忙碌中，至关重要的调剂与放松；也是他之所以为他的明证。

思索的目的仍是尚未明朗。不过，他在这样的思索中找寻到了"意义"——阐释过往的意义，通向未来的意义。如今的高海源既期待着过去的记忆能够如期袭来，与之展开全新的战斗；也同样期待着在全新的学期里，以全新的自我，遇见每一个学生和同事，结识全新的朋友们，开启属于他们所有人崭新的故事。这是他仍选择要留在这里的意义之所在。

预定的时间到了。结束晚饭后的小憩，穿上新买的跑鞋，高海源准备出门在小区周边夜跑。

下楼后，离开空调，一股夏季傍晚时标志性的热浪迎面扑来。太阳已经在此刻明暗参半的世界中隐去了它总是难以被刻意忽略掉的身形，只剩下远方地平线上方一抹淡然的连云还在固拗地记录着它行将消逝的光彩。他感受到这股热浪有一种在持续中悄声褪却的力量，名为残存的现实力量。这力量驱动着他不由自主地迈开腿，以业余的步伐，竭尽全力地奔跑。追赶什么或者被什么所追赶，没有差别。

刚开始跑起步来不久，即便已是刻意控制步频的慢跑，也让他这副久疏锻炼的身体遭受到了巨大的冲击。

心肺所遭受的重击要先于腿脚，沉闷的痛感随着他的步伐一次次越发嘹亮和急促地撞击他的胸膛。而每一次撞击的力度都在以几何级数般急剧加增。他几乎喘不过气来，只能长大嘴巴，努力让每一口都比上一口呼吸更多的空气。自他胸腔深处被挤压而出的焦灼气体和早先被骄阳炙烤，依旧残暑未消的燥热空气在他面前无形地碰撞、惨烈地厮杀，然后又悄悄地融为一体，共同成就为这个夏看不见的热浪。不一会儿，就让他浑身上下都裹满了豆大的汗珠。

他集中注意力想要尽可能将自己的呼吸平复下来。眼看似乎快要成功摸着门路之际，一阵撕裂般的刺痛又从有些许蹒跚的脚步中，自下而上传抵他的脑际。他能清晰地看见，在自己汗津津的潮红皮肤下，每一根肌肉纤维都在有规律地脉动。它们整齐地绷紧，再绷紧，直至濒临绷裂的极限。在最后那一刻，倏然又一齐松弛了下来，还来不及回味那稍有缓和的余痛，它们又一同迅速地绷紧，并且更为逼近深渊的极限。每一条濒临极限的肌肉，都牵拉着其下的骨骼，奋力将之猛烈撞向坚硬的地表，以其迸发出更大的疼痛，使得上一次方才历经的痛楚立刻消解为无。

"现在我用沉静的目光见到，恰是那台机器脉冲的颤跳。"

他下意识地迈动着，并未被疼痛阻拦分毫的步伐，脑中不停浮现出华兹华斯这样的诗句。他感觉到，正在踉跄奔跑着的自己，就是一台联通着神经中枢，由血肉铸造的机甲！怒潮般奔涌的痛觉，就是源源不断供应着的燃料。他贪婪地为这台机器加注，一次次将之推入崩解的极限。他却清楚地盲信着，对这台非凡的血肉机器来说，这样超负荷的嘶吼，绝非毁坏的预警，恰是进化的前兆！他的身体，一定会在这样的奔跑中，进化成为他将要踏足的更为险峻的道路上，披荆斩棘的利刃。

他的腿脚逐渐舒展成拉满弓的形状，不掺杂丝毫犹疑，将自己决然地弹射出去，每一步都掷向比上一步更加辽远的地方。

汗水渗入了他的眼睛，周遭的一切开始变得朦胧起来。这当然也未能阻碍他的步伐。只是先前那些鲜烈明媚的疼痛，逐渐被一种幻觉取代了。自己与正奔驰于其中的自然融成一体的幻觉。

他明明并未放慢自己的动作，可是他的所有动作都一同自然而然地放慢了下来。脚步蹬起、迈开、落下，手肘自大臂牵转小臂，直至攥紧的拳尖，力量依附在晶莹剔透的汗珠里，顺着肌肉隐约可见、微微隆起的纹路缓慢流淌。直至与他的肌肤相分离，甩飞出去。在空中划出一道圆满的抛物线，消隐在最后一缕从天边那抹淡漠的连云中穿梭前来的暮光里，亦化身成为这闷热暑气中渺然的一分子。

他留意到，不仅仅是这些有形的运动，还有充斥着周遭全数无形的运动，也都尽数被放慢了。等待着让他能够更为清晰地目睹到，而越放越慢，直至彻底定格在这匆匆流转间的一瞬；等待着依次进入他比起身体更为汹涌脉冲着的意识；等待着成为他的一部分，或者他成为它们的一部分，都一个样。

那个令道旁灌木丛里隐匿的全部嫩叶与花枝都不住摇曳的轻抚，应当被如何称呼？那个让路上行人脚下散落的无数细石砾都在欢欣翻滚的推动，应当被如何称呼？

没错，是风。

是无人凝视依然悄无声息便席卷了整个世界，并让世界开始躁动的喧嚣之风；是这个世界无论忙碌还是沉眠时，都永无止息刮过的凌烈之风；是他此刻正身处其中，并随时准备化身成为的暴怒之风！

在用以写就《旧约·创世纪》的希伯来语中，风、灵、气息都是同一个词（חור, Ruach）。最初的人们，就是以风的形象来认识到自身有别于肉体的精神性质的存在的。

终于，他看见了风那从不轻易示人的模样。

让燥热的汗水为之升腾，驱除烦恼与煎熬，带来只要他还能奔跑，就再也不会散去的清爽；让消失无踪的痛苦化作一种存续不断、绵延的快乐；让曾经空无一物、静悄悄的世界，因对它的向往而被奔跑的脚步声所奏响的乐章彻夜喧哗，欢腾起来。

于是，一切都被这样原始的力量剥去了全数伪饰，以原原本本的样貌回来了。

他放慢脚步，沉浸在一切最原初和坚实的模样里；沉浸在他打从一开始就被应允了的快乐里。

他又一次看向那抹悬在地平线上方的连云，最后一缕暮光也已消泯。不需要借助谁人的光，它比浅夜更加深邃的轮廓，越发鲜明且美丽地飘舞在风里，沉静地变幻着身姿。可是，无论如何，那都是自在——自由亦坚定存在的模样：他从始至终都在追逐的模样；小晴或浅笑或惆怅的面容不自觉地就映现在其中的模样。

他确信着自己的爱。高海源爱着林筱晴，或是爱那个追逐着林筱晴的自己，不应该再被区分。唯一重要的只有去行动、只有去奔跑、只有去追逐回报。没有爱是可以不希求回报的，他的爱也不应该例外。

他停下了自己似乎仍有着无穷无尽能源在燃烧的步伐，回到家中歇息。

明天一大早，他还要乘上曙光出发，去报了名的驾校里学车。这也是相当重要的事情。因为，这个漫长的暑假结束后，无论是他，还是林筱晴，都会搬家到距离学校更远的地方。从前他害怕自己耽于幻想的毛病一旦在驾驶时发作，就会害无辜的人陷入他自找的不幸里。可是如今，他只是一心想着尽快掌握这一项普通的技能。可以去接小晴上班，送小晴回家。幼稚也好，可笑也罢。这就是他能想象到的普普通通的爱应该的模样。对于现今的自己，这样也就足够了。

……

漫长的暑假在如此这般忙碌充实的日常中行将告罄。高海源的身躯似乎产生了一些易于觉察到的变化，但这些对他来说其实并无足轻重。他自认在这个暑假里，他的心智所达成的和解与统一，精神因之攫取到的进化更值得兴奋。他迫不及待想要将这样的心情与小晴分享，没有什么计划与方法，只不过是一厢情愿的愿望。

然而，在越发重要的时刻，事态的发展往往更会出人意料。或是推动，或是阻绝，让那些尚且本可继续积淤的露水骤然决堤，成为席卷而下的山洪。彻底荡清一切顽固的岩床，让人不得不叹服于冥冥之中自有天意的力量。我们称之为"戏剧性"。

在戏剧性的天意或是人为作用下，新学年的第一次全体教师大会，林筱晴和高海源被安排坐在了一起。

这是久别之后的重逢；这是高海源朝思暮想、魂牵梦萦的重逢；这也是高海源梦寐以求能够抛却过去的一切成见与桎梏，以一个全然崭新的自己，与林筱晴重新开始相遇、相识、相知，却又不希望自己对林筱晴的爱意会被淡忘分毫的自相矛盾的重逢。就在这间夏日午后，座无虚席的会议室里，以这般猝不及防，前所未有又无处可逃的突袭，猛地实现了。

有那么一瞬间，高海源觉得自己尚未准备好。可是，转念一想，自己与小晴的所有际遇，从来都未曾准备妥当过。如今没有准备好，未来也不可能会准备好。想到这里，他顿时也就释然了，坦荡地落座在只属于自己的座位上，即林筱晴身旁的座位。

那距离实在是太接近了。

如果说作为一个接受了"启蒙"和"祛魅"的合格"现代人"，他仍被准许葆有什么不被耻笑的信仰的话，那无疑只能是信仰科学（当然他也深知这是作为一个人民教师的基本素养）。而他所学习的"科学"，则以所有人都公认的坚固事实，无可置辩地告诉他：他们正身处其中的这个世界，唯一可被证实存在，也是唯一至关重要的这个世界，并非源自任何人的意志，而是缘起于距今一百三十七亿年之前一场堪称意外的"大爆炸"。这场宇宙大爆炸从最彻底的虚无中创造出了最纯粹的能量。能量结于形体，以最原初的物质这客观实在的形态保存下来。而物质唯一能做的只有运动，永无休止地运动——诸如诞生、结合、变化、分解、毁灭，周而复始，生生不息。又因为这运动的持续性、顺序性和广延性而具有了时间和空间。如此，便缔造出了我们赖以为生的熟悉世界。

科学的昌明也为时间的顺序性指明了方向。"一切"自一个无穷小的奇点伊始，随着时间的单向度流逝而急剧膨胀。犹如被吹胀气球表面上的点，世界以难以置信的速度极快地远离彼此。从多么绚丽的遐想也无法企及的亘古持续至今，莫不如此。甚至，在热力学第二定律铁则的支配下,"熵"(系统的混乱程度)只会无休止且不可逆地增加下去。最终,一切被辛勤所赋予的意义都会被无情地践踏,一切客观实在都将重归于一种遥不可及却混沌无度的"虚无"中。"热寂",这一残忍又浪漫的称呼,即是"一切的一切"被科学这位新时代的"神明"所揭示出的"宿命"。

这是多么合乎理性的宏伟信仰呀!他也曾经真挚地为之折服。梦想着穷尽一生去哪怕只能为之添砖加瓦也在所不惜。可是,这位新世界的"神明",要如何解答他这一刻的困惑呢?在一切事物都被无可挽回、不可阻拦地通向分崩离析的宿命裹挟之下,他和林筱晴的距离实在是太过接近了!

那是肩头几乎就要碰抵肩头的距离,只要伸出一指就能轻松翻越。然而,就是在这咫尺之遥的方寸间,他所熟知的物理世界尽数发生着不可理喻的异变。

明明是在会议前,阔别许久的人们相互问候声此起彼伏的这间嘈杂会议室里,竟是一派静寂。

路过的同事朋友们无不惊讶于高海源在这个暑假里的变化,身材与精神面貌的蜕变简直就像是换了个人一般。于是,周遭的每一个人都直白兴奋地向他表达起自己的震撼。对此早有准备的高海源客气地应答着每一个问候。可是,全部这些热情的招呼与问候怎么会如此的宁静?静到只能听见身旁小晴沉稳的呼吸声平缓地演奏。他们俩都彼此默契地没有与对方打招呼。高海源继续聆听着,不知道该说什么或是什么也不想说。这一次他打从一开始就只是想要等待。不知为何,现在的他隐隐觉得小晴似乎也在等待着什么。

明明是从来都只知匆匆无情流逝而去的时间洪流,在这场预定只有一个半小时的例会里,竟会凝固甚至逆行溯洄曾经。

学校的领导们激情澎湃地规划着崭新的学期,热烈地畅想着即将开启的未来。可是,映现在高海源眼前的,却是上一次的相见时,那粉黛色的夕阳；是人影廖寞的钢制人行天桥，是最后那一句"我不想再玩那个游戏了，你找别人吧"。他用余光偷偷瞥向身侧的小晴，依然是那样的沉静，目不转睛，一言不发。又似是在以这样独特的方式，无声地包容着他的一切遐想。

百亿年前创世的大爆炸，千亿年后宇宙的热寂灭，对他来说有什么重要的呢？万亿光年之外，巨大星系的碰撞与吞噬，星尘凝聚成炽热的新星，年迈的恒星喷薄出最后的光热，塌缩成神秘而恐怖的黑洞。这些宇宙间无时无刻不在发生着的伟大事件对他来说又有什么重要的呢？这一刻，对高海源来说，唯一至关重要的，也是唯一可被证实存在的，只有身旁不到一拃距离外，什么话也注定不会说出口的林筱晴！

那个曾几何时，被无数"真理"和"知识"所浇筑，被告知再也回不到的过去，却在他与小晴记忆的宝藏中，肆意穿梭，畅行无阻。

于是，他又一次看见了那个悠然的游戏。他们无忧无虑地奔跑在广袤的草甸上，徜徉在漫天璀璨的星海中；看见了那座洒满月光的人行天桥，他凝望着伫立在桥面上的小晴。屏住呼吸，静静等待着她按下快门的刹那；看见了那条无数桃花瓣纷飞飘舞的林荫小道。他们肩并肩，相距着伸出一指便能轻易翻越的遥远距离，一边开着适宜的玩笑，一边向着相同的方向行走。一切都历历在目。

高海源回想起，身处在曾经那些瑰宝般绚烂的每一刻时，他都无一例外地暗暗期许，时间能够永远地停留在那一瞬间，再也不溜走。可是，这只是无比幼稚的可笑幻想，他从来都不会当真罢了。

然而，身侧的林筱晴确确实实就在这里！平稳的呼吸，不时眨动那专注的灵眸。一切都回到了发生的当下，真挚如初的心动，就在这一刻！而且，随他所愿，任意停驻。

他又一次确信了，他对林筱晴的爱意，从未随着时间的步伐，而淡忘分毫。

溯洄过往的樊篱已然被彻底打破。他就有理由相信，通往未来的道路也定会雾霭散尽。即便仍是并无头绪，但是现在的他，无疑正拥有着可以肆意去相信他所愿相信的权利。

　　短短的例会快要结束，所有的事物都像是一开始那样，沉静着、等待着什么的来到。

　　最后一个环节是介绍新教师。他们大多是刚刚毕业不久、朝气蓬勃的青年，怀揣着巨大的热忱和教书育人的崇高理想，从五湖四海会聚来到这里，步履不停。

　　高海源饶有兴致地观察着每一位新教师。

　　在这一刻以前，他们每一个人都是从未有过任何交集的陌生人。若不是他仍然选择留在这里，他与他们注定也只会是永远不会靠近分毫的平行线。从世界的伊始直至世界的终焉，不会激荡起一丝得失或是悲喜的涟漪。

　　人与人的相遇和相识，究竟是一种偶然还是必然？究竟是一种不幸还是万幸？他同样相信，在这里，他会找寻到新的答案。

　　作为新教师代表发言的老师，名叫南云。"真是一个有意思的名字。"高海源心想。

　　被校领导念到名字后，前排一个人影有些慌张地站起身来，匆忙三步并作两步地赶上讲台，路上还差点儿被台阶绊了个跟跄。明明应该是早早就准备好了的发言，还显得这样冒冒失失的，看来这位新同事多少有点儿缺心眼。高海源觉得有些好笑。

　　不过演讲一开始，高海源立马就有所改观了。南云开朗的声音不含有一丝犹疑，富于变化的声调处处透露出诚挚而饱满的热情。即便是早已听得耳朵起茧的陈词滥调，也使台下的每一位听众不由得被自己传递出的情绪所感染。端庄整洁的面容，匀称优雅的体态，还有身穿的那件清新淡雅的浅蓝色长外衣，都随着演讲的节奏自然自在地飘动着。没有一丁点儿初出茅庐，刻意为之的影子。仿佛在提醒着即将结识的朋友们，南国阳光明媚的盛夏，还远未到结束的时候。

"一定是位走到哪里，都深受欢迎的人吧。"高海源暗自感叹道。不知怎么的，他忽然想起，今天前来开会的路上，天边也有一朵正发着光的云。

会议结束。紧挨着的高海源和林筱晴不约而同地长舒了一口气，站起身来。也许是出于某种奇怪的骄矜吧，两个人都默契地没有多看对方一眼。一前一后沿着相同的道路，走回办公室。落座在背对背的座椅上，收拾起自己的办公桌。当然，虽说是在收拾着自己的东西，高海源的心思却只放在依旧沉默着的身后。

忽然，从身后递过来一本书，"看完了，谢谢。"林筱晴终于面无表情地开口说道。

那本三岛由纪夫的《幸福号起航》是高海源最喜欢甚至最珍重的一本小说。很久之前，他们还是无话不说的朋友时，小晴让大海给他推荐几本书看，他毫不犹豫地就把这本书拿给了她。他当然一直都还记得，只是没想到小晴会选在这时，把书还给他。

"是不是应该主动找小晴聊聊读罢这本书后的感想？"正当高海源踌躇不决之际，一个听闻他在暑假里变化甚大的老同事粗暴地闯进他们的对话中。他激动地拉着高海源看来看去，并且一定要高海源告诉他，怎样才能在假期里迅速减肥的秘诀。

"要是你也有这么强的意志力，早就能减下来了。"

听到这番算不上客气的玩笑话，所有人都有些惊讶。不过最惊讶的还是高海源。因为，这句话并不是他说出口的，俏皮悦耳的声音，分明是从一直沉默着的小晴那里传过来的。

他傻傻地笑了，并没有让小晴察觉到。

"幸福号也该起航了。"他这么相信着。

第九章 青程

首先，出于礼貌，先和大家简单地介绍一下自己。

我的名字叫袁琦。在今天之前，我的身份还是一名学生，不过从今天起，我的身份已经正式地转变成了一名老师。

刚刚上完了教师生涯的第一堂课，激动的心情直到现在还没有彻底平复下来，心这会儿还在胸腔里咚咚直跳。虽然我从来都没有写日记的习惯，但我还是觉得应该把这样难得的心情记录下来。

就在上课之前，有经验的同事们一再给我打预防针，告诫我这所学校的学生们水平有限，大多是未能考入公办学校的落选生，不能对他们抱有过高的期望。于是，我设想了出现在小说和电影中，坏学生与青涩教师在课堂上明争暗斗的种种情境。最终，在激动又忐忑的心情中，不得不走上了早前就在空无一人的教室中一次次排练过的讲台。

所幸，现实毕竟不会像影视剧那样充满戏剧性。鼓起勇气，有模有样地喊了一声"上课"之后，全班学生"唰"的一下就在新上任的班长洪亮的"起立"中一齐站了起来。看着台下一张张纯真求知的面孔，我悬着的心也就旋即放了下来。

客观地说，这里的学生从课堂上的反应速度和基础的牢固程度来说，确实较之我读书时的自己或是身边同学们还有一定的差距（并非我有意自吹自擂，这也实在是我这样一个菜鸟老师的无奈。即由于缺乏经验，故凡事只能拿自己的学生和自己做学生时的状况来做比较）。可能也正是由于这些学生们都已经明白了自身在硬知识方面的不足，所以才意识到了在高中这个基础教育的最后阶段，更应该加倍地努力，才能把命运牢牢地把握在自己的手中。即便在他们这个年纪，对所谓"命运"的力量依旧只是懵懵懂懂，但是，如此这般的信念，也正是在这样的懵懂中才会显得别样晶莹剔透、不掺杂质。

总而言之，我教师生涯的第一堂课就在这般出乎意料的轻松氛围中告一段落。以至于现在回想起来，对方才结束的这堂富有纪念意义的课上的种种细枝末节记忆都不是很清楚了。只剩那股新鲜活跃的激动劲儿，还宛如一个手术中被刚刚剖开的心脏一样，温热而剧烈地跳动着。

这跳动理所当然带来了一种熟悉又陌生的喜悦。上一次这样的喜悦是什么时候呢？是收到大学录取通知书的那一天吗？还是吃泡面中了二等奖去旅游那一次呢？似乎与之又都有所不同。

算了，先不管这些复杂的事情了。我刚刚发现，只是回忆和记录这样的喜悦，就可以将那时珍贵的感受尽可能地延续下去，乃至将尘封的喜悦悉数唤醒，而无须借助对具体事件尽可能翔实的记忆。真是神奇的发现！没想到才刚一来到新环境，扮演起全新的角色，我就能有这么具有创见性的发现，不愧是我！

所以，我决定从今天这个富有纪念意义的日子起，开始记录下每一个特别的感触。这样，即便是平淡的日子也会变得精彩起来吧。

唔，一口气就做出了这么重要的决定，我心满意足了，激动的心情也慢慢地平复了下来。好累，那么就到此为止吧，该去休息了。

不对，好不容易才下定了这么大的决心，拿起笔来。既然要在这个全新的开始中做出彻底的改变，那么就不应该这么容易又被自己的懒惰击败（不然就不知道下次再拿起笔来，记录这些"废话"得等到什么时候了）。明明还有很多可以记录的人和事，那就让我来努努力一口气写完吧！

我想大家应该还有很多想知道的关于我的事情（我就假设会有人看见我写下的这些东西吧，不然只是一个劲儿地自言自语、喋喋不休实在是太容易腻味了）。譬如，我怎么能有这么多的"废话"。大家猜得没错，谁让我是一个语文老师呢？教学生说话就是我的本职工作了。想想我在工作之余，休息时间里写下的私人记录中都在这么刻意磨砺自己的基本功，实在是让我自己都不得不深受感动。

不开玩笑了，不过既然提到了这回事儿，那么关于语文老师这个身份，现如今我也有了些许特别的感悟，值得更深入地思索一下。

衡量一个学生语文能力的高低最为重要的标准无疑就是作文。你的阅读、你的理解、你的思考，如何真正成为你的财富？唯有用它们雕琢你的语言，讲述出你的故事。这是无价的拥有，也是无与伦比的快乐。与分数或名次无关。

这是我在学生时代里坚定不移的信仰。

我喜欢写作，并且擅长此道，向来如此。学生时代每一次的语文考试，我都会燃起一种难以形容的期待。就好比一个画家见到旖旎风光前耸立着一张洁白无瑕的画布时燃起的期待。

只要一拿到试卷，在四周的同学们还在绞尽脑汁思索如何能在默写题多拿些分数之时，我总会乘上一股异乎寻常的热情，不由自主地就奔赴作文的方向，然后就把全部精力汇注其上，在满布着标准正方格的试卷纸上纵情飞舞。把我那些有限的阅读、浅薄的理解，还有单调的思想，统统以文字的形象，在细黑线织成的网格中生成、组合，甚至异变成连我也意想不到的存在。奇异的冒险、陆离的故事，我总

语　第九章　青程

会沉浸在这些分明是由"我",又显得不仅仅是"我"创作出的作品中。直到被那网格角落里一行小小的"800字"唤醒。方才不得不恋恋不舍地与之挥别,投入余下的答题中去。

所以,即便那时我的成绩总不是班里最好的。但语文老师一次次当堂点名表扬、把我的作文当作范文声情并茂地朗读;还有即县里比赛获奖的奖状,无不坚实地记录着我的骄傲、回应着我的信仰。

也许就是这样的骄傲带来了延续不断的享受,这样的享受又在有意无意间影响着那些我自以为是自由意志的选择,最终构成了我所谓"命运"的主体。

大学时期,我毅然选择了汉语言文学这一专业,期待能够继续精进我的这一兴趣,甚至把它发展成为我可以为之奋斗终生的事业。

可是,正如我先前就说过的,我的想法太过浅薄和单纯。就像任何沉浸在幻想中的人永远都不会也不愿承认的理想与现实的落差,冷冰冰的现实自然不会放过我。

诚然,我的专业成绩不错,所写的文章依然会得到教授们的肯定和鼓励。在专业化的深造中,我并没能如愿取得精进,反而目睹着兴趣正在一点一点地流逝着。

起初,我也以为这些都是自己的问题:是天资的平庸,是伴随着成长不可避免的变心,是我理所应当去坦然面对和接受的"与自己和解"。

但是在无数个幽静的夜阑,我执笔坐在昏暖的台灯下,孤寂地凝望着眼前整洁的稿纸,审问自己的内心过后,我渐渐确信了,其实我的初心从未有过一丝一毫地动摇。

打从一开始,我唯独想要追逐的、真正无比渴望的,压根就绝非是所谓正确的理论、高深莫测的思想抑或无可驳斥的真理——这些虚无缥缈、自以为是的东西;甚至也不是老师同学们的夸奖、比赛的荣誉奖状,还有读者的喜爱这些源于外在的诉求。

我需要从写作中获得什么呢？从一开始，就只有写作本身的快乐！

纤细坚韧的笔尖在纸张上摩挲，刻印下逾越时间的痕迹，诉说出当它还是深林中一棵孤木时，流淌在茎秆脉络里无法言语的记忆；悄无声息的文字划破虚空，让第一缕明媚的光照彻亘古长夜，为你我带来晴朗的欣慰与哀伤。

这是重要的事情吗？于我而言，自然无须多言。可是对除我之外的任何人，都并不相关。所以，在身边所有最亲近人们的不解中，我做出了最大胆的决定——停下笔，不再去书写那些被告知"应该"去书写的东西；放弃了势在必得的在学业上继续深造的机会，选择来到这里，成为一名青涩的语文老师，尝试在一群与那时的自己年纪相仿的少年们身上，找寻并传递这差点儿被自己遗落了的快乐。

用通俗的话语来讲，这就是我现如今的职业理想。既然是为理想，自然不该是一帆风顺的。我做足了心理建设，时刻准备面对一个又一个意想不到的困难。在战胜它们的过程中造就出一个焕然一新、更加快乐和有趣的自己。以有趣的自己结识到同样有趣的朋友们，开启这段人生第一次真正是由我来选择的旅程。

我为这新旅程缤纷的预想而激动不已。一如少年时，拿上语文试卷，执笔写起作文时的快乐。

第一个真正的困难如约而至。

我似乎忘却了如何写作。

说遗忘并不太准确。写作的手法、叙述的结构、恰当的润色，这些技巧层面的能力，早就在日复一日的训练中融入了我的身体，成了我不可分割的一部分。可是远比这些都更为重要的——主题，直到我选择成为一名老师时，这才发现，其实我从来都一窍不通。

学生时代，无论面对多么刁钻古怪的作文题目，我总有莫名其妙的勇气与热情，兴奋地拥抱它，轻而易举就能创作出真正源自"我"

的满意作品。所以，我也理所当然地认定，摆脱了对所写主题的限定，我可以更为自由自在地创作出更加动人心魄的精彩作品。

彼时自信满满的我，当然还未能意识到，那些我本以为只是我写作枷锁的命题、半命题、自命题们，其实一直在默默地指引着我的方向，就像是在戈壁荒原上凿开的沟渠，看似是限定了水流的去往。可若是没有它们汇聚起那些渺小的力量，仅凭我那一点微不足道的才华，不过是偶然间冒出的一丁点儿转瞬即逝的清泉，注定只能消亡在漫天无边的风沙里，无影无踪。

结束了学生时代，转眼成为一名老师的我，自然失去了这些沟渠的引导和庇护，陷入了前所未见的迷茫中。

在今天的第一堂课上，看着学生们望向我的目光，那时的我，一定也是用一样的目光，期待着语文老师怀着微笑，挥笔在黑板上写下那个总是让我心脏怦怦直跳的作文题目的那一刻，开启真正属于"我"的那一刻。

我顿时收获到了莫大的鼓舞。绝不能再放任自己消沉下去，我必须为了学生，也为了自己，去深入氤氲中寻找主题，亲手在戈壁滩上挖掘出不毁的沟渠，无论这是多么艰难的事情。这是我选择成为一名语文老师的责任之所在；这是只有我才能做到的事情。

究竟什么主题是可以书写的、什么是值得书写的、什么又是必须书写的？它们间又有什么样的差别？我必须自此开始全部思考。

唉，真是想破头也想不出个所以然来。

我的阅读量就专业领域来说算不上丰富，倒不是说我不喜欢读书，只是作为一名有志于创作的读者，在阅读时我总是会不由自主地带入作者创作时的心境，思考起他们为什么会选择写出这样的主题。虽说难免流于肤浅，但我总觉得任何主题的作品就创作的角度来说，大致可以分为这么三类。

选择可以被书写的主题，多数容易创作出完整的作品，然而这样的主题却不可避免地陷入平庸。作者只能在故事框架、文笔、意向选取等技巧方面成倍努力，却依然难免是"豆腐雕花"般的炫技。

而少数被缪斯女神所眷顾的幸运儿们，则会以超常的智慧与洞见，从无数纷繁的世相中精挑细选出那些值得写就的主题，创作出富有意义的作品，甚至缔造出超越时代与语种的局限，被无数人津津乐道的不朽经典。

可是，总还有那么极少数的作品，与这些都大相径庭。嗯，要怎么去形容它呢？它不受写作的拘束，无论是否可以或值得被书写，都无法被忽视地恣意存在在那里。只因它有着必须存在、必须被书写的理由。精湛也好，拙劣也罢，写作从来都无法动摇它的分毫。因为它并不是由作者的创作而获得存在的。恰恰相反，作者是因为它的存在而必须创作，甚至作者是为了创作它而存在的。唯有这样孤高的作品才能沉重震撼它寥寥读者的心，构筑起人与人、心灵与心灵间某种无形却定然存在的奇妙纽带。

我也想要写作出这样的作品吗？我不得不惋惜但坚定地说一声"不"。

也许对于那个本就存在，只等待着契机一举显现的客体来说，遇见这样的作者，能够被他所创作出来，大抵还能说成是一种幸运；可是对于创作者本身，这绝不是什么天赋，甚至可以说是一种切实有效的"诅咒"。

他们本就不幸的一生，还要被这不得不写作的义务所奴役。身不由己地去伤害、去痛苦，又不能企图麻痹自己，必须时刻保持着清晰的理智去感知。残忍地毁掉自己本可幸福美满的一生，只为召唤出不被当世衣冠楚楚者许可出没于人世光鲜面，却始终潜伏于人性根底里的"恶魔"。所以，辱骂、嘲讽、诋毁甚至无视对他们来说不过是家常便饭，错乱、彷徨、胆战和执迷才是常态。也许有朝一日，人们终于发现了这作品的价值，将之奉为"导师"和"圭臬"。能够接受他们的花环和簇拥的，也只有那"幸运"的作品本身了。

啊，你要我列举出几个这样的作品？不，我并没有读到过这样的作品，这只是我一直想要回避的专业学习的后遗症——出于习惯性的理论推演，而得到的合乎逻辑的结论。应该存在着一类这样的作品。可是真正能够与之共鸣的寥寥读者，注定只能是与作者一样深受诅咒的可怜之人。

所幸，我并不是这样的人。我有美满的家庭、还算健康的身体、爱着我而且我也爱着的人、稳定的收入、有盼头的忙碌日子。所以，纵然可惜，但还好我并不是这般作品的受众，更不指望能够创作出这样的作品。如果有朝一日，我能够读到这样的作品，那么我一定要远远地向作者致以崇高的敬意，然后赶紧反思自己的内心，看看是在哪里出了什么问题吧。

所以我才说嘛，想了这么多，还是不知道该写什么样的主题。这才是我讨厌被这些理论性的复杂学问束缚住的原因。算了，虽然什么结论都没有，但是想了这么多，又把它们都记录下来，总归还是把以前杂乱的东西稍微整理了一番。心情上感觉又舒畅了很多。也算是一个不错的开始吧！

不过，机智的我还是想到了一个好办法，既然想得越多越得不出答案，不妨尝试一下什么也不想。而且，我可以利用上现今语文老师的这个身份。于是，我把这个问题留给了我可爱的学生们，哈哈。

方才课堂的最后，我给他们布置了高中时代的第一个语文作业——要求学生们写一篇作文。我先是装模作样地要在黑板上公布这次作文的主题，可是粉笔尖就这么悬在黑板上只有一公分的地方，就是不落下。我能感受到学生们害怕又期待的心情越发浓郁。直到下课铃声恰如其分地响起，我才微笑着告诉他们："这就是作文的要求和题目。"

同学们无不惊诧地看着空无一字的黑板，不知所措。有些反应迅速的学生很快意识到，作文唯一的要求就是没有任何要求。然后就与周遭的同伴们兴奋地分享起自己的发现和感想。我则是活像个老母亲一般，心满意足地返回了办公室，期待起学生们的大作。

可我又不禁担忧起来，即便没有任何写于纸面上的要求，学生们当真就能够无拘无束地选择该写的主题、创作出自由翱翔的作品吗？

很难吧。社会习俗、学生身份、人际交往，这些无形的规则总是在更加潜移默化地束缚住我们每一个人的灵魂。这些纯良的学生犹是如此。他们甚至不惜会为想象中的读者——一个严肃的语文老师，而心甘情愿地自缚，选择讨好这位老师的主题。

然而，这却不得不说是一种幸福。因为若是想要冲破或者无视这些规则，是需要远超日常的热情和勇气的；是需要总有在无人注视的深夜里独自起舞的热情和在路的尽头不是折返而是继续向前进的勇气的。就像我先前所说，在他们这般本该无忧无虑的年纪，这样的热情与勇气，更加并非恩赐，而是诅咒。

所以，与其笃断他们一定不会选择这样的主题，编织不出这样的作品，更准确诚恳的说法是，我但愿他们不会这样。

还是只能由我来选定出这个主题吧。

困难的解决依然得到了推动。我开始畅想，如果"我"就是自己此刻坐在台下学生中的一员，面对这样一个题目，会做出怎样的选择。

摆脱期待与成见，扔下技巧和辞藻，更不用考虑会创作出怎样一部作品，只是享受那纯粹的选定主题那一刹那的乐趣。我会选择怎样的主题呢？

……大概还是"爱情"吧。

那个既庸俗又神圣、既苦涩又甜蜜、既充满温馨又满怀激动的爱情；那个从我学生时代伊始，绵延至今。每每想到这个词时，还是会毫无例外地心神荡漾，笔尖为之一颤的爱情。

我多么想尽情地书写它呀！

一直以来，总有无数纷扰阻隔着我的愿望，总是被要求书写出更有意义的东西。可是全部那些被认可的意义现在都在哪里呢？我遍巡每一个角落，都难觅踪影了；反倒是那些偷偷写下的，从未示人的爱的片段，一直在柜底深处。即便现在看来无比平凡的对白，也因那时喜爱着的人而闪耀出越发迷人的光彩。

……抱歉，即便是做了这么久的铺陈，面对"爱"这件特别的事情，我还是没办法做到完全的坦诚。时至今日，那些外在的纷扰和限制早就和在它们限制下写出的作文一道，消失得无影无踪了。我依然未能在"爱"的主题下创作出什么满意的作品。其实那些源自我内心深处的种种，才是更加强有力的阻挠吧。

即便我竭力想要维护心目中"爱情"，完美无瑕、光彩照人的形象，可是我却越发回忆起那些光鲜背后不堪的记忆。孤独、破碎、惶恐、敏感、失眠……算了，不能再多想了，至少我能确信，我现在深爱的人同样也深爱着我，这样就足够了。

不过，既然谈到了这些，最近身边倒是还有一件趣事值得记叙一二。先声明啊，绝不是由于我八卦，实在是出于创作的需要。我才会对旁人的事情这么感兴趣，从而书写在这里。反正也没有人会看见的吧……大概。

一直以来，我都认为，学生时代的爱情是最甜美和纯粹的爱的形式。既不用着眼现在，亦不用顾虑未来。以相似的地位和背景，被对方的外在和内在特质所吸引，进而沿此去不断地寻找到自己或对方更多值得被爱的特质，充满着幻想的土壤。甚至就连学校老师或家庭社会具像化的阻碍，也无时无刻不显露出罗密欧与朱丽叶般的戏剧张力，让这股爱的洪流更加猛烈地摧枯拉朽。无论是那些明白表露，奋力抗争的爱情；还是在遮遮掩掩下暗自汹涌的爱意，皆是如此。

然后，成长给予了我们许多收获。相应地，也强硬地收取了应得的报酬。譬如这份纯真的爱，能够安稳步入成年人社会之人，莫不都在默默承受着这般失去。至少我一直是这样认为的。就像我的成见也让我一直以为，所谓校园恋爱，理所当然就只能是发生在学生间的爱一样。也许正是这些成见，一直在悄悄地引导我来到这所高中里也说不定。

说来有趣，就在正式上课前，教师们都在办公室里集体备课的这短短几天，我就在这间小小的办公室里，敏锐地捕捉到了一些特别的情况，甚至让我不得不反思起那些成型许久的成见来。

跟我同一个办公室，就坐在我附近工位上的，有两个同样年轻的老师，分别是坐在我身旁的林筱晴老师和侧后方的高海源老师。

他们俩都是早我几年来到这所学校里任教的前辈。因为我们都在同一个年级的相近班级里教学不同科目，所以我也常有一些学科之外的问题需要向他们请教，他们俩也总是不厌其烦地解答我这个菜鸟教师各种幼稚的疑问与担忧。总之，他俩都是极好相处的人。不仅如此，在同他们的交流中，我发现他们也都和我一样是喜欢读书，而且读了很多书的人。即便是一些日常的交谈，也往往能够表达出有思想的见解（这一点是最让我诧异的，原以为进入社会后，这样的人就可遇而不可求了，没想到身边就……怎么说呢？卧虎藏龙吗？哈哈）。

志趣相投，再加上座位靠近，一来二去间，我们就成了无话不谈的好朋友。一到休息时间，我们这一小块儿往往就会成为办公室里最热闹的地段，甚至还会吸引办公室里其他闲下来的老师们都过来跟我们聊上一聊。

更有趣的是，其实我从一开始认识他们，我就发觉他俩的关系很是微妙。

明明他们俩先前应该是教完了同一届毕业年级后才来教这些新生们的。按理说，他俩性格相近，也有许多的共同话题，应该会是相当要好的朋友；或者，就算只是依他俩开朗热情的性格，也会是合得来的同事吧。不过从俩人这学期第一次见面起，我就观察到了一股异乎寻常的气息。

俩人似乎都在刻意地回避着对方的目光。也没有什么直截了当的交谈。即便二人对其他人都显得热情洋溢，但一旦有什么问题需要他俩直接去交流时，气温就会直接骤降到冰点之下。

更奇怪的是，即便这样，他俩却没有远离对方（有很多这样的机会），反而是越走越近。虽然一直在回避着四目相接，但是俩人又都在背后有意无意地留意着对方。这些可逃不过我的火眼金睛。而且，转瞬就把我拉回到了还以为早就被彻底遗忘了的中学时的教室里。

那时，我同桌，一个文文静静的小男生，暗恋着我的好闺密——班上的学习委员，而我的闺密对他也颇有好感。只是他俩都并非坦率的人，谁都不愿去打破这样的沉默，生怕打扰到对方。只有夹在他俩之间，洞悉一切的我，像个没有战事时的战地记者，干着急。

彼时彼刻，恰如，此时此刻。

直到，我同桌……哦，不对，是高老师，终于开始鼓起勇气，主动找一些话题，尝试与林老师交流。当然，他们是借着与我聊天为名义的。

譬如就在昨天，高老师给我们讲了一个笑话。他忽然严肃地问我们："投资和投机的区别是什么？"我和林老师认认真真地想了很多从词义延伸到内涵的区别，但是都被他一一否决。于是，我们就想听听他的"高见"。

"投资是普通话，投机是广东发啦。"听到这样匪夷所思，却又无比正确的答案，我不禁笑出了声。身旁的林老师更是开怀大笑，笑得花枝乱颤。看到林筱晴的笑容，高老师也放心地微笑了起来，我从未见过他那般轻松惬意的笑。

不久后，林老师在办公室里跟我用玩笑的口吻，讲起高海源驾考几次都没能通过的轶事时，高老师就在我们身后，摇晃着椅子，这么听着、笑着。

我确信了他们二人间正流淌着"不属于"他们这个早该谈婚论嫁年龄的青涩爱意。

当我把这些发现告诉其他关系要好的老师时才知道，原来他俩的关系，在学校里的老师间早就不再是什么秘密。他俩从前就是亲密的朋友，高海源一直喜欢着林筱晴，甚至在假期里减了肥、买了车。在其他人看来，他做这些都是为了追求林筱晴。而且，他们也都认为这是合适的一对，关注并期待着他俩的进展，就像我一样。

就在我写下这些趣事之时，林老师正在校园里跟高老师学骑车。今天，林老师告诉我她还不会骑车，高老师自告奋勇要教她骑车。

这会儿，是学生们上课的时间，我们几人恰巧都没课。难得清闲的片刻，我在这里书写着有趣的故事，转头望向窗外，故事的主角儿，正在空荡荡的校园里，笨拙地骑着一辆深红色的小车，东倒西歪。另一个主角儿，则在后头，着急地追赶着，随时准备扶正偏了向的车头。

残暑未消，知了还在看不见的枝头上不知疲倦地鸣啭，不过，微风依然卷起了几片枯红的枫叶，让它们飘飞过随风鼓动的洁白连衣裙前。似乎，有微弱的爽朗欢笑声，穿过宁静的校园，传抵到我的耳畔。

我丝毫不介意成为沟通他们二人心意的桥梁，或者说，我情愿如此。也许是为了弥补些许年少时的遗憾，也许只是羡慕能够拥有这样一段青色的爱吧……

唉，我又在说些什么胡话，明明我已经拥有了深爱着，也同样深爱着我的人。

第十章 夏之旅

> 在隆冬，我终于知道，我的身上有一个不可战胜的盛夏。
>
> ——阿贝尔·加缪

说来，我们都喜欢听故事，生活也需要有故事。那么，究竟是故事让我们得以幸存，还是我们的幸存铸就出了故事。

并不是多么了不起的大事，只是现在事情的发展，有一点超乎高海源预想的顺利。似乎即便是在他那些频繁、斑斓、总也做不完的梦的世界里，事态也从未能有如此这般顺遂地进展过。就像他时常依据梦与记忆的微小冲突来判断是否身处在一场梦中，他也正通过当下所展开的是梦中都不曾照见过的情形，从而断定，这绝非是一场黄粱美梦，确是真切的现实。

依旧按时响起熟悉的晚自习下课铃声宣告着又一天的结束。慢悠悠地收拾好自己的东西，最后一个离开办公室。走在只有路灯偶然忽闪的静谧校园里，有一种似曾相识的感动隐隐发作。他无心去细究这感动的源头。近来，许多事情都骤然涌来，让他难免有些捉襟见肘。

新家离学校很远。在这样有晚自习的夜晚，他就会住在学校的集体宿舍里。

快步走回宿舍，仰躺在窄小的架子床上稍憩片刻。顺便跟舍友们寒暄几句，离睡觉的时间还久，换上衣鞋，准备去操场上夜跑。

踏足粗糙空阔的橡胶跑道，逐渐加快步伐，微风开始吹拂，温热的汗珠旋即滚落，纷至沓来的繁杂事务终于被甩下。高海源又可以思考那些熟悉的困惑。

不久前才刚刚沉浸在独自奔跑时的思绪中的高海源期冀着什么呢？他开始回想起这个问题。

他想要在从未尝试过的行动中觅得真挚的快乐。他开始奔跑、学起驾车，品味到了化身风儿一般、畅通无阻的乐趣。

他想要自内而外彻底改变自己，抛下先前所有沉甸甸的重担，轻盈地扇动未满的羽翼，翩然起舞。如今，他比起暑假前的自己变化之大，简直令所有人包括他自己，瞠目结舌。不仅为所有熟稔的朋友同事们所津津乐道，甚至他都更加在意起不时映现于镜子中自己的身影，试图在这具略感新奇的皮囊中找寻到似他或非他的证据。可惜，镜子无法穿透这皮囊，观照到其下隐蔽着的心灵。

他还想要将这般崭新的自己尽情地讲述给崭新的朋友和学生们听见，让所有人得以一同共享这破茧重生的喜悦。而这竟也难以置信的顺利。新生们怀揣着莫大的向往与期待，结识到了一个风趣幽默又颇有见识，而且愿与他们随心所欲谈天说地的高老师。他们的欢欣几经辗转也传抵到了他的耳朵里，让他不经有些飘飘然；当然，还有碰巧就坐在附近工位的新同事袁琦，其热情又活泼。难能可贵的是，她竟然有许多的想法都与自己那些讳莫如深、自以为独到的观点频率相近。于是，他们时常就这些莫名其妙的问题不着边际地争论起来热闹非常。除此之外，开学大会上，那个让他有些许在意的新教师代表南

语　第十章　夏之旅

云，更是令他喜出望外。不仅与他同教一个班级，三言两语的简单交谈间，俩人都欣喜地得知，彼此遥远的故乡，竟然是同一个地方。他乡遇故知的喜悦第一次真正感染到离家多年的高海源。那份清澈悠远的共同记忆，让二人总有说不完的话题。

夜，更深了。到了学生们入眠的时间，空荡操场上那盏明晃晃的探照灯倏然熄灭。他这才意识到，方才习惯了的黑夜，竟然是如此的明亮。

不过这并未干扰到高海源的脚步，平稳、规律的步伐回荡在漆黑的操场上，工作一天的疲累消失了。现今这样的慢跑对他来说早已称不上是什么挑战，几乎成了日常调节的一部分。

思绪继续沿着熟悉的轨道在黑暗里慢慢向前。

他最想要的……无疑是现今一切事态无法回避分毫的根源。小晴，能够忘却一切不愉快的回忆，像一开始那样，同他无所顾忌地畅谈，重新成为亲密无间的朋友，似乎也同样是水到渠成般地涓涓流淌着。他们重又开始像许久前那样，分享起好吃的零食，工作累了就漫无目的地聊聊天，甚至那天还在飘零着枫叶的整洁校园里，骑起了他的那辆小车。银铃般的粲然笑声再一次萦索在他的耳畔。一切都恍若昨日，恍若他从未敢企及过最美满的梦乡。

还有他那个隐秘到，连自己都羞于觊觎的愿望——小晴仍旧铭记着他独特炙热的爱意，竟也在不经意的对白中，悄悄捕获到了一丝证词。

一天，他有些许轻感冒，在同袁琦和小晴谈及此事之时，小晴冷不丁地冒出一句："你不是说自己从来不会感冒吗？"他顿时开始追忆起，自己何时说出过这样的话语。思绪立马将他拉回到了那个濡湿的雨夜，那个他鼓起勇气，想要向小晴表白心迹的雨夜；那个被拒绝后，独自徘徊，却让这一切爱真正伊始的雨夜。在所有这些故事开始之前，他为抱恙的小晴送去药时，脱口而出了这番豪言壮语。几近要被废墟淹没住的记忆,竟被猝不及防地翻找了出来。雨井烟垣间偶然拾得的吉光片羽,熠熠迷人。他只想静静地欣赏这一切。

仰头望向幽邃的苍穹。城市里,即便到了一切地上的光都开始熄灭的深夜,依然寻不见夜幕外璀璨星河的点点身影。

如果他是在别人的笔下或剧中遇见这样的故事,大概不会觉得这是什么高明的手法。罔顾现实一切无情和荒谬的力量,也没有付出什么等价的努力或牺牲,所愿所想就能这样称心如意、顺顺利利地实现了?可是,正发生在他身上的事实,就是这般由不得他置辩分毫。他甚至学起动画片里那样,偷偷夸张地狠掐过自己一大把。

"感激",他在跑步中变得有些许迟滞的脑海里猝然蹦进了这个词。他顿感又清醒了不少,顺便品尝到了一股浅梦被唤醒时的酩酊感。

沿此思索下去。感激谁?感激什么?说实话,他仍没有丝毫头绪。无论是小晴还是自己,并没有刻意奉献什么,只是不得不沿着必须走的路那么走下去,自然也谈不上感激的道理;感激那个看不见也摸不着的"命运"吗?可是即便此刻正深陷在"命运"那强有力的旋涡中,他还是仍未能窥及它的全貌,也不知道它究竟意味着什么。

也许"感激"并非什么深刻的哲理,而是一种纯净的感情。

但若不去切实地感激什么,他又会惴惴不安起来。"我们的人生,总是时不时朝着稍好一些的方向拨正船头。但是,这一刹那满足里所感到的'稍好一些'的喜悦,却给自己心中不可能实现的热望带来了耻辱。"三岛由纪夫振聋发聩的忠告,此刻正一字一句,越发清晰地浮现出来。

究竟什么才是不可能实现的热望!与小晴在一起的热望吗?确实遥不可及,他也从未认真严肃地思考过这些,可是……可是在深处,更深处,几乎要被遗忘殆尽的深渊里,有什么东西正在汇聚,遏制不住想要涌来。真正不祥的东西,即将冲破黑暗的壁障,决溢出来……

停下凌乱了的脚步。明天是个重要的日子，该去休息了。趋乐避苦才是人之常情，高海源告诫自己。

紧接着在假日里到来的是他暗暗期待了许久的旅行。

学校每年都会在暑假里为表彰毕业年级老师们的工作而举办集体出游的活动。今年出于疫情方面的考虑，旅行的时间被推迟到了开学后，地点也从远方的大城市更换到了周边的森林公园里。

不过，这对高海源来说绝对算不上是什么损失。正因为这样意料之外的推迟，才让他更有底气面对一同出行的小晴，尽可能感受这独特的旅程。对他来说，这才是唯一重要的事情。在这样熹微坚定的预想中，他甚至破天荒领悟到了"期待"二字的真正含义，那是一缕盘旋着既激动又惶恐的明媚心情。

直到一大早坐上学校为毕业年级老师们承包下的旅游大巴，高海源都显得有点儿恍惚。昨晚睡眠不足，今早又心神不宁。他在挪车时一不小心把新提没几天的车刮伤了，而这也让他成了同事们善意的笑柄。

透过拉拢着的车帘的清洌晨光、摇摇晃晃的巴士车厢、年长同事的孩子们兴奋的嬉戏声，这些充斥着象征意义、井然有序的事物，为这趟旅程的伊始蒙上了一层厚重的不真实感。只有落座在他前排的林筱晴沉静依旧。一如既往地不知是在想着、做着些什么。至此，熟悉的踏实感终于些微让高海源沉下心来，不再去胡思乱想。倚着车窗，任凭窗外的景致穿梭在连接梦与醒的隧道，随着盘桓于山路的车身，摇曳着流经自己的脑海。

抵达目的地。

虽说是在城市周边，不过因为大多是山路，路途上还是花了大半天的时间。一路摇晃，加之初秋时节南方的天气依然燥热，大伙儿都有些许疲乏，连出发时最活力四射的小孩子都蔫下来了不少。好在今天并没有什么游览的任务，接下来只有用餐和入住深林中的度假酒店休整，准备明天繁忙的游玩。

让高海源有些许惊讶的是，才刚一下车，小晴就仿佛换了个人一般，陡然开朗了起来。

吃饭时，他们俩有意无意坐到了一起。席间，他们终于又开始像是在办公室里那样谈笑起来，与满桌的同事们一道闲聊着。大海一边开心地听着小晴与他们挖苦自己近来许多手足无措的蠢事，随意附和上一两句，一边自然而然地又给小晴的碗里添满了饭。幸福的自豪感连同他纯真的笑一道，抑制不住地淌了出来，不动声色地漾进了众人的欢笑声中……

用罢旅途中的首顿美味佳肴，人们陆续心满意足地返回大巴，准备前往酒店落脚。

临发车之际，前排的小晴忽然转过头来，问大海："带游戏机了吗？晚上借给我玩玩。"

被问到这个问题的大海显然有些意外，愣了一两秒钟才回答："没……没带。昨晚发消息问你要带些什么，你也没说要玩游戏啊。"

大巴车轻轻地启动起来，他们都默契地没有继续这个话题。刚才用餐的饭庄转眼就消失在车窗中。

车继续驶向深林，窗外天色渐渐暗沉了下来。

高海源想着小晴方才的问题久久无法释怀，倒不是懊恼于忘带游戏机，从而错失了这个更进一步拉近俩人关系的契机，而是诧异于自己竟然压根儿就没有想到过这个问题。

分明是他无论如何都决心要悉心守候的小晴；分明是在他最灰暗的时刻慷慨赠予了他丰沛色彩的游戏。这些不久前还历历在目的瞬息，竟被自己如此漫不经心地就弃置到了遗忘的深谷之中。他的所做与所想似乎产生了一丝难以弥合的裂纹。他的确是变了，变得恐怕比想要的还更多。

高海源不禁打了个寒战，这才留意到太阳落山后，山区的暑气已然遁去，大巴车的空调却仍在奋力地低吼着，他默默伸手关上了自己和前排小晴头顶的出风口。

总会留下很多遗憾的吧。他这么安慰自己。

车窗外只能依稀瞥见远处黑黢黢的山影缓缓向后退去。在明亮车内灯的照映下，自己那张有些许困惑的面孔越发清晰起来。

他应该知道，只要还在前行，自己的困惑就仍不会得到解答。

深林中的这所星级酒店配套设施出乎意料地齐备，健身房、茶座、酒吧、KTV一应俱全。

回到自己的房间休整完不久，高海源就在同事们的呼喊下来到酒店的公共区域消磨时间，没有看到小晴的身影让他难免有些心不在焉。

直到新鲜劲过去，和几个好友来到KTV准备唱唱歌后，他发消息好不容易把待在隔壁房间里，同样无所事事的小晴叫出来一起放松片刻。

隔着茶几入座后，他俩都没有唱歌的心思。本想着唱唱歌应该是朋友间再正常不过的活动罢了，可是他猛然间发觉：已经这么久了，俩人像朋友一样，和众人们一起聚在学校之外的地方，却还是头一遭。高海源对林筱晴的心意在众人之中早已不是什么秘密，这一点恐怕他俩都是心知肚明。

在这样的认知下，他顿感自己和小晴就像是被架到舞台中央的演员，背负着人们的期待。无论精彩与否，仿佛都必须把这场演出进行下去。

自己倒是咎由自取，可为什么被无辜牵扯进来的小晴也得一同承受这些无端的非议和压力？始作俑者难道不是应该站出来终结这场闹剧吗？可是这些本还氤氲着的东西若是被明白地展露，岂不是更会伤害到小晴吗？在嘈杂的歌声中，他的牙关逐渐咬紧，从两颊延伸至拳尖的每一寸肌肉都在绷颤着。他甚至没能觉察到自己正愈加愤慨。

然而，对虚空所投射出的感情，终究只能飘落回原点，由自己来承担。

将他唤回来的仍是茶几对面的小晴。

"大海……"小晴举起面前还剩半杯啤酒的酒杯，朝他晃了晃。

昏暗天花板上的球灯，雪花般慷慨地挥洒下五彩的光斑，纷飞的彩光飘进透明的酒杯，淡黄色的啤酒宛若琉璃，晶莹剔透地闪烁着；划过小晴俊俏淡然的脸庞，熟悉又陌生，近在咫尺、似又远在天边；落在她轻启的嘴角，照亮了一线若有若无的微笑，无声地安抚着他狂躁不安的灵魂。

高海源同样笨拙地举起酒杯，随着玻璃杯轻盈碰撞，他学着小晴开朗的语调，干巴巴地齐声说了句："干杯！"似有两颗相隔遥远的心，跋山涉水，终于在这里相遇了。直觉告诉他，应该铭记住这一刻。

冰凉的啤酒顺着温热的喉咙一饮而尽，这是小晴想要回去歇息的讯号。他没有再挽留，只是把自己随身带来的平板电脑拿给她作以消遣，叮嘱她早点休息。

小晴先行回屋休息后，活动也逐渐落幕，众人陆续返回自己的房间。

终于松了口气的高海源并不感到疲累，难得走出城市，他决定去空无一人的露台上透透气。

刚一推开酒店露台的推拉门，他立刻就被眼前的景色震慑住了。

星奔川骛，沧海横流。

纵使一次次幻想过走出城市后夜空会比平日里明丽很多，可当他真正置身于这璀璨星海包覆中的刹那，一切理智和情感所艰难构筑起的阵地，皆被悉数冲垮，他只得束手就擒。

热情催促着他举起手机，可是那颗小小的镜头却无法捕捉目之所及的分毫；他张大嘴巴，可是再精妙绝伦的诗歌也无法替这无数星辰

语 第十章 夏之旅

发声。他不得不跟随着漫天的星汉一起沉默。

于是他焦急地想要叫小晴出来一同欣赏这绝美的星空，就像他们曾经在那个悠闲的游戏中所做的……

可是，他并没有带游戏机。

高海源冷静了下来。一字一字删掉了打在对话框里却迟迟没有发出的话语。不该再去打扰小晴的……或者说，不该再打扰自己。

他坐靠在露台的长椅上，纵情地端详起这场不期而至的奇遇。

月却云疏的夜幕，密布着大大小小数不清的光斑，每一颗都在闪烁、斑斓、摄人心魄；每一颗都兀自美丽，没有谁想要掩盖住他人的光辉；每一颗都正无声地讲述着，在人世的大幕之外，有远超我们所能理喻尺度的宏大篇章。

他学着传说里那样，寻找起牛郎和织女的踪迹，两颗明亮的点，分立于无数星点汇聚而成的银河两岸，相隔数十光年。从第一个生命诞生之前的亘古，直至人类全数消亡之后的洪荒，都不会接近和远离分毫。与之相比，地面上那些爱恨情仇、悲欢离合又有什么重要和值得留恋的呢？然而，在更加遥远无垠的深空里，还藏有多少个不为人知的伟大史诗，等待着他的讲述呢？比他所有做不完的梦加在一起还要多得多吧！一想到渺小的自己竟然能够有幸邂逅到一个又一个这样的故事，他顿时激动得汗毛耸立，热泪盈眶。

美丽的星当然不会回应他的喜悦，只顾沿着固有的轨道沉静地移转。

他又学着占星术士那样，找寻起自己和小晴的星座，试图在期间觅得某种神秘而深远的联结。星空无疑是"满"与"空"最奇妙的结合。满天星斗成为一个个支点，其间广袤的虚空又容得下他所有缤纷缭乱，抑或不敢直面，抑或几近遗落的梦想。任凭他把它们一股脑地灌注其中，在星星间自由自在地蹦蹦跳跳，重获新生。

他梦想着一个接一个的梦：登上珠穆朗玛的雪峰，潜进马里亚纳的深渊，乘入飞船，奔赴十八万光年之外的大星云；他梦想着所有遗憾都消失不见，听到学生们考取理想大学的喜报，吃上外婆做的一整桌热菜，和小晴一起坐在露台的长椅上悠闲地玩着游戏，在她沉醉于仰望星空的片刻，鼓足勇气，悄悄牵起那只纤纤玉手……

只要这么梦想着就足够了。

翌日，大家都休息得很好，神采奕奕地开始了与大自然的这次亲昵接触。

工作繁忙加之疫情影响，大家都难得有机会走出市井的樊笼。即便大多是一些老套的项目，每个人也都游玩得很尽兴。

踩浅溪，寻瀑布，微风携起泥土的芬芳，涌入鼻囊；泛舟湖面，游船划出一道道悠长的水波纹；看水面飞人，脚踩喷水悬浮装置，精彩地翻着筋斗。每个人都想把自己的某一部分彻底留守在这里，再也不要带回去。

其间，高海源自告奋勇用手机给林筱晴拍下了许多张照片。沿途稍歇时，小晴一张张地翻看起来，不过都不甚满意，于是也就不了了之。他俩久违地聊起了拍照的话题。

"这次没能坚持把你的照相机背出来，错过了这么多美景，是不是有点儿后悔？"高海源调侃似的问道。

"可是我一直都不太会拍风景，怎么拍都拍不好看。"小晴望着眼前的山水，陷入了沉思。

察觉出小晴流露的点滴遗憾，大海连忙安慰："没关系，多看看别人的作品，慢慢地就能学会方法。我看过星野道夫的作品，我觉得他就掌握着拍摄自然风光的精髓。"打开了话匣的高海源滔滔不绝起来。"他漂洋过海，穿过密林，翻越雪山。独自深入人迹罕见的险境，只为拍下大自然最纯真质朴的一瞬：朝阳中成群渡河的驯鹿、胡须上挂满雪花的小海豹、极光下因纽特人用鲸骨筑起的篱。每一张都能直击观看者的内心深处，辉熠着自然与生命的奇迹之光。"眼见小晴听得入神,他继续说:"这也同他的人生故事有关。作为一个旅居摄影师,他定居在阿拉斯加,和当地的狩猎民族居住在一起。他切身地体悟到了生命的悲伤,生命互相杀戮却循环不息的本质。甚至他不光在用照片和文字,连同自己的生命一起,都在讲述着这个故事。43岁那年,他在野外,遭遇到棕熊的袭击,不幸遇难,永远地留在了那片他挚爱的原野上。"

"哇,这也太……那个了吧。"林筱晴终于忍不住开口说道。

"太浪漫了对吧。"

"没错!我正想这么说。可是我觉得这么说未免有些太过残忍了。"

大海望向小晴的双眼。深邃的眼瞳里没有半丝云翳,分明正闪耀着璀璨的恒星之光!那是他在这双明眸中所瞥见最热烈动人的光彩。

一股没由来的沉重屈辱感顿时袭向了他。他不得不收回自己变得黯淡的目光,将之投向更远的山水间。

欢乐的时光总是短暂的。

走完山涧溪谷中依偎着两岸茂林修筑起的青石板步道后,就会回到酒店的停车场,结束这段短暂的旅行。

人们漫步在步道上,前前后后,三三两两,朝着同一个方向走着。不舍的情绪随斜阳一道沉入人群之中,逐渐弥散开。渐渐地,大家都不约而同地沉静了下来。偌大的山谷里,只剩下淅淅沥沥的脚步声、噼里啪啦的溪水冲击石块声,还有清脆婉转的鸟叫声,越发清晰地回响起来。

高海源隔着溪流眺向无人的对岸。

人的踪迹消失后,山里的一切都会恢复原本的样貌。薄暝的天色更加鲜艳地勾勒出物与物的轮廓。油画般的步道、栏杆、凉亭,还有随风微颤的花草枝叶,就像他们从未曾来到过这里一样。此岸,头顶高处的繁树在最后一缕橙红的天光映照下,将厚重的树影掷去彼岸,分隔在两岸的树，就在这须臾间终得以相会。然后，随着夜的降临，逐渐交融在一起，等待着破晓刺出的第一束晨光将它们分割开来，回到原处。这是已然被决定好了的故事，千百年来莫不如是。

庞大的哀伤在他的胸腔中逐渐孕育，气温、光影、湿度、声音，一步步在坚固的现实中构筑起了一个抽象的空间，随时要将他抽离进去。

为了活跃下气氛，也为了同小晴再多讲些话，他询问起路边几枝生长出栏杆的花叫什么名字。

不过是些随处可见的杂草野花，没有人回答他的提问，大家都沉浸在各自的心事里。他只能拍下些照片，用手机上网搜索起来。

"白茅：使使衣羽衣，夜立白茅上；百日菊：第一朵绽放在外太空的花；还有小晴你刚抚过的是蜀葵：今日花正好，昨日花已老。请君有钱向酒家，君不见，蜀葵花。它的花语是……梦。"高海源自顾自地念诵着人们赋予这些花草们的物语。

高海源的声音戛然而止。

他发现在青石板步道旁有一条窄小的岔道，向杳无人烟的深山蜿蜒而去。丛生的棘草覆住了路面，不知路还能延伸多远。

思念获得了强大的力量，不由分说地把他拽回到很久以前。

那是他还尚能被称为小男孩时的故事。那时家的附近都是些矮矮的小山。一到放假时节，他就会被长辈领着，到山里农家修起的大道散步。每当他发现路的两侧有这样不知会通向何处去的小路时，他总是猛地一下挣脱被长辈牵住的小手，一溜烟跑远。亲朋好友们在身后越是焦急地呼唤他，他越是兴奋地向上加速狂奔。小路走到尽头，就用袖子裹住手，拨开眼前的杂草荆棘，拉住它们的根茎，踏在突出的岩石和土块上，奋力向上攀爬。一直到身后再也听不见熟悉的呼喊声，他才会慢下脚步。大口喘粗气，随意拨弄脚边层层近乎腐烂的落叶，悠闲地漫步在无人之境。眼看着树梢上空的天色渐晚，期待着每一个意想不到的偶遇。有时是一座破败的庙宇，有时只是一座无人照料的孤坟，有时则什么也没有，但他也会心满意足。然后，在回程的路上，他突然间跳到走在大道上的人们面前，给他们一个"惊喜"。聆听着长辈的嗔怪和责备，细数起自己衣裤的破洞、蚊虫叮咬的肿包，还有沾满泥土的斑点，就像是在骄傲地盘算着自己的功勋章，每一次都是这样。然后，每一次长辈们都依然会在下个节假日里带他来山间漫步。

实在是太久远了，久到他仿佛是在看着别人的故事；久到……不可思议。

时至今日，早已再也不会有人牵住他的手了；他也再不会逃离大道，向着没有路的深山跑去。

"回来吧。"一声无比熟悉和思念，却怎么也想不起来的悠远呼唤声将高海源唤了回来。他始终站在那条岔道前，没有踏出半步。

人们都已经走出了很远，似乎没有人在回头喊他。

"等等我——"他故意拉长语调，用低到只有自己能听见的开朗声音喊道，旋即朝着人群的方向追了过去。

第十一章 对空言说

开场。

短途旅行归来，生活又回到了日常的轨道上。

就像往常一样备课、上课、批改作业。构思着怎样把那些对自己而言滚瓜烂熟、理所当然的道理摸透、揉碎，和前后相关的知识点串联在一起。然后尽可能选用通俗易懂、准确无误、生动有趣的语言将之传授给台下每一位学生。最后，再对学生们上课状态察言观色，对课后作业明察秋毫。这样，总结出学生们的接受状况，再依据这些间接的反馈，不断调整优化自己的传输方式。如此循环往复。

在这种意义上，教师们也是在讲故事的人。只是他们并不能随心所欲地去讲出所有想讲的故事，他们还肩负着传承的重任，一遍遍地传承那些我们坚信不疑，并认定有益的故事。

当然，这是理想主义者的浪漫说辞，更加实际的情况是——因为这是他的工作。

虽然高海源尚未承担起养家糊口的种种重任，但他仍需要这份工作提供的不多不少的薪资，用以维系他虽还不至于奢侈，但也绝对称不上节俭的花销用度。

不知是从何时起，他渐渐学会了享受这样的工作，甚至还有点庆幸起自己当初没有离开这里。倘若那时的自己只是一走了之，那这会儿他肯定还仍是孤身彷徨在一无所有的地方，一事无成吧。

这么想着想着，他又想感谢起小晴来。不过，他向来极力克制着这一冲动。既没有感谢的道理，也想不出说这些话的理由。况且，他一直也没有开口的机会。

他也并不打算无动于衷。上次的旅行在他的心中播下了一颗种子，他一直在默默为其浇水施肥，守护着它破土而出。

车窗外缓缓退却的黢黑群山；阻隔着一颗颗星星相连的广袤深空；被残阳映在青石板步道上的颀长树影；还有那岔道尽头，繁茂的杂草和荆棘背后的幽邃。到底还潜藏有什么至关重要的东西，让他念念不忘？

在那趟短短的旅途中，有太多瞬息被刻进他的脑海，稍许放松，便会接二连三地浮现起来，就像是在闲暇时玩的拼图游戏，记忆如碎片一般被一股脑地倾倒在他的面前。他无论如何都无法放任不管。他觉得自己有义务将它们放回到唯一的位置上，并找寻出它们的意义。所以，每当无所事事地独处时，他便会紧紧地凝视住那些光彩片段的角落里行将要被遗忘的黯淡。

好在，并没人催促他的答案，他可以慢慢想。

高海源想到，或许应该从自己的性格着手，揭开亲手带上的层层假面，自己性格的各个面向，就像是不同的染料，混合调配后挥洒在这些拼图块上。依据色泽的渐变，他可以把不同的记忆，放归在不同的区域。

他对自由的向往将他引向岔道尽头的未知；他对事物的敏感让平平无奇的树影亦显得历历在目；他奇瑰的幻想让他得以穿破黑暗直抵山巅；他不羁的孤傲则带领他义无反顾地攀上群星。虽说并非王婆卖瓜，但如此执着地钻研自己，总让人觉得有种自我认同的疏离感。代偿性的，他需要变得扬扬自得。心想，要是没有自己这些年来刻意磨砺和坚守而成的性格，那些难忘的场景，只会在日常永不止息的川流中，逐渐褪色，一个个被遗忘掉。

遗忘……即便是遗忘也没有什么关系吧。

不！他埋藏最深的部分终于忍不住呐喊了出来。唯独遗忘，断不可忍受。

高海源还是不明白，当他依据种种过去的回忆，来摸索和总结自己的性格之时，都像是在审视着另一个与自己相当熟络和亲近之人。所有判断都是基于确切的事件，有迹可循，并且相当合理的。可是唯独这一点——对遗忘的抗拒，似乎没头没尾，蛮不讲理地闯进来，似乎永远不会离开。

抗拒遗忘并不是不会遗忘。也许正是因为他太过容易遗忘，总是把那些重要的、不重要的、想要忘掉的、不想忘掉的统统都没心没肺、乐乐呵呵地忘掉；也许是在他很小时候又一如既往忘掉了某件绝不容许被淡忘的事情后，再也无法原谅这样善忘的自己。他想不起来了……可是，这样一枚楔子便被径直刺入了自己的心底，成为他最根源性的性格，并在此之上编织成了"自我"。

如果说"遗忘"是命运之神赐予凡人抚平伤痛的良药，宽恕罪恶的救赎，那么，他拒绝接受这一"馈赠"。

他在拼图中逐渐显露出的色彩里，看见了一个曾经的自己。这个自己始终在身后紧紧地追赶着现在的自己，提醒他还有着重要的事情尚未完成。他认识到绝不可能逃过那个曾经的自己，只有去想办法直面并战胜他。

高海源并不知道接下来应该做些什么，没有现成的模范教案让他得以仿效，他只能抱着这样的信念，继续完成他的拼图游戏，期冀在那里能有着正确的答案。

课余生活越发丰富起来，他没有太多闲暇完成他的拼图。

大海时常在工作结束后，邀上小晴和袁琦一起去校外吃饭。席间大海和小晴总会看似漫不经心地讨论起"危险的话题"——与"爱"有关的话题。俩人都心照不宣地旁敲侧击着对方的爱意和对"爱"的看法。每当这时，袁琦总会一门心思埋头吃饭，显得对此兴趣寥寥。对此缺乏经验的大海，也只能任由自己的幻想横行，畅所欲言。

譬如，在谈论到影视剧桥段中关于对抑郁症病人的爱时，即便小晴提醒他抑郁症是会无止境且变本加厉地伤害关心自己的人时，大海还是一再坚持，如果因此而放弃的爱就根本不能称作"爱"。他所认定的爱，有必要是罔顾所有现实的阻挠，一往无前直至为之献身的终极浪漫。

虽然他们谁也没能说服谁，谁也没能从对方的言语中觅得确信的回答，但看起来小晴并不反感这样的讨论。不久，他们又一同玩起了新出的游戏。

也许值得享受的生活总是缺乏对记忆的支点，还是说这些时日本就是短暂的。高海源偶尔会独自感慨时间的易逝和难以捕捉。

不知不觉地，有时天气不好，大海就会驾车接送小晴上下班。工作结束后，袁琦有事时，他俩也会相约去用餐。再一次分享起对美食的共同喜悦；若是都没有什么急事，还会一道去看个俩人都期待了许久的电影。说说笑笑，自然而然。

一切都自然到，即便是天真如高海源都不止一次地觉得是时候再一次袒露自己的心意。不，不仅仅是像上次那样，远隔着手机屏幕的躲躲闪闪；而是勇敢地承担起"爱"所意味着的全部责任，拼尽全数热情向小晴许下诚挚而庄重的诺言，然后汇聚起他所有浩若烟海的缥缈梦想，盼望着、盼望着小晴的答复。

在那间只有他们二人的空旷电影放映厅里，他用余光瞥向身侧的小晴。被幕布反射而来的光变化莫测。紧随着音响的脉动，时而舒缓、时而激昂地照亮了让他魂牵梦绕的沉静侧颜；还有平放在座椅扶手上，略显局促的纤纤玉手。

那一刻，大海多希望能够凝视着小晴柔情似水的双眼，说出他早就必须说出口的话语。可是那个至关重要的答案他依然没有找到，他什么也说不出口。

未知的答案冷若冰霜地阻绝着他一切的热情。他惭愧地把目光从小晴身上移开，移回到不断迈向结局的电影。

现实极其偶然地具备了梦的结构。决然抓不住的梦！一旦醒来就再也回不去的梦！

如果时间能够永永远远停驻在那一瞬间就好了。

高海源的愿望一如既往、理所当然不会实现。

落幕的歌声准时奏起，晃眼的灯光立刻驱散了全部昏暗。大海当着小晴的面夸张地长长伸了个懒腰，仿佛刚刚经历过一场大战。在送小晴回去的路上，他罕见地沉默了。

回到宿舍的高海源，仰躺在窄小的架子床上，望着被LED灯照彻的洁白天花板，他苦思冥想。

必须尽快解开所有的谜题了，尽快……快到足以追上逝去的时间！

拼图块已然被放归到正确的区域。可为什么拼图还是迟迟无法完成？究竟还必须做些什么？

对了，他需要去转动拼图块，飞快地转动每一块，让正确的齿卡进正确的槽，直至消除每一个误差，弥合每一道缝隙。

可是，又要怎样才能转动这无形的拼图块呢？

既然这些拼图里寄宿着他的回忆，那么，他能做的只有放声呼唤自己所有最美好的回忆，这些甘美的回忆会为冰冷的物件注入旺盛的生命力。

回忆越是鲜活，拼图块也会越发飞速地旋转，谜底的揭晓也就近在眼前。

于是，他的思绪推开了宿舍的防盗铁门，迈过空阔无人的操场，穿过熄了灯的教学大楼，翻越月华漫溢的人行天桥，抵达了许久都没有再经过的林荫小道。一切都一如往昔，心驰如初！

那个漫步在桃花瓣纷飞的林荫道上，绽放甜美微笑的林筱晴；那个沐浴着皎洁月光，凝望着一颗枯枝的林筱晴；那个在狭小办公室里，恶作剧地敲了敲他的桌子，然后快步躲到逆着光的大门外的林筱晴；甚至还有那个沉没在如血夕阳中，背身说出"你找别人玩吧"的林筱晴。全都美得不可方物，远超他的一切遐想，也远超他的一切理喻。美得让他忘却了呼吸，也忘却了惊叹。

他深爱着林筱晴，就是他深爱着这个美妙莫测的世界！

答案已然揭晓。

渡过茫茫人海，跨过重重河山，躲过遗忘无情巨浪的拍击，精湛地贯穿了亿万个萍水相逢的机缘巧合。终于，这份绝世之美，只为他一人到来。

他要怎么做？

这一问，不再是什么疑惑，恰是适时轰响的发令枪。

所有的迟疑和困惑统统迎刃而解，只需拼命向前跑即可。

如若他不能铭记和传颂这份绝无仅有的美，那么他长久以来所有苦心雕琢的言语无一不会沦为儿戏；背负着无数不解，辜负了一个又一个亲近之人所走过的那些自认非凡的道路，全数都只不过是通向荒芜！

他丝毫不怀疑小晴知悉自己的美好。他也同样认定，没有一个人能够身处于他的视角，目睹过那触目惊心的绝美！

所以无论是多么困难，也无论是多么拙劣，哪怕只能向小晴一人传达一丝一毫也罢。他必须竭尽全力地去表达自己所见、只一眼便足以沦陷一切的奇迹。

与其说这是他独一无二的爱,不如说这是他独一无二的使命;他为自己所钦定的使命;只是想想就足以让他激动到热血上涌,浑身发颤的真正使命;他无疑正深爱着的使命!

他相信,只有这样,他的爱才能真正开始。

接下来的日子里,高海源紧锣密鼓地筹备起一场对林筱晴、对为了他而来的美,独一无二的告白。

他取出了自己尘封许久的精致记事本,端坐在密布着山形纹路的实木书桌前,郑重其事地摘下笔帽,将自己的记忆,追随着渐次浮现出来的笔迹,送回到同样在这间有着宽大落地窗的书房里,那个不同凡响、如梦初醒的早晨。

> 黎明时分,我做了一个梦。
>
> 是一个平淡无奇,却无比皎洁的梦。
>
> 在梦中,我是一个普普通通的高中教师,带完了一届毕业年级。正面对着一群新入学的陌生新生们,为他们上着新学年的第一堂课。学生们正襟危坐、安静认真。看着一个个天真无邪的脸庞,目光中无不闪烁着对即将到来的未知知识与生活的好奇与憧憬。而我则真正洋溢着澎湃的热情。心无旁骛地介绍起自己,努力地讲述着这些年来对这门课、这生活的些微领悟,每一个人都在这一刻尽情欢笑,成了真正要好的朋友。直至下课铃声响彻,依然恋恋不舍。
>
> 这是一个毫不起眼的梦,要不是下课时分我立即发现自己竟从床榻上醒来,我一定会把它当成是现实或记忆的一部分。因为那甚至就是在这个燥热暑假结束后,即将发生的现实万无一失的预告。
>
> 然而,梦醒时分,这个鲜烈的梦还是让我感动不已。原因一方面在于我短短的教师生涯中,从未认为自己是一个合

格的老师。我对塑造自我的热情远大于去关注学生，以至于我认为教学是一种煎熬。与其误人误己，不如早日逃离。而如今，这个意料之外的梦，不得不让我重新去审视和思考那些不成熟的想法。

另一方面更重要的原因，我无论如何再也欺骗不了自己，是因为梦里竟然没有出现你的身影。

昨天是艰难的一天，很抱歉在人行天桥上逼你说出了你根本不想说出的话。不过我说这些并不只是想要道歉，因为我在那里看见了曾经的另一副光景，一定要告诉你。

那是刚刚过完不久，又仿佛过去了很久的一个夜晚。晚课结束得很晚，我独自走在返回出租屋的路上。皓月当空，我被这皎洁的月光无声地吸引着。踏出校门，门外被人精心修剪的灌木慵懒地沐浴在月光中，随着微风轻轻摆动。我不由得拿出手机，按动快门，记录下这微不足道的一瞬。畅想着应该用怎样的文字为之赋予怎样的意义……

小小的沉醉并没能维持下去。很快，我的注意力被不远处天桥上一个小小的身影吸引。一样止步在那里，举着手机，对着一颗黯淡的枯枝。我立刻就认出了那是你。因为只有你同样在那个晚上有课；只有你同样走这条路回住处；只有你同样会停留在路途中的某个地方。

于是我悄悄地走近，好奇你是被什么吸引。你没有发现我的到来，依然在寻找着更好的角度。我发现你想要拍摄记录的，并不只有那颗枯枝，还有穿过枯枝照耀过来的满月。洁白的月光径直穿过凌乱的枝丫。"咔嚓"，明亮的月光，衰败的枯枝，两个原本孤单的物象偶然地相遇在你的快门里，凝固了匆忙逝去的时间，凝固了你发着光的专注容颜。

完成拍摄的你很快发现了身边的我，热情地与我打了招呼。彼时的我有些呆滞，我感到关于那一美妙的瞬间有许多想要同你分享。可是话到了嘴边，却连一句完整的赞叹也无法顺利说出口。让我深感语言的苍白无力。于是，我只能匆匆与你打了招呼，逃也似的回去了。

不久后，我在朋友圈里看到了那张照片。一如我所想象的，是对那个平凡的奇迹相遇最为忠实的写照。你没有为它配上任何的文字，仅仅是一张照片、一个瞬间。从那一刻起，我知道有什么东西切实地击中了我。

品读着这些在方才过完不久，又仿佛过去了很久的暑假里一字一句写下的话语。飞舞的笔迹潦草而凌乱，无数道回忆却更为明烈地涌了回来。那时自己写下这些话语后就将之深藏在了柜底，并没有想要将之给任何人看见。仅仅是作为一种信物，就足以支撑他一直走到现在。

高海源觉得是时候了，续写完全部的故事，将之连同他先前写下的所有从未示人的故事一道，毫无保留地交予小晴，也从此开启他毫无保留的"爱"。

他开始续写。

梦醒了很久，我依然躺在床上，没有了半点困意，聆听着仅有的空调风扇干瘪乏味的低鸣。

这些年来，我一直刻意地磨砺着自己的心，乐于将自己幻想成一个战士，一个不得不与既定的命运、无聊的日常，乃至庸俗的一切无休止地殊死搏斗的孤高战士。然而，矛盾的是，我却不得不委身这里，包围于我所鄙夷的一切中，强颜欢笑、不修边幅、玩世不恭……

我想到了海，儿时就梦想着那无边无际、风云莫测的大

> 海，至今仍然承载着我所有浪漫的憧憬。壮阔的层云，汹涌的风浪，天际线上将一切都浸满血色的残阳，还有那海面下无光深渊中翻腾着无数死与生的螺旋。每每想到这些，我便觉得心潮澎湃，认定只有那里，才是我唯一的归宿。
>
> 也许，自打那个月华如雪片般撒落的夜晚起，那道由梦想中的海所铸成的，既保护着我，又阻隔着我的坚固城墙，不知不觉地出现了一些难以觉察的细微裂缝。

然而，这次的写作并不如他起初预想的那般顺利。找出一个曾经遥远的自己，甚至是自己刻意想要逃避的自己，每迈出一步都似在翻卷着泥沼，不知何时便会牵拉出一个最不敢面对的自己。

不过，这一次他决心要直面那个曾经的自己，他相信对小晴的爱能够帮自己战胜一切险阻，他要奋力向前走。

日常的工作和生活依然在抓不住地飞逝而去。所幸，现在他又重新找回了写作这一些微的慰藉。

> 细细想来，我似乎一直生存在梦与醒的罅隙里。醒时沉溺于漫无边际的白日梦；梦中又享受着伪装成现实的踏实感。我已然惯于此道。所以这样他人无法理喻的矛盾对我而言并不会有什么困扰。
>
> 可是，即便是在这般得过且过的日常中，我也渐渐觉察到，有一种熹微但坚毅的力量始终在催逼着我。那是名为"期待"的种子。在我还很年幼时，便由众人出于善意，植播在我的心壤中，比常人更深的地方。而它，随着我一同成长，最终，长成了一棵联通着我血管的参天大树。
>
> 光阴荏苒，平凡的潮水无差别地漫过那些嶙峋的突岩。所有人凝望着那平静的海面，似乎无人还记得那个沉没的

"值得期许"的失落世界，就连最了解我的父母对此也已不再提及。

可是，我怎么能忘得了呢？那平静洋面下激涌的暗流，那充满奇思妙想的亚特兰蒂斯，那注定瑰丽的梦！因此，也只有我一人，不得不沉沦其中了。

所以，也许是迫不得已，也许是心驰神往的。就像是颠倒了昼与夜那样，我颠倒了梦与醒。沉醉在无数不着边际的梦中，幻想着自己的才华在种种光怪陆离的机遇和巧合中得以施展。可是，越是精彩的梦的形状，越是在不知不觉地衬映着现实内容的单调和无奈。我就像是一个逃避的病人，逃避着那些本该承担的责任。梦醒时分的虚无和迷惘感屡次啃噬着我。我只得努力延续这一个梦，抑或是开启下一个幻梦。美其名曰"更加了解自己。"

随着年岁渐长，大概是我也渐渐认识到了自己的极限在哪里。梦想的素材也逐渐殆尽，这最后一个梦一旦惊醒恐怕再难有接续者吧。焦躁的情绪一步步占据了我。这些年里我大体上制订了一个看似天衣无缝的计划——绝弃一切，彻底置换梦与现实的计划。

找到了！那个连自己都不敢面对的"曾经的自己"，那个阻绝了所有爱的可能性的"曾经的自己"，那个必将要被跨越的"曾经的自己"！

高海源满怀着激动的心，强按住颤抖的手写下去。

明媚的阳光穿过书房薄亚麻窗帘照在床榻上，飞絮在光中飘舞。那些遥远的思绪错综交杂而过。一切都仿佛在迅速地流逝，一切都仿佛停滞不前。我清晰地回想起了那个本应该已经被遗忘了很久的不久前的计划。

也不是什么值得拿出手炫耀的东西。大体上来说，就只是想要把三岛由纪夫在《金阁寺》中所说"不被人所理解，就是我唯一的骄傲"这点作为信条加以贯彻，并以更加内化的方式加以实现而已。

首先，从工作开始，一步步褪去那些加诸在身上的社会性外衣。再以写作作为借口，尽可能脱离"醒时世界"，直至有朝一日义无反顾地踏上那艘破旧的"幸福号"机帆船，起航驶向那片无光的大海……

越是简单的计划越是需要决绝的意志。我不得不认定，那些来自他人、来自这个社会某种程度上的共同追求都会成为我施行这一计划的阻碍。所以，名利、外貌、婚姻、家庭这些有形的枷锁理所当然地必须予以根除和隔绝；在必要时，甚至情感、道德、责任这些内在的疆界也不得不做出牺牲。

长久以来，我一直都在偏执地坚守着这个计划。利用颠倒梦与醒的能力，补足起每一个可能出现纰漏的细节，满怀期待着第一次，也是唯一一次能够将梦想照进现实的契机降临。

绵长濡湿的雨季终于过去，初夏过分热情的阳光终于回到了这个不知不觉间已经停留了整整三年的小城。一切都似乎在蓄势待发；一切都似乎无可挽留。我的心潮也前所未有地激烈澎湃着。

这一届学生高考之日，就是我的"幸福号"起航之时！

彼时的我，无论如何也意想不到，就在启程的最后前夕，这个看似万无一失的计划，这面自以为坚不可摧的高墙，竟会一触即溃，连带着我长久的骄傲、激烈翻涌的心潮，还有那被所有这些华丽辞藻所掩饰的真正恐惧，全部都荡然无存。

　　而这一切的无辜始作俑者，再天衣无缝的计划都绝不可能料想到的美丽意外，毫无疑问，就是你！就是与你的相遇、相识、相知……

　　写到这里，高海源停下了笔。需要稍憩片刻，进而汇聚起更加庞大的热情，用最为杰出的笔触描写出小晴无与伦比的美，倾诉出这美是如何奇迹般拯救那时深陷囹圄的残破自己的。

　　只是，时间并不会停在那里等着他。这时发生的一件小事，又意外打破了他的满盘计划。

　　事情的起因实在微不足道。大抵只是在某个毫不起眼的中午，早上的课结束后，小晴和大海都有点儿疲惫。他们就一起点了外卖，心想着简单吃点了事，但是粗心的店家竟忘记在小晴的外卖里放上筷子。

　　也许是联想到自己近来一些不顺的遭遇，小晴显得闷闷不乐。大海于是就提议把自己还没拆封的一次性筷子拿给小晴，表示自己不用筷子也能吃饭。没承想小晴断然回绝了他的提议，转头趴在自己的办公桌上小声啜泣了起来。见此情形的大海不知是否是自己说错、做错了什么，连忙安慰道："没什么大事的，每个人都会有不顺利、不开心的时候。不用那么难过，很快就会好起来的。"听闻此言，小晴生气的怒斥道："你什么都不懂，还总是说这些不痛不痒的话！"随后号啕大哭起来。

　　身后的高海源呆若木鸡，心如刀绞。在林筱晴啜泣声中，他只能看向正端放在自己办公桌上、只想写给小晴的尚未完成的故事。

　　他出离地愤怒了，痛恨自己的无能。又一次只顾沉浸在自己偏执的幻想中，对身边小晴真正的喜怒哀乐却什么也做不了，只能说这些不痛不痒、不负责任的话语。

不久，林筱晴恢复了常态，揩干晶莹的泪珠，整理好妆容，不忘跟高海源道歉："对不起，高老师，刚才失态了，不该对你说这么过分的话。"

高海源则一面强装镇定回道："没关系，是我不该不顾你的心情就随便说这些不负责任的话的。"一面心脏则再也按捺不住地剧烈跳动着。

绝不能再以写作做借口，逃避自己必须承担的责任了，必须尽快承担起名为"爱"的全部责任了，尽快……快到足以追上飞逝的时间！

写到这里就足够了。

只要小晴能够看到，就一定能够理解他先前所有的苦衷、理解他的胆怯与彷徨、理解他的喜悦与感激、理解他将要开启的爱、理解他高海源的全部！

即便还有无数想说的话语没能说出口，但他们的故事本来也还尚未完结。只要小晴能够看到，他就会有无数的机会与她娓娓道来，甚至邀请她一道续写这尚未完成的故事……

再也不会像现在这般急迫，高海源相信着。

只剩下最后一步。怎样才能让林筱晴看到，他这篇尚未完成的故事，他如此急于倾诉的衷肠。

出于某种奇怪的骄矜，当然不能直接告诉小晴。就像他们所历经的那些奇迹般不可思议的偶遇一样，他也想设计一出这样的"偶遇"。

恰巧，这篇就紧接着写在他为《幸福号起航》这部小说所写的一篇文学评论之后；恰巧他曾把这本无比中意的小说借给小晴看过；恰巧小晴也已经读完了这本小说。

只要他们聊起这部小说，他就可以把他在这本珍藏的记事本中写下的文学评论理所当然地拿给小晴去看；读完那篇后，意犹未尽的小晴理所当然就会继续翻向下一篇故事，为她所写的故事……

一切都理所当然地恰到好处，高海源幻想着。

这一机会，也一如高海源所向往的那样，很快到来。

几天后的一个下午，所有课都上完后，下班前的片刻闲暇里，几人又自然而然地聊到了文学。高海源提起自己写过这样的一篇文学评论，眼见小晴显得颇有兴致，便把自己准备已久的记事本忐忑地递了过去。

小晴津津有味地阅读起来，大海则是越发心乱如麻，甚至就连小晴边看边抛来的几个简单问题也理解不清楚了，只能"嗯呢""是呀"支吾过去。

……

下班时间到了，还是没读完的小晴随手向后翻了翻，又激起了大海的一阵涟漪。小晴抱怨说："怎么还有这么多呀！而且，字也太丑了吧，看得我眼睛疼。"说完，便轻快地收拾好自己的包，回家去了。

不知不觉被汗水浸湿了后背的高海源如释重负。他也说不上来到底是失落多一些还是庆幸多一些。他默默拿回了被小晴放置在办公桌角落里，并没有带回家的记事本，心想着下次还是直接点告诉小晴原委，然后交给她看吧。他再也不想再经历一次这般惊魂未定的冒险了。

说句题外话。这时，一直在同他们聊着天的袁琦并不急于回家，表示也想看看他所写的文学评论，他自然没有什么拒绝的道理。认真读完后，袁琦不由得对他所写大加赞叹。不知这对高海源来说，能否称得上是一种安慰。

南方小城，在一场如期而至的秋雨过后，气温骤降，大家都换上了萧索的长装。

工作也越发忙碌起来。大海和小晴几乎没有什么独处的时间，自然也就没有机会施展他的计划。不过他反倒是不像先前那般急切了，他努力专注在自己的工作上。

　　一天上班前，高海源在家中收拾妥当，临出发之际，天空忽然降下了大雨。这时他也意外收到了小晴发来的消息，询问他是否顺路捎她一同去上班。当然，这是他唯一的道路。

　　虽然曾接送过几次小晴上下班，但都是他主动提议的。像这样小晴来询问他，的确还是头一遭。他觉得是时候了，只要能够独处，他就一定要亲口告诉小晴，有一些写了很久的话，希望能给她看看，然后郑重地把记事本再一次托付给小晴。

　　不过由于先前没有准备，提早一点出发。即便他怀着忐忑的心情紧赶慢赶，等不及的小晴还是打车先行去了学校。

　　抵达学校后，看见端坐在办公桌前的林筱晴，高海源打趣道："你也太着急了，我这不也没有迟到吗？一会儿下班时雨要是还没有停的话，我再开车送你回去吧。"

　　林筱晴好像正在批改着作业，并没有搭理他。

　　……

　　一天的课程很快结束，下班时间到了。林筱晴依旧沉默地坐在办公桌前批改着作业，高海源也紧张到什么都不敢多说。二人就这样，背对背无声峙立在各自的心事里。

　　窗外的大雨依旧滂沱，他再也无法忍受办公室大门上悬着的挂钟悠闲规律地跳动，要是雨能在一瞬间就停下来多好。

　　"嘭"，一声清脆短促的闭门声将他惊醒，背后的小晴，不知何时已经收拾好了自己的东西，夺门而出。他顾不上思考什么，拿起记事本，追了出去。

　　头也不回向着校门外走去的林筱晴步伐越发加快。望向她在暴雨中逐渐模糊的背影，高海源痛苦地意识到小晴正在逃避着身后的自己。可是，此刻的他就是一台顽劣的发动机，没有制动拉杆。一旦点燃，就只剩下了撞毁的宿命！

他冒雨跑去发动了车，焦急地驶出校门，沿途搜寻起了小晴的身影。

　　很快，他就发现了站在路边的她。身穿一袭黑色长裙的林筱晴，一只手撑着伞，看着另一只手里拿着的手机，似乎正在等车。

　　那时的大海一定还相信着她正在等他的车。

　　他把车慢慢停靠过去，轻轻按了按喇叭，向车窗外的小晴招手。

　　林筱晴抬头看见是他，眼中立刻浮现出一丝诧异，进而又转变成了厌恶，连忙把头扭到一边，摆了摆手，快步走开。

　　万念俱灰的高海源没有力气再去发动车了。他不知怎么想的，竟把对自己的所有怨憎，以一种最荒唐的方式发泄出来。可能也只剩下这唯一的方式。

　　他发消息质问林筱晴："真的不想让你难受，只是有时候我也不知道该怎么做。还是不能让我把没说完的话说完吗？"

　　几乎是没有任何迟疑的，他头一遭这么迅速地收到了林筱晴的回复："别管我！我为什么一定要听？"

　　林筱晴的怒吼似乎又一次在他的耳边炸响。只是这一次，他再也没有了任何计划。

　　再也不会有机会邀林筱晴一道来续写的故事，甚至再也不可能有机会向林筱晴倾诉的自己……他竟鬼使神差地想要在这片尾曲尚未播完的须臾里，最后竭力述说。

　　"……我真的觉得自己是个自私的人，只在乎自己的感受。"

　　"挺神奇的，我有时觉得自己又没那么自私，因为我也会特别在乎你的感受。你开心的时候我就会开心，你难过的时候我也会难过。"

　　"有生以来第一次，我有了为别人付出的念头。想要放弃自己不切实际的梦，想要融进这个社会，想要付起自己必须肩负的责任，想要去真正的爱，想要让这些念头不仅仅是想，更想被你看见、被你感受到。"

语　第十一章　对空言说

131

林筱晴冷冰冰地打断了他在对话框里的自我陶醉。

　　"你有什么改变都是你自己的事情。你非要觉得和我有什么关系我也不在乎、不好奇。我只希望你少管我。我觉得我表达得很清楚了，我不喜欢我说了不要干什么你还要劝我去做，也不喜欢做事的时候你突然来搭话，我很反感。今天我本来可以慢慢走，你非要等我，我一走你就跟着走。我真的很生气。"

　　"我表达得够明白了吗？"

　　"你顺便干啥我觉得没什么，你要是特意为了我做什么我就很讨厌。"

　　高海源也不知道应该怎么去回复了。感谢的话语或是忏悔的话语他都是说了又说，甚至就连一模一样的错误，他也是一犯再犯！

　　他又一次，毫不意外地爱上了一个心目中完美无瑕的幻影，而非每天都坐在自己身后，有血有肉、有喜有怒，远比自己所想更加脆弱，也远比自己所想更加坚强的林筱晴。

　　人为什么总会一而再再而三地踏进同一条河流？他为什么总一而再再而三地执意要去伤害林筱晴；还一而再再而三地强迫林筱晴说出残酷的话语来把他……拯救？

　　他简直就是一个无药可救的混蛋！无可饶恕，也不该被怜悯分毫！他不配任何人的爱，也绝不能去爱任何人！

　　他翻开丢在副驾驶座位上，再也不会有人翻看的记事本。借着车内昏暗的灯光一板一眼地读起来。不知是雨水还是泪水，继续侵染着本就缭乱的字迹。

　　现在的他无比庆幸没有让小晴看到这篇没写完的故事。哪里有丝毫"爱"的痕迹，满篇都只是被自以为是的"使命感"所愚弄的言语、道路，还有所谓的"爱"。

　　如此扭曲变态的自白，除了自己，难道真的会有人被感动吗？

　　他立刻就想要将这恶心的东西尽数撕毁，可是他已然没有了任何的力气，只能恶狠狠地将之拍向面前的方向盘。瓢泼暴雨中停泊了许久的汽车，代替他朝着深不见底的雨空发出了一声嘶长而嘹亮的悲吼。

忽然，一个狡黠的点子灵光一闪。

高海源打开许久没有动静的对话框，回复道："难得咱们也算是意见统一了，我也挺讨厌自己这样的。"

"不过还有个小问题啊，能趁着今天这个好日子顺便帮我一起解决了吗？"

"我喜欢你很久了，能在一起吗？"

……

良久，收到了那个唯一可能的答复："不能。"

终于，他所有自以为是的"爱"全部都结束了。

他成功扮演了一个丑角，演出了一场一心只想显得深刻，却最终只能落得笑话的，连自己都逗不笑的可笑笑话罢了。

如此荒唐地结束，对他，对他们来说就是最好的结局了吧！

谢幕。

第十二章　愿忘

如果说爱上一个不该爱的人是一种错误,那么不爱一个必须爱的人就是一种罪孽。现在的高海源想要纠正这一错误,践行这种罪孽。

原来醒来之后的时间竟是过得如此缓慢。

相较起来,先前那些如梦似幻地时日,因为缺乏对记忆的支点,而捉摸不住的飞逝过去;现如今,梦醒时分,记忆却像骤然被抽去了主心骨,留下了一大片不知该做些什么去填补的广大空白。

工作自不必说,还是一如既往地备课、上课、批改作业。但除此以外的空暇依然太过多余了。他努力开始回想起当自己尚未被爱的观念纠缠时,这会儿都会做些什么。久远的就像是在观察另一个人的生活——譬如练字。结果才刚刚拿出字帖,没写几笔,便想起小晴说他的字太丑,慌忙把字帖丢到了一旁;他又想起有本尚未看完却许久未看的书,于是在办公桌的角落里找出了这本积灰已久的书,努力想要静下心来接着读。自然也是徒劳。回忆先前的情节时,不由得又会回想起曾经与小晴分享过的种种,便没了兴致再看下去。

几近停摆的时间里,似乎是仅剩下心情在缓缓流动。他在几种迥然不同甚至相互矛盾的情绪间摇摆不定。

  首先到来的自然是害怕。并非"恐惧"这种深植内心根底，联通着孤单遐想的情感，只是一种条件反射般的微弱抵抗。就像是小时候吃大杂烩时生怕会吃到自己不喜欢的菜肴那样熹微但明朗的直觉。他害怕回想起昨天那个晚上，让他长久的心血都付诸东流，为他所有的期冀都画上句点的昨晚。可是，他这档口所害怕的毕竟不是茄子或丝瓜这样软趴趴、无定形的东西，而是某种更为坚固和无法忽视的存在。以至于在条件反射的模式下，依然有一种东西顽固地吸引着他，引诱他探向那个他所害怕的回忆或是未来。这样奇异的悸动紧随着身后小晴沉稳匀质的呼吸声一次次规律地撩拨着他本就绷紧的心弦。

  继害怕与悸动之后到来的是一种意外的安然。说它是意外倒不是因为自己从未料想到过，恰是因为自己早有这样的预期而想着拒绝接受这份平淡的心境，可是这份安然还是这样大摇大摆如期而至，不加丝毫掩饰。所以，比起难受，他更多感受到的是一种难堪。

  虽然他仍旧本能地抗拒去直面昨晚他俩在手机上对话的种种细枝末节。不过毫无疑问的，俩人压抑了许久的情感终于得到了歇斯底里的释放。虽然具体的愿望有所不同，俩人却又都在与各自夙愿截然相反的方向上好像是得到了尽情的满足。不再对对方抱有任何不切实际的期待，以及伴随着这期待而来的必不可少的猜疑与压迫。

  对于高海源来说，他不会再去贸然猜测林筱晴的心思。他的注意力终于是得以回归到了自己的内心上来。虽然才被清扫完毕的心房还是空空如也；虽然对背后不足半米处的林筱晴的一颦一蹙仍然不可能做到满不在乎。但总之林筱晴彻底斩断了他再去妄想的每一条羊肠小径，反而是让他回归到了熟悉的相处模式之上。他久违地感受到了对小晴，甚至是对他自己的尊重。

  这样的结果让高海源感到无比的心安。也许他打从一开始就只能接受这样的关系，他自嘲道。他也正是因此才得以孤身一人走到这里来的。很快就会回到曾经那些不言自明就能为自己感到骄傲的日子了吧。他同时也这样乐观地预期着。

昨天的倾盆暴雨一夜之间就消失得无影无踪。工作和生活也都一如往常。似乎高海源唯一能切实感受到的变化就只是办公室里显得有稍许冷清了。

嗯，一定是到了冬天的缘故。

于是，在这间小小办公室里背对着背的俩人，无声地结成了一种奇特的同盟。他俩都庆幸着昨晚做了那样的一场梦——电闪雷鸣，风雨交加的梦。若是没有这个暴烈的梦，他们恐怕都无法从现实的泥沼中苏醒过来。可是，他俩也同样无比确信，那绝非是一场梦。证据就刻写在他至今不敢点开的聊天记录里。说到底，真的会有共同的梦这种东西的存在吗？

俩人只能默契地对昨晚的事情只字不提，一边装作什么也没有发生过，一边放心地把注意力从对方身上移开，尽量专注在自己当下应该做的事情之上。

也许是为了验证这一成果，高海源若无其事地从办公桌抽屉里取出平日里小晴爱吃的零食，一如既往地将之递向身后的林筱晴。做得很好，这一次他的确没有再为这一行为后续可能的发展，附上任何一<u>丝丝</u>幻想。

就像是人站在平静幽深的潭水前，出于本能地就会向水面抛去一颗小石子。这也是人作为自然一部分的体现一样。忽而被打破了平静的林筱晴并不生气，只是显得有些惊讶。当然，就像微小的水花转瞬即逝那样，她也很快就恢复了平静，若无其事地接过零食，认认真真地道了声："谢谢，高老师。"

向水潭抛出的石子激起了水花，水花又漾起了一圈圈涟漪，涟漪散尽，一切重又归于寂静，仿佛什么都不曾发生过一样。只有抛石子的人长舒了一口气。他们都确确实实深处在"自然"当中。

如果能一直这样自然而然地做朋友就好了。

时间过得很慢，但毕竟仍在流淌。

下班的时间到了，没有做什么值得纪念的事情，当然也就不会生发出无法忍耐的痛苦。这就是他曾经在无数个日夜中早已习以为常，却又久远的恍若隔世的"幸福"日常吗？

林筱晴照旧轻轻地收拾好自己的东西准备回家。高海源很想像过去那样，自然而然地同她道声别；他也很想像过去的过去那样，什么也不说，不去打扰小晴，专心做好自己的事。好在小晴动作麻利，很快推门而去，帮助仍在纠结着的他做出了选择。

还没等高海源来得及酝酿出诸如遗憾之类的感情，早就按捺不住的袁琦迫不及待把他拉到一旁，神秘兮兮地问道："高老师，是不是被小晴骂了，怎么一整天都这么安静的？"

这个情理之中、意料之外的提问让高海源一时不知该如何应对，只能支吾起来："没……没有吧，你想的太多了。我也不是总有那么多废话吧，哈哈。"

袁琦没有再追问下去。坐回原处的高海源暗自叹服袁琦心思敏锐，他的思绪也随之翻江倒海起来。他所谓的"爱"已经彻底告终了，他终于可以去做自己那个还不知道是什么的"下一个想做的事情"了。可是，这份不知不觉间就已经维系了这么久的"爱"，早就不再只是他一个人的事情了。无论是深受其害的林筱晴，还是其他关注着这整件事情的友人们。为了把对他们的影响尽可能降至最低，或者只是自私地为了"走出来"，他都应该将这样的结果昭告给他们，在他准备妥当之后。

大概这也可以算作是支撑他继续前进的决心。不管怎么说，总归还是有了要去做的事情。

有一个他小时候听说过的说法——人一旦学会了骑自行车，就再也不会忘记。即便过了十几年、几十年没有碰过自行车，再骑上车还是能够很快上手。

高海源的年龄阅历显然还未到能够亲身验证这一说法的阶段。他也从未与周围人讨论过这个问题。可是，不知为何，有别于其他那些年幼时道听途说的种种稀奇古怪、无法证实的传闻，基本全都会被他彻彻底底遗忘得干干净净。他却唯独对这个关于学自行车的可疑说法印象格外深刻，甚至几乎就成了他不言自明的小小"真理"。

回想起来，学自行车可真是他所历经的第一场小小冒险。

幼儿园时，骑的是那种后轮上还装有两个小辅助轮的小自行车，充其量也只能算是种玩具，蹬得越快也就会走得越快，关联起蹬腿、转轮、前进、快乐的古怪玩具，铆足了劲速度也比不过跑步。即只不过是像玩具枪、玩具蛇一样，无聊时用以消遣的新奇玩意儿罢了。到了年纪稍长，看见那些比自己只大一点儿的伙伴们骑起了两轮自行车风驰电掣的样子，就被一种说不明白的躁动裹挟，毅然决然地卸掉了那两个辅助小轮。没想到，刚一卸掉小轮，原本幼稚温顺的玩具，立马就化身成了危险的凶器。跌倒、撞击、疼痛、伤口，对年幼的他毫不留情。他一度怀疑起来，是不是自己比别人笨得多。出于好胜心，他说什么都不肯再装上那两个丢人现眼的小轮子。他甚至因此变得消沉了不少。

不知过了多久，也不知是出于什么样的冲动。有一次，在他自暴自弃般地猛蹬一阵踏板后，不出所料地又一次摔倒。除了前所未有的钻心疼痛外，他似乎若有所悟。

原来，与直觉不同。骑自行车并不是越慢就越安全；恰恰相反，当周遭那些看惯了的慢悠悠的事物全都以陌生的速度一齐向后猛然退却的时候，他就会在由自己的双腿所驱动、双臂所引导的喧嚣风儿中，意外捕获到一缕神奇的平衡。在两侧都是悬崖的陡峭山脊之上，傲然前行的幻景，那是远比玩玩具的快乐更加迷人得多的东西，值得他倾尽绝无仅有的热情汇聚起真正的勇气，奋不顾身，向之飞跃出去。

于是，他骑得越来越快，每一次摔倒都会比上一次更痛，又有什么关系？累了就小憩片刻，伤了就涂上药膏。每一次他都会比上一次爬起来得更快，蹬得比上一次更用力，也走得比上一次更远。

不知不觉地，他几乎不会再摔倒了，可以从白天一直骑行到黑夜。与伙伴们纵情竞速，一较高下；也可以慢下来，悠闲地走街串巷，去到他从未曾踏足过的地方。

多么美妙的回忆，他也曾经历过如此非凡的冒险啊。战胜过胆怯，激动地成长为自由自在肆意飘扬的"风"！

时过境迁，骑自行车成了生活中的一项平凡技能，他也不会再为之倾心荡漾。不过却有一个坚固无比的信念，从那时起，就一路伴随着懵懵懂懂的他，来到这里，去往远方——世界是一个庞大的谜团，而谜底终有一天要向他揭晓！

一定是这样才对。只是，那时年幼的高海源尚不知道，随着这谜题一步步地解开，他所收获到的，并不仅有无忧无虑的快乐。

回到当下，他当然不会为了证实或证伪这个说法，而数十年如一日地再不去碰自行车。不过，倒是有另一个他原本以为会像骑自行车一样，终生不忘的本领，不消几十载，才不过短短几个月，就被他遗失殆尽了。

那是名为"独处"的能力。骑自行车是以运动的速度，抵抗万有引力无时无刻地吸引，从而使他达成一种微妙的平衡不断前进；而"独处"则是以思考的广度，填补虚空、阻挡住迷惘黑暗凝沉地侵扰，令他得以在无人相伴的境地也能毅然奔跑。

不知怎么的，这个他先前自认已是驾轻就熟的本领，如今却怎么都回想不起来。努力想要模仿，也只是落得东施效颦罢了。

无论是读书、写作、运动这类的自我提升，抑或看电影、玩游戏这样的简单消遣，小晴的倩影总会如影随形地在他脑海中挥之不去。

一方面，高海源寄望于"时间"这一无坚不摧的利器能够磨除掉无数幻象夺目的光彩，还他以宁静；可另一方面，他又忍不住地期许，这一天能够稍晚一点到来。

曾经在他耽溺于独处时，他的每一个想法，都会在心中激起一声洪亮的回响，那是熟悉而热诚的自己的声音。这声音总是在肯定和鼓舞着自己，让自己总能满怀自信与激情地将想法付诸以实践；不知是从哪一天起，那个声音不会再响起了。或者说，他不想再听见那个总在一味附和着自己的声音。那个声音会把自己引向偏激和顽固，一遍又一遍地伤害那些在意着自己，自己也同样无比在意的人。取而代之的是另一个清丽又陌生的声音，面对自己那些不着边际的幻想，时而嘲讽挖苦、时而干脆利落加以否决，或者默不作声不置可否，却总有着能让他及时清醒过来的魔力。那是他无论如何都想要再一次听见的小晴的声音。

他还在思念着本该要淡忘的人吗？

高海源终于陷入了自我矛盾的思维旋涡中。他的时间在这样思来想去也无法调和的冲突间变得支离破碎起来。

他索性不再凭依理性去生活，不再去设想和规划好接下来的每一天，也不再想为什么这么做。他放弃遵循自己的秩序，并不是要成为破坏秩序的"反社会人格者"。恰恰相反，也许只是在一瞬间想要融入某种更加庞大和无声的秩序中去。他天真地觉得，只要自己忍痛抛弃掉那些对自己偏执的前半生来说无比珍视的东西：譬如不是为了寻求出路的思考、譬如只是为了陶醉其中的幻想。自己大概就可以顺利融入这个被更多的人所默许的秩序中去，在那里他可以努力工作、遇见合适的人、顺利相恋、结婚生子、成家立业、教育子女、安享晚年……

所以，高海源选择凭依着本能继续生活下去。不是那个过度思考的本能，而是他自认为更加原始克制和轻松自然的本能（原始并不只是冲动，就像豹子为了它的猎物，会无止境地忍耐直至最好时机的闪现。他觉得是无意义的幻想让冲动占据了自己的身体，不再懂得最为基本的克制）。

就像是随着气温逐渐下降而越穿越厚的衣裳，他也渐渐变得越发开朗了。课上完后就会跟学生们扯上一些家长里短，讲讲自己读书时代的趣闻，聊聊他们的梦想。当有学生反问他的梦想时，就笑眯眯地告诉他："当然是帮助你好好学习，实现梦想。"然后，享受着说出了真心话的快慰感。

还有对待朋友们也更加无微不至地关照起来。无论是袁琦、南云还是办公室里的其他同事们。他开始留意起大伙的喜好。偶遇朋友们都喜欢吃的零食，就会囤上一些，闲暇时与众人们一齐欢享。把自己喜欢的书籍文字推荐给他们，为了畅谈一二。

也许是被越发热情的高海源所感染，私下里南云和袁琦也渐渐对高海源敞开了心扉，时不时会聊起自己也并称不上一帆风顺的情感经历。高海源自然没有什么更好的解法，时常也只能是在听完朋友们的故事之后，附上一声叹息。不过，他倒是慢慢开始领悟到，朋友们当然不会指望能从他这个恋爱小白这里获得什么石破天惊的建议。想找一个人倾诉，本身就只是一个再平常不过的愿望罢了。

终于，一次吃完夜宵后，南云忍不住问他："你和小晴到底是怎么回事呀，你是喜欢她的对吧？"

高海源苦笑着回答："你这个问题问得也太迟了。"说完便打开手机，翻找出同林筱晴在那晚连自己都不敢再多看一眼的聊天记录，拿给南云看。

似乎也能称得上是如释重负。

他等待着南云看过后能给出自己从未想到过的看法，他只是觉得自己脱离普普通通的喜欢已是太远了。他渴求着每一个能够击碎自己幻想的声音。

可能是感受到了高海源的这种期待。看罢聊天记录的南云一时语塞，猜想高海源所需要的是一种安慰还是一种确信，抑或两者兼备。随后，听完打开了话匣的高海源简述和小晴过往大致的经历。也许是被一种新奇的义务感所驱使，即便自己与小晴并未深交。南云还是像看完了一部小说那样，郑重其事地说出了自己的感想：

"也不能说可惜吧，但是总感觉你俩的相处很是别扭。就像是你们都想要到达某个地方，可是接近了却又开始不约而同地害怕起什么东西，于是又都选择了逃开，以至于该说的话总是说不完。"

"即便我们那天晚上都说到了这个份儿上也没有说完吗？"

"你自己想想，真的说完了吗？"

是呀，望着漆黑一团的夜幕，自己的确是一直在害怕着从未弄清过的什么。是害怕结局的到来，还是害怕结局不会到来？可是即便弄得一清二楚，难道自己就不会再害怕了吗？

高海源厌倦了再想下去。

层层加厚的冬装，肯定会阻挡住对气温细微变化的敏锐感知。高海源就是这样忽视掉了身边另一个人的点滴变化。

为了贯彻自己的决心，他就以对待所有朋友同样的热情对待着林筱晴。上班见了面就开心地打个招呼；时不时地分享些她喜欢的零食；看到有趣的书籍视频就会推荐给她；天气不好时也会礼貌性地问问她是否需要顺路捎上她一道上下班。

仅此而已。即便林筱晴的每句答复还总能在他的心中掀起惊涛骇浪，他也会极力压抑住自己翻涌着的情感不再流露出来。

就像是朋友那样。

林筱晴告诉他，自己正在学车，即将要去参加驾考。高海源想到自己怎么说也算是她的骑车教练，于是半开玩笑说："万一你没考过的话，我就请你去吃大餐。"

就是这样随口一提罢了，他没想到林筱晴会回答说："你这是让我不想一次就考过了呀。"更没想到竟会一语成谶。

于是，上完了课，他像过去一样开车载着林筱晴去往熟悉的餐厅，也像过去一样的开心。

面对面落座在午后空阔的大厅里。冬季暖阳径直穿过被擦洗得一尘不染的宽大落地窗，静静地铺展在洁白的桌布上，以素雅的线条勾勒出向两侧拉开的丝织窗幔柔顺的姿影。

窗外遥远而明净的天空，自上而下依次呈现出宝蓝、亮天蓝、淡青、蜜绿、象牙白、亮菊黄、浅桃粉，浑然天成；自倾斜于天幕一隅前来的光明照耀在由远及近的宽阔河面、大厦的玻璃外墙、偶尔驶过的车窗，还有一动不动的树梢上，一面熠熠生辉、一面沉入幽邃。

高海源的心情也像这晴朗的冬日一般，平凡而澄澈。他感到这一刻的他们之间，没有什么是不能交谈的。

他们聊起了星座。

高海源也不知道自己为什么还在大白天里就提起这个话题，他当然并不相信会有超自然的神秘力量驱使着他、他们，沿着既定的、所谓"命运"的轨道运行下去。所以他一向对这类号称能够解读"命运"的学问嗤之以鼻。不过，他觉得人的性格应该有一贯性和连续性，但凡接受了某一种性格里最重要的成分，其他旁枝末节的部分自然也能够八九不离十地推敲出来。更重要的是，星座能够帮他说出不知道该如何说出口的话语。

"你知道吗？网上都说，我这个星座，就是只喜欢不喜欢自己的人。"高海源以尽可能轻松的口吻，开玩笑似的说道。

才刚刚说出口，他立马就为自己这未经大脑的发言感到后悔起来。自己似乎是说出了很残酷的话，还是以满不在乎的方式。

小晴似乎愣住了那么一刹那。不知是惊诧于高海源所说，还是惊诧于他的态度。

不过才一转眼，小晴的惊诧就已经全然烟消云散了。让高海源不得不怀疑起，刚才那让自己后脊发凉的一瞥，是否又是自己多想了。

林筱晴用着全然没有荫翳的清丽声音，津津有味地讲述着自己的星座，甚至还谈到了月亮星座、上升星座这些高海源不甚明白的内容。

高海源却一反常态，并没有像过往那样细细地聆听，他一门心思想着刚才自己为何会没头没脑地蹦出这样一句话，明明于情于理都不该这样说呀。这句话除了刺痛小晴似乎再也没有其他的作用。这也绝不是他的真实想法，他绝不是因为这般逆反心理作祟才爱上小晴的；明明是无数个机缘巧合、无数个奇迹般的美与救赎……他怎么能说出如此冰冷的话语呢？

可是，林筱晴对这句话没有深究，让他也不知是喜是忧。他没有机会再去纠正自己刚才的妄语，认认真真告诉小晴自己爱她的真正原因；换个角度来看，小晴并没有像自己一样对这句话耿耿于怀，说不定是当时压根儿就没有听清，或者听清了也没有多想。这样，自己的话也压根儿谈不上是什么十恶不赦的罪行。反而，现在自己这样的想入非非，才是对现有关系的一种冒犯。

他觉得，现在的自己活像是个做了错事的孩子，惶恐的同时又暗暗祈祷着大人的发现。他既不想受到与罪责相称的惩罚，更不想自己的恶作剧激不起一丝浪花，以至于行为存在的本身都遭到质疑。这样……他将不得不迈向下一个罪。

算了，别再想下去了，明明是自己还想要跟小晴做朋友的。朋友，就是应该这样吧，不必把对方的每一句话都铭刻于心，只需要互相关照，偶尔开开无伤大雅的玩笑也好，恬适地相处便是。

思考无力解决的问题，那么最好的办法是否就是顺其自然，不再试图以无用的思考去解决问题。既然谁也不知道明天会更好还是更坏，所谓万全而周密的准备，不过统统都是自我安慰的儿戏。就像俄狄浦斯为了逃避诅咒的出逃，反而成了日后将之推入万劫不复深渊的开始。既然不可能让一切都随心所欲、尽在执掌，那么对未来的一切不迎不抗、对过往的一切不念不纠，以日常的期盼，谨慎地开启每一天，是否才称得上是足够智慧的生活方式。没有不切实际的热望，自然不会诞下不可饶恕的罪愆。

更何况，这样"得过且过"的结果也许出乎意料还不错呢？

后来的日子……他在不属于自己的混沌中觅得了一种秩序，不知可否被称为更"本真"的秩序。

他又像曾几何时还以为再也回不到的过去那样，下了课就和小晴、袁琦一起去吃顿饭，天气不好时就义不容辞地接送小晴上下班。依然有着说不完的话，只是再也不会抱有任何期许。

直到那晚，同样是一个平平无奇的夜晚，他也像过往一样，开着车送林筱晴回家。

车身划开夜色致密却又疏离的包裹，沿着由间隔均等、亮度标准的路灯所铺设而出的河岸，漂流下去。不言自明的是，这趟航行很快就将抵达终点。可是这条穿梭在小城楼宇间，由黑夜、灯光和混凝土所汇聚起的河会一直在这里，任由他的小车或前或后、或急或徐地穿行，没有尽头。

真的会流淌下去吗？如果不能流动，如果不能一路通往大海，又怎堪被称之为"河流"呢？

不知经历了多久的沉默，他俩终于无法再忍耐这样默契的寂静。林筱晴开口问道："高老师，你不会对我还有那样的想法吧？如果还有那样的想法，我们就没办法做朋友了。"

无比清丽的声音，依然不掺有一丝的荫翳，就像是不经意间就从梦中溢出的声音；抑或不知不觉间，就漾进了梦里的声音。总之，只有当这声音轻叩着他的鼓膜的那一刻，他才意识到这正是自己朝思暮想的声音，自由自在便能跨越梦与醒的边界，终结一个世界，让另一个世界得以开启的声音。

这是他无数次扪心自问过的问题，无数次地拷问自己，只为求得那唯一一个正确之外的答案。那是超越理智、超越认同、超越梦与醒的边疆、超越他所有能想象到的热情，甚至超越他将要被指定的罪的答案。只要他罔顾一切现实的泥泞，大声地说出那个并不正确的答案，放弃那个他一直身体力行为了坚信的正确回答，他的热爱就可以感动小晴，重燃他将要熄灭了的"爱"。可是，除非是在他最深沉的梦中，还有谁会来提出这个问题，让他有机会再来言说这些呢？等等，车上的小晴不是刚刚才问了他，仍在等待着他的回答吗？为什么她要问出如此显而易见，只有一个正确答案的问题呢？难道说她也在等待着那个超乎一切预想的答案吗？

那么，他并不想回答这个问题。问题只有被提出后才有了拒绝回答的可能性。他感到如今即便只是得到小晴的这个提问，也是他一路努力的成果。

他可以拒绝回答这个发端自他的梦中的问题，没有人会因此受到伤害。

"我还不是全都随你，你想要怎样就怎样。"高海源不能给出背叛自己的答案。他只能补上一句："总得有所追求吧？"

"啊，那这样我们就没办法再做朋友了……"林筱晴又一次说出了他俩共同的心声。

南方的小城，在这年的圣诞节里忽然降下了鹅毛大雪，就像是谁也不会真正相信的童话故事里那样。

熟悉的景物，一旦覆满了厚厚的积雪，统统都会显得笨拙而可爱。只是不知怎么的，还会沾染上一层冷冰冰的离别气息。

还是在熟悉的车厢里，慢悠悠地行驶在那条走惯了的路上。

俩人也还是在有一搭没一搭地聊聊天，并不通向任何答案的闲谈。他们聊起了以后想做些什么，俩人显然都不会甘心一直停滞在这里。

应该是他俩很久前就聊到过的话题，看来小晴已经忘记了，忘记了也好，忘记了他就可以给出完全不同于那时的回答。

"以后还是做老师吧，也没啥其他的本事了。到时候可以一起去其他城市找找工作。"高海源望着车前被融雪濡湿，又不断有新雪飘忽其上的高架公路路面，随口说道。

"谁要和你一起去找工作呀！"

"那不是因为我可以开车带着你一起嘛，能省不少事。"

"也对……"小晴没有继续反驳，大概在和他一道看向这场不知会一直下到何时去的大雪。

硕大的雪花，只有在经过明亮的车头灯和昏暗路灯前的片刻，才会晶莹地纷飞。

高海源不由得惊讶起来，惊讶于自己竟又如此轻易地说出了压根儿不像是自己会说出口的话语，简直就像是说出了真正的心里话。遥远的愧疚感或负罪感如雪片般轻飘飘地坠落。

"高老师，我问你一个问题，你认真回答我。"看来林老师并不想让这样的感觉轻易消散不见。

高海源忽然想到：这个世界上应该总有不论多么努力也抵达不了的地方吧。无论是骑自行车还是驾车都无法抵达的地方。想去这样的地方会是一种罪吗？还是说不想去这样的地方才是一种罪呢？

他现在必须回答小晴的问题了。

"你说过自己只喜欢不喜欢自己的人……那如果你喜欢的女孩也喜欢你了的话，你还会喜欢她吗？"

即便路两旁积了再多积雪，不久后也会全部都消融，不留下一丝存在过的痕迹。可是，还有那些不知不觉就飘进了他们心间的雪花呢？

"你不一样！"正确的答案显而易见。他多想毫不犹豫地就用颤抖的声音向小晴大声呐喊出来："我对你的爱绝不是那样就会消失不见的浅薄东西!"发自心底的话语,一定会成为宝库的钥匙,打开他从未敢想、从未敢企及过分毫的大门,通往金灿灿的名为"爱"的天堂!

周遭的一切都寂静无声。车轮碾过融化了的雪水,淅淅沥沥的挤压声;雪花瓣降落在雪堆上,轰隆隆的垮塌声;昏黄路灯闪烁时滋滋的电流声;音响里干瘪重复的歌曲声。原本嘈杂的世界骤然一齐安静了下来。全部都在静静地聆听着高海源即将吐露给林筱晴的心的声音;等待着这心灵的震颤在阻隔着俩人的冷冰冰的空气中激起一连串看不见,却永远无法撤销,永远值得纪念的涟漪,传递给另一颗等待着震颤的心灵。

……他无法说出口,只有这才是确定无疑的。

为了说出滚烫的话语,必须得让自己的心率先熊熊燃烧起来。当他尝试这么做时,这才恍然大悟。原来在自己心底最深邃的地方,早已被深深地刺入了一枚由终年不化的玄冰凝成的坚硬楔子。这枚楔子无时无刻不在阻挡着他把滚烫的燃料倾注至心间;阻挡着此刻耸立在他面前,将要开启的通往幸福终点站的巨大门扉。将他所有燃烧的激情残忍地冻成冰封的余烬;将他所有平淡而真实的幻梦无情地隔绝在透出一线五光十色却再也推不开的门缝外。

说是刺入并不准确。若是被飘进的雪花刺伤,尚能沿着飘落的路径将之拔除,可这枚楔子是由他一路走来心中涌起的冰霜慢慢汇集在一起而凝成的结晶。并不仅仅是为了刺伤人心的凶器,还是他独一无二的钥匙。阻挡着通向终点门扉开启的同时,也将他指向了另一条曲折婉转,至今或永远都看不见终点的道路,他一直既梦想着又害怕独自踏上的道路。

高海源无法说出他必须说的话语。因为他以最恶劣的方式欺骗了小晴,也欺骗了自己:他一直在孜孜不倦所追寻的,并不是爱。是他的旅途、他的意义、他一定要走上的道路,是他为自己亲手所选定的宿命，是他必须犯下的罪孽，是他高海源本身！

世界恢复了原本的喧嚣。高海源变了质的爱终于结束了，但他也许并不遗憾。就像冬天清冷的风会将一切冻结，他需要继续去践行他的罪孽。即便是罪的行为远翔之后的一片空白，即便是最清净的罪的观念，但罪孽依然是罪。只要是罪就一定会伤害最在乎的人，只要是罪就一定会招致最惨烈的报复。他不是不明白这个道理，也不是毫无选择的余地。

只是他暗暗发誓，再也不能对小晴说谎，继续欺骗她和他了。

"我也不知道呀，因为从来都不会有这种事发生呀，哈哈哈哈。"他一边保持着恒定的速率开着车，一边努力用最清丽的声音，不含荫翳地说道。就像从雪堆中翻找出的树枝，还挂满着颗粒闪闪的冰晶。

后座的林筱晴等到了他的回答，一直沉默不语。

高海源没有勇气再透过车内后视镜看向小晴的眼睛，那双终日明媚的眼瞳里一定因为这场停不下来的雪而落满了失望吧。他专心开着车，脑海里回响着南云的那句话——"你们该说的话，真的说完了吗？"

漫长的一程终于到了站。他冲着向家走去的林筱晴的背影用力喊了声："再见"。

"再见"，他听见了林筱晴的回音，并没有回头。不知是否是错觉，小晴的声音似乎并不像他一直印象中的那般清丽。

小晴的倩影消失在了视野中，他感到一阵怅然若失。

他……还是施行了这般罪愆。如若是连想法都无法企及的罪孽，那就用言语去完成。未经思想所审查的言语、至为纯粹的言语，即便是日后必然招致怨恨和清算也无所谓了。不如说这样更好。

他不能再以爱小晴而自居了。可林筱晴对他来说，依然是最重要的人，甚至远比过往更为重要。在他鼓足勇气，终于踏上那条必须走的道路之前。一次也好，一万次也好，他一定每一次都要将林筱晴平

第十二章　语愿忘

平安安地送抵终点，竭尽全力实现她的所有愿望。即便只是一丝一毫也好，为自己不能再爱她而赎罪……想到这里，他冰冷许久的身躯终于燃起了一缕暖意。

那晚，他做了个奇怪的梦。

在梦中，他向一个熟悉的人，以最为清丽，全然不掺有一丝荫翳的开朗声音说："你好，我是高海源，很高兴认识你。"

那是他从未曾说过，大概再也不会有机会说出口的话语。

昼

第十三章 冬之梦①

任何命运，无论多么漫长复杂，
实际上只反映于一个瞬间：
人们大彻大悟自己究竟是谁的瞬间。

——豪尔赫·路易斯·博尔赫斯

年关已近，寒假将至。他们即将短暂地告别一阵子，启程回到各自的故乡，这是值得期待的日子。

又到了一个都没有晚自习的晚上。高海源、林筱晴、袁琦三人又相约一同去吃了顿晚饭。

饭后，时间尚早，仨人都没想到有什么值得去消磨时间的去处，加之筱晴和袁琦都还有些各自的私事，于是高海源便动身送她俩回家。

---

① 摘自阿蒂尔·兰波诗集《孤儿的新年礼物》中诗名。

先去离餐馆较近的林筱晴家。一路说说笑笑，随口说些无聊的话题，譬如筱晴说到自己最近有个想买的墨镜，店家说她戴上就和女明星一样；又譬如一起调侃着高海源的形象问题。

很快到了站，送筱晴离开后，接着去送袁琦。

只剩自己一人坐在后座的袁琦安静了一阵子，忽然开口问道："高老师，你怎么还不跟小晴表白呀？急死人了。"

高海源听到后无奈地笑了笑。

"我们俩的事，你还能不清楚吗？又不是一次两次的了……"

袁琦又思索了一阵，说："我当然和小晴都聊过了，她都和我说了……只是我实在是搞不懂，你俩怎么会发展成现在这样。"

"是呀，我也搞不懂呀……那林老师跟你是怎么评价我的。"

袁琦想得越来越久了，还是决定直接告诉高老师。

"她说……她觉得你之前一直都挺好的……只是不知道你为什么后来就变了。你以前应该和她说过自己不打算结婚吧，然后又不知道为什么忽然就开始追求她了。"

哎。原来筱晴一直都把自己说过的话记得这么清楚。自己为什么变了……他们之所以会走到今天这一步，难道不正是因为自己什么都变不了吗？可是这样的话他又怎能说得出口呢？即便他自己能说出口，袁琦……筱晴也不会理解的吧。

"我为什么变了？还不是因为喜欢上她了。"他不明白自己为何又要说出心口不一的话语，大概是觉得袁琦一定会原封不动地转告给筱晴吧。

送走袁琦后，高海源把车停在路边，直直地躺靠在椅背上，从敞开的天窗中望向此刻深渺的夜空，也不知道接下来该去往哪里，只是觉得自己需要稍歇片刻了。

"叮铃铃"，电话铃声不解风情地清脆响起。

他下意识地拿起手机查看，并不是筱晴的来电。他不知不觉间松了口气。

南云倒是很少给他打电话，不知是否有什么急事，他心想着按下了接通键。

也不是什么急事。南云最近读完了先前借给她的书，问他有没有空，想把书还给他，顺便聊聊。

自然，南云想要聊聊的，并不仅仅是书。对近来怎么又变得熟络起来的自己和筱晴，南云肯定也一直好奇着吧。

反正，夜还很漫长，自己也的确很久没向南云"汇报情况"了。也可能只是想找谁来倾诉一下。

驱车接上南云，去哪里聊呢？

他突然想起了一个熟悉的名字——"空辞"。

以一种新奇的方式来到故地，的确会有一种奇妙的新鲜感。

专注于看着变和不变的那些事物：写字楼、电梯、门槛、吧台……他有一种淡淡的预感，似乎是遗落的什么将要被寻回的预感。

店主抢先一步看见了他："哦，你来了呀……最近变化挺大的嘛。"他记忆中的店长，好像从未如此地健谈过。他反倒一时不知道该说些什么好了。

倒也难怪。对他来说漫长的时间，其实也只不过过了半年而已。往前三年，他可一直都是这里的常客。加之，三年里他几乎都是独自前来，所以如今店主会有些惊讶也是情理之中。

点好了咖啡，一同落座在宽大的落地窗前，窗外的高楼已然耸立起了大半，X江也被之粗暴地一分为二。他向南云随意地介绍起了这里。

也许是做两杯咖啡要来得更久一些。过了很久，店主才端着两杯咖啡稳稳地走了过来。

放下咖啡，店主没有直接转身回到吧台后打起游戏，反倒是从上衣的口袋里掏出一个眼熟的物件，轻轻放到他的面前："你上次过来时忘带的东西。"

他的那支钢笔。

惊讶之余,头脑已经有些许迟滞的高海源一时无法很好理解事态的全貌。的确是自己的钢笔,他不会认错;也的确是自己上次来时放在这里的。可是……这就是来时路上淡淡的预感吗?他只能笨拙地道了声:"谢谢。"然后条件反射地将之收纳进一直随身带着的记事本里。它原本一直待在那儿的位置。

他与南云讲起了近来与林筱晴之间发生的种种他也难以理解的事情。

难以理解的小晴,更重要的是难以理解的自己。正因是难以理解,所以他不想有所隐瞒,他努力地回想,详尽地讲述;正因是难以理解,自然他也不会要求南云代替他来理解,只是在力图不遗漏每一个细节,通过南云这面敞亮的镜子讲述给自己听;也正因是难以理解,他不得不又思念起了在不远处的家中不知正忙碌着些什么的林筱晴。

想到小晴也是一位"咖啡爱好者",便认认真真地拍下面前两杯风格迥异的咖啡,将之发送了过去。

不久,筱晴发来了自己新到的书的照片,一本是摄影技术,另一本是星野道夫的随笔。

没等高海源想好怎么就这本他同样很心仪的书来好好聊聊时,林筱晴问道:"你们又去喝咖啡了吗?"

担心筱晴误会他和袁琦抛下自己跑来喝咖啡,于是他连忙坦白:"我早就送袁琦回去了,这会儿和南云一起出来随便聊聊天。"

又过了一小阵子,收到筱晴的回复。

"好家伙。渣男!"

"一晚上约三个女生。"

看着筱晴的回复,他一时不知所措。"我们是为了讨论关于你的事情才来的。"这样匪夷所思的话他当然说不出口。

应该是在开玩笑吧。自己与南云的关系，筱晴还不清楚吗？高海源心想着，连忙辩解道："你说你还有事，就没叫你一起来了。这家店的咖啡确实挺好喝的，推荐给你。"

无论如何他都不能欺骗林筱晴。

大概是在看书吧，筱晴似乎不想再纠缠此事。良久回复道："是'空辞'吧，我也喝过几次这家店的咖啡，的确很不错。"

收到回复的高海源长舒一口气。

同南云的畅谈结束了。虽然仍没有任何解答，但总感觉轻松了很多。

人一旦清闲下来就容易没事找事。送南云回住处后的高海源茫然地刷着朋友圈。恰巧，看到的林筱晴在朋友圈发了一句话的分享。他想起小晴曾跟自己提到村上春树的《遇见100%的女孩》，书名很有趣，这句话大致是与书名相关的内容。于是便忍不住发消息问筱晴："最近在看《遇见100%的女孩》？"

很快就收到回复："你怎么知道？"

"看你发的朋友圈。估计是吧。"

"我又没发封面。"

"凭我的智商能猜不出来吗？哈哈。"高海源得意地说道。

"你好像变态。"

看着筱晴的回复，高海源有些失神。无论是"渣男"还是"变态"，的确都是第一次有人这样评价他。

"被窥探的感觉，虽然是自己想分享的，但没想分享那么多。而且没有像你这样的。"林筱晴认真地解释起了原因。看来这一次是真的被讨厌了。

高海源还在思索着应该如何向筱晴道歉时，林筱晴却又出乎意料地与他详谈起了这本书，他只能暂时跳过这个话题，同筱晴聊起书。

不出所料的是，隔天清晨，高海源一直在担心又似是隐隐在盼望的事情终于发生了——林筱晴的朋友圈屏蔽了他。点开朋友圈后的那一条笔直的横线，宣告着林筱晴唯独对他关上了那扇展示自己的窗户。现在的筱晴对于刺痛高海源似乎颇有心得。而且，执着得可爱。

更让他感到疑惑的是，随后的几天里，见面后的林筱晴还是一如既往的开朗。他们分享着水果零食和书籍，由他接送上下班，对这件事则闭口不谈。

等不久后筱晴气消了，应该就会解除对自己的屏蔽吧。他一直乐观地预估着。不过又觉得自己的确是罪有应得。

……

寒假到来，个把月的时间里他们没有什么理由再见面了。寂寞之余，一块沉重的石头仿佛也落了地。

每到这时，不知是因为总孤身一人，还是因为看见朋友们都各回各家，思乡之情总会变得越发浓郁。对高海源来说也不例外。

只是，回家前还发生了一件或许是意蕴深远，或许是微不足道的小事，让他不得不有些许在意。

那天高海源由于担忧今年是否能顺利回家，便发了条朋友圈抱怨这次很可能得一个人留在这边过年了。结果平日里绝少关注他朋友圈的林筱晴竟然意想不到地评论道："要坚强。"简短的三个字让他在惊诧之余似乎又感受到振作了许多。只不过，再次点开筱晴的朋友圈，还是那样一条横线。

总归还是排除万难顺利回到了家。

"家"在高海源的梦想里总是在扮演着一个奇异的重要角色——那是他决意要背离的地方。但绝非是随意地抛弃，而是一种刻意且奋力地反向运动。就像是在纸张的背面猛烈书写，力透纸背。这时若从正面看去，就会呈现出一种熟悉的严整，却又无疑是陌生的镜面对称形态。

说得再多，也只是在掩饰对家乡和家人最平凡的思念。

在家里的日子，远离工作和那些特殊的激动，所有时间全都一齐放慢了下来，或者说只是恢复了原本的状态。

比如说，闲来无事的餐前饭后，他会和父母围着暖炉坐在客厅里闲谈。

父亲漫不经心地提起："你的那辆自行车挺久没骑过了，我给你收在仓库里了，有空再去骑骑吧。"

他也同样漫不经心地说道："那么多年了，早就生锈了吧。"

便不了了之。

再比如，天气不好出不了门时，他便会端坐在那张刻满了自己整个童年和少年奋斗历程的刷着白漆的书桌前，继续读那些放置在家中许久前未读完的书。

那是一本尼采的《希腊悲剧时代的哲学》，先前几次尝试读进去时，总因为缺乏所需的心境而放弃。这次他却特别为这本书的书名所吸引，从书架上繁多尚未读完的书目中抽出了此书，津津有味地阅读起来。

摘得那句："生成和消逝，建设和破坏，对之不可做任何道德上的评定。它们永远同样无罪，在这个世界上仅仅属于艺术家和孩子的游戏。……只有审美的人才能这样看世界。"他涌起了一种异常明晰的感动，自己也曾经或是可以以这样的目光看待这个世界吗？他一定仍有许多重要的事情要去抉择。

他本想把这份在书中偶然拾得的澎湃心潮分享予筱晴，却又不禁回想起了几周前的一件小事。

那天在办公室里闲聊时，小晴谈起自己还未读过尼采的《查拉图斯特拉如是说》，等什么时候有空拜读一下。高海源听见后便激动地讲起了自己与此书的遭遇："我大学时有一段特别迷茫和痛苦的时期，就是在那时遇到了这本书。结果读着读着就重新燃起了熊熊的斗志。一定要在难过的时候再去读，就能真切地感受到书中文字无可匹敌的力量，收获到真正无价的瑰宝。我当时几乎要把整本书都摘抄下来了，很多话语至今都还记忆犹新，甚至还有些现在在网上都传成了金句。像是那句'当你凝视着深渊之时，深渊也在凝视着你'就是出自书里。"

听他这么说的小晴惊喜地说道："真的吗？我还以为这句话出自《唐探3》呢。看来我真的是'文化荒漠'了。"

看着小晴灿烂无比的笑容，高海源硬生生地把提到了嘴边的话憋了回去。"还有那一句——'凡杀不死我的，只会令我更强大。'"

他想起近来偶尔给筱晴发去的一些问候和分享她也没太搭理，应该是这段时间有很多的事情要忙，所以还是不去打扰她为好。

那天没能说完的话语，如今没有说出口的话语，会在今后的某一个瞬间成为遗憾吗？他又开始漫无边际地胡思乱想起这些并回答不了的问题。

自己也得忙碌起来了。

"过年"，对于生活在这片大地上的人们，是一种特殊的情感。无论阻隔万水千山，抑或身份千差万别，每个人都要在这个时节抛下手头的工作和生活叨扰，以最淳朴的样貌回归到自己生命最原初的点，与开启一切的那些人们重逢。直到辞冬迎春、辞旧迎新"过完年"，所有人便都会觅得一种迥然却熟练的寄托与感动，继续各自的生活。范围之广阔、意愿之强烈，甚至可称之为一种无意识的集体天性。是生长在这里的人们一年一度，永无止境的盛筵和明证。

正因其如此的重要，故，我们也会将之与唯一一个自古绵延至今的共同信仰关联起来——祭拜祖先。

除夕是"过年"的开端，元宵则是"过年"的终结。除夕的清晨和元宵的黄昏，这一头一尾两个重要的节点，高海源都会跟随家人们的脚步，翻过一座座山冈，修整山道两旁丛生的棘草，来到祖辈们的坟墓前祭拜。与不能被忘怀的重要人们一起度过最重要的节日。自幼如此，这也是他从来都发自内心，情愿去完成的唯一仪式。

在他历久而弥新的回忆中，除夕的祭拜总是格外隆重。人人张灯结彩，穿着新衣，喜笑颜开，祈愿先人们在天之灵又一年的保佑；元夕的祭拜则会稍显清冷，背井离乡的人们早已返程继续各自的工作与生活，而留下来的人们则为故人送去明灯和哀思，然后在暮色中独自回家。

多年之后，他自己也成了那个背井离乡的人。而正是这样年复一年的祭拜，一直在告诫着他：生活不只有相逢的喜悦，也有别离的悲伤；自己不仅有应去与向往，亦有来路和归途。

工作之后，已经难得再有机会能在元宵、清明、中元、重阳这些时节里返乡。所以，这次显得格外重要。

天一大早，他就像孩提时那样，穿好新衣新鞋，乘车与家人们在约定好的地方会合，再一同启程去祭拜无法忘却的人们。

北国故原的寒风比他工作生活的南方小城来得更为凛冽。

不多的人们排成一线，走在随着记忆的轨迹蜿蜒的狭长山路上，并没有人因为还有一整天的繁忙去匆促步伐，都葆有着每个人都能跟得上且历来如此的速度前行着，也无须对这条熟悉的道路再去叮嘱什么。于是，大家都不约而同地沉湎在了各自的思绪里。

碧蓝的天空，层云是被时光封冻住的浪花，也不知是正欲前来还是将要远去。

高海源努力让自己的大脑更加迅猛地运转起来，才能抵御住阵阵侵袭的寒气冻结。这是他打小便养成的习性。

他必须去思考问题。即便是没有意义的问题也好，注定无法解答的问题也好。

那么，延续了这么一长段时间，直至这个瞬息都仍在困扰着他的真正重要问题就是——自己与林筱晴的关系。他无论如何都无法放任不管。

道路两旁随意生长着稀稀落落的刺槐和椿树，它们将缀着残叶的凌乱枝干陡然伸入整洁的云海。此刻轻轻摇起橹来。

既然他已经看清了自己的内心，他不能或不该再以"爱"为名义去欺骗；可若是因此就宣称是"不爱"，那显然是一种更加卑劣的欺骗，连一丝一毫、一分一秒都无法骗得的愚蠢谬言。

高海源绝不是不爱林筱晴，高海源绝不是爱林筱晴。这都是确定无疑的。可是，自己在问的问题并没有得到解答。

所以，要么是固执于此的自己只是个无药可救的疯子；要么，他对"爱"的思考从一开始涵泳于彼此的身影里。

路走了一多半，运动开了的身子骨并不感到疲累；相反，随风流过两颊刚刚呼出的热气恰好足以驱散寒意。层层叠叠的积云也似是重新开始涵泳于彼此的身影里。

可以明确的是，"爱"或者"不爱"对他来说绝非一个非此即彼的二元对立命题。如果将"爱"和"不爱"视作两种截然相反的关系状态，那么在它们之间应当还有着一连串的过渡状态；独立于这个体系之外也应当还有着许许多多程度不同的状态，其中甚至有的关系应当要比"爱"更加美好和重要。正是高海源憧憬找寻并建立的关系状态。

他还需要继续深入认识"爱"的本质。他从小就知道，超过界限的思考是有着不可逆的破坏性的；但也是从小时起，这个认知对于他而言就并非疑问句，而只是一句类似"鸟儿飞上天比待在地上更危险"这般毫无威摄的陈述句。

一切映入眼帘的事物全都在转瞬即逝。他只有将脚步踏在更加坚固的岩石和土块上，才能在此时更为陡峭的攀升中避免跌倒。

"爱"——他过去一直以为是自己遥不可及的美好；是自己的旅途中无法强求的邂逅；也是一旦获得就必将要付出同样重要某物的交

易，因而是他从来都在有意无意逃避着去深究的缺失。

可事到如今，他却因为这样的逃避伤害到了至关重要的人，进而也更深刻地伤害到了自己。已经没有什么动机和理由继续他的逃避了。思索、弥补、寻找、治愈，是时候去做自己必定要做到的事情了。

"爱"，到底是有着什么一定要在这一刻被他如此明晰且痛彻拒绝的理由呢？拒绝了爱之后，他又能换得什么值得慰藉的重要信物呢？

即将到达此行的目的地。高海源伫立在一小片开阔的高地，招呼身后的家人们先行，自己随后便会跟上。

眺望冬色笼罩的略显荒芜的故乡，许多故事的碎片在这座小城的各个角落里闪闪发亮：穿城而过的枯水期的河床；城南公园空地中央的小小的人工湖；北边新建起的高楼包围中低矮的旧车站；还有向东挺然离去，没入远方群山中的高速公路。他并不急于去遍寻它们，因为他知道，故乡的闪耀之物不会骤然离去，而是会一直留驻在同样的地方，等待着游子们一次次归来和重逢。

在这里，他曾承蒙无数无法忘怀的翻涌情感眷顾，将之统称为"爱"也没有任何不妥：父母挚爱、家人亲爱、伙伴友爱、师生关爱，甚至是追寻智慧的澄澈之爱，以及探索宇宙万物的广博之爱……这些同样美好的"爱"与他所缺乏的那唯一的"爱"又有何不同？一直在珍视着身边每一个渺小明净美好的自己为何竟会与那个独一的至爱渐行渐远，以至于不得不冻结住自己炽热的心，抛下已然拥有的一切，去向不知何处的远方，寻觅无法追寻的东西……

霎时间，高海源化身成了一个张着开口、漆黑一团的异次元口袋，将辽阔而稳固的一切连根拔起，源源不断地极速吸纳进来：碧空、云霞、山雾、楼宇、草木……所有寻常之物皆在易变、拉升、螺旋着冲进他脑海中最深沉的部分。

他感到脚下一阵发软，自己到底是在反叛着什么样的庞然之物呀？

"爱"无疑是人类社会存续的定海神针，他现在摇晃这根定海神针的愚行，会把远不止是自己一人的生活搅得天翻地覆。

停下来吧！别再想下去了，趁着现在还为时不晚。只需要放眼看看自己的身边：看看正同行着的家人们就好。谁不是因为"爱"而组建了幸福的家庭。让长辈放心，使晚辈舒心。难道说自己要不管不顾这近在咫尺的一切美满，去寻觅什么只存在于自己幻想中的"更加重要"的人与人的联结吗？

世界回归到了原处，继续平静地散发着光。他将目光投向了更辽远的地方。翻过连绵不绝的群山之后，到底会遇见什么呢？他又问出了每一次在这儿眺望之时都会问家人或问自己的没有答案的问题。

继续走下去吧，目的地不远了。

……

家人们早已在那里忙碌着。

清扫去年留下的旧物什，在中央悉心摆放好天还未亮时就从家中备好带来的各色菜肴；几人通力合作，支起大红纸灯笼悬挂在两旁；点燃蜡烛，接着用烛焰炙烤线香；抖落香头的火星，掬拢香尾，一齐紧紧地插入正中香炉的香灰中；其余人则捋顺纸钱，一叠叠将之垒成容易燃着的金字塔状。共同见证着一丝火苗是如何成长为熊熊烈火的。

还有最后一个清闲的环节——等待火焰的燃尽。

每到这时，若是能刮来微风，扬卷起余烬纷飞的话，家人们便总会欢呼：这是祖辈们的在天之灵回应着他们的呼唤。在一片笑颜中心满意足地返程下山。可惜这一次天公不作美，火堆只是自顾自地静谧燃烧着。于是，所有人都沉默地等待着一场等不到的风。也或许是在用各自的方式与故人们无声地沟通着，互道平安。

高海源一如孩提时那样端正地站在那里，目光穿过蹿蹿不休的火光，直视着其后那块坚硬的青黑色花岗岩石碑。

墓碑的正中，用俊秀有力的字迹镌刻着外婆的名字；一侧用小字简述着她的生平："……踏实勤俭、子孙满堂、邻里和睦。"另一侧的角落里则用更小的字体刻写着连同高海源在内的所有家人的名字。他直视着，一如每一次来时那样，力图把一笔一画都铭刻进自己的脑海中。那些是他再熟悉不过的几行字，熟悉到……陌生。

思如泉涌。

他明白了，那枚根植于自己心底，阻绝着他热切燃烧的痴愚之爱的楔子究竟是为何物——是一个独一无二的约定；是他与外婆不能告诉任何人的秘密；是以必然贯穿始终、命他绝对不能停留在这里的律令：

翻过一座座大山，直至看见大海！

而这片他从未敢忘的"海"之所以一直困惑着他，正是因为——在尚年幼时，他便跟随着父母一道去往海边旅游过；长大后自己也曾因事屡次前往临海的城市，却总因为种种似乎是刻意为之的阴差阳错而错失了目眺大海的机会。更重要的是，自己从未感到过接近完成梦想的分毫。

原来如此。自那时起，自己与外婆秘密的约定、自己暗自立下的誓言就并非眼看那"海"的虚景，而是要明辨出"海"的真实；并非在海滨目送"海"的伊始，而是要闯入海中成为"海"的终结。

那又是片怎样的"海"呢？在他最为绮美的遐想中："海"有别于阻隔在路途上，所有常驻不动、亘古巍峨的险隘和山峦；而是变化莫测、深不见底的波涛与涡旋。即便无一人能见，毫无价值可言，却依然在奋力地生成、变化、消亡。并非"爱"或"不爱"这样确定无疑，让他不得不仰而视之、叹为观止的顶峰；而是他至今仍不知为何物，仍必须去一个又一个远方寻找下去的一种可能性——是足以令生者殊死，让死者苏生的可能性！

大地之上山川错落有致悉数分野，前行的道途豁然开朗。

早春明亮的阳光辉映着万物。一切沉眠的事物皆在复苏，欣欣向荣。

他所苦苦搜寻的联结不是就在眼前吗？不是有一种更为久远和激荡的感情一直一直陪伴在他的身边吗？

任凭时光荏苒从未曾错过；即便远隔万水千山也不会有所阻绝。哪怕是生死相别亦不会分离；就算是再也不能多言语半句，振聋发聩的声音却永不绝响。这份情感所编织出的纽带会越发强固，强韧到足以牵拽起他所在意的一切一同奔跑。

他的视线被外焰上空升腾的热气清晰地朦胧着。

的确是与"爱"截然不同的另一种情感：同样拥有着不亚于"爱"的关心、思念、抚慰和希望这些美好的时刻。可当"爱"一旦不可避免地沦陷在欲念荤腥短暂的逸乐中，变得患得患失、彻夜难眠，从而不得不在敏感与错乱中索求"唯一"与"永恒"的虚妄国度之时，这份情感却以明净的智慧扫清一切杂尘，欣慰地看着在这般深情滋养下的人儿茁壮成长，有朝一日能够将更胜于自身的美好传递给更多，甚至是每一个人。

如果，这不是爱的话，那又要怎样去表达它呢？对了，就像陀思妥耶夫斯基在《卡拉马佐夫兄弟》中所说的那样——"我们首先是善良的，这一点最要紧。然后是正直的，然后——我们将彼此永不相忘。"

"永不相忘"。强烈的感动顿时涌入心涧。一定会是这样的，自己一路以来的坚持并非毫无意义。

高海源并不具备唯爱一个人的天赋，却意外拾获了与自己在意的每一个人缔结这样深刻情感的独特愿景。不仅是自己与外婆或是自己与小晴；这会儿正在同行的亲人们；不久前分别，不久后又会相见的南云、袁琦和学生们；还有许久未见的发小、同学、老师们；甚至是尚未遇见，终有一天会熟知的每一位朋友。他无一不期冀着与之构建起这样的联结。

幸好，这不是爱，不然筱晴"渣男"的评价简直恰如其分。

火势渐渐弱了下来。家人们的目光都在清澈地闪烁着，看来都已经默默地说完了各自想说的话。于是大家回到了当下，依次真诚地合掌鞠躬，既是祈愿也是祝福，共同守卫住最后一缕星火的相传。

他的思索仍在继续延伸。因为林筱晴对他而言的确有着超越理念，独一无二的理由。那究竟是什么呢？

漫天流火破黉夜，一曲鲸歌动沧海。那是——启迪。

没错。若是没有小晴；没有那个在皎洁月光下，拍摄着一树枯枝；没有那个在办公室逆着光的大门外对他绽放笑颜；没有那个一遍遍拒绝着他的沉溺，又一遍遍命令他扬起继续向前的风帆的林筱晴。那么现在的他一定正孤寂地迷航在无垠大海的虚像里；一定会葬身在自己层层冰封的执狂中。他不会认识袁琦、南云、现在的学生们；不会觅得这会儿已然收获的一切力量；更不会遇见——爱！

就像是劳拉之于彼特拉克、贝雅特丽齐之于但丁。小晴为自己戴上了沉重的桂冠，又亲手摘下了这桂冠。告诉他："要坚强。前方还有更多的路要走下去。"

高海源远比彼特拉克们更为幸运的是，他并不需要与这位"光彩照人的劳拉"在自己的梦乡中才得以泪眼婆娑地相见、攀谈。那些小晴真正对他诉说过，鼓舞着他的话语，会永远熊熊燃烧在他的心底。

过完年，将会开启崭新的春季学期。林筱晴依然会端坐在自己身后不足半米的地方，直至他真正走上必须走的道路那一天前，他们还会有说不完的话、吃不完的饭、聊不完的天；还会有更多的欢笑和泪水；还会有更加意想不到的珍贵启迪。

所以，还在说什么"不是爱"的蠢话来欺骗自己呢？献上自己已有和将有的一切，缔下至死不渝的爱的誓言。那并不是自己的"枷锁",而是自己"三生有幸"！

一切尘埃落定。踏着轻快的步伐沿着原路返回，带上好不容易方才寻得的遗落的东西。

高海源回想起了很久前自己做过的一个梦：去年春夏之交，自己和小晴一同前去饭馆吃饭。席间，他告诉小晴自己打算再在学校里待上一阵子。没想到小晴竟开心地说："那我们岂不是又能多做一年的同事了？"

梦久远得仿佛是不可思议的记忆一般。离那个"一年"的约定已然过去了大半。他也曾梦见把这个"梦"当作谈资讲给小晴听。作为交换，小晴也告诉了他一个梦——自己怎么也找不见电源，于是灵机一动，把插线板的插头接在自身的插孔上，结果就能源源不断发电了，让高海源这个物理老师听罢忍俊不禁。

……

回校那天，正值元宵佳节，天气已然转暖。果不其然，林筱晴美得越发光彩夺目。

临下班时，收下高海源从家乡带来的一点小特产，筱晴匆忙收拾好挎包快步走了。

毕竟是团圆的佳节，有些忙碌也是理所应当的。久别后的重逢没能说上什么话，让高海源难免有些失落。

入夜后，闲来无事的高海源和南云相约一道去赏灯，共庆这身在异乡里的佳节。

车马散去之际，他想起了欧阳修《生查子·元夕》里的那句：

今年元夜时，月与灯依旧。不见去年人，泪湿春衫袖。

思念催促着他点开了林筱晴的朋友圈，此刻不知正忙些什么？期冀着那道对他紧闭了整整一个寒假的窗户重新敞开。

那条熟悉而笔直的横线，理所当然地宣示着妄念的落空。与之一道瞠入眼帘的，是新的朋友圈封面。那用了许久的一幅波光粼粼的水景照的消失了，取而代之的是另一绝美的光景——一只手紧紧地握住另一只手！

第十四章　春雪

深深地目眩。

世界一直都在以他无法理喻的方式运行着。

以近乎是蛮不讲理的庞大理性运行着。

即便所有的理智皆在拼命顽抗，他仍强迫自己要细细端详下去。

在这一个瞬间，情绪已经无法再抵达他的意识，他只是震服于一无所知的命运那宏大而细致的严酷安排。

这样的幻想未免太过狂妄自大。一切事态似乎只是为了向对自己最为残忍的目标而出发，林筱晴或是其他人成了只为考验自己而存在的棋子。所以，他急需观察和质问每一处细节，找到否决或佐证自己幻想的蛛丝马迹。

那确凿无疑是他曾日思夜想，却从未敢冒犯分毫的那只纤纤玉手。纵然总是忽近忽远，却也必定是他这一路以来最为真实不虚的绮梦；誓要排除万难，在无边的荒芜中开辟出自己唯一"爱的道路"后，蓄势待发，倾尽所能汇聚的全部热望向之迸发的"理想乡"，的的确确正以饱含爱意的方式与另一只强健的手十指紧扣，紧紧地攥握在一起!

他沉溺其中的幻想,遭到了最为凌厉的嘲笑。

自己迟疑去珍重的瑰宝,自然会有其他人来珍重。天经地义。只是这样没有一点点缓冲的猛烈冲击带来无可置辩且无法复原的彻底破碎,很难不令他想要思考,是否还有着超越事件本身的意义。也或许,只因这是他能做到的最后的自我宽慰。

……思考。几乎不需要怎么思考,这一次的事态实在是太过单纯。所有那些直白而残酷的证据全都指向着同一个简单明了,而且早已不是第一次发现的结论——这样的思考是没有意义的。

从一开始,他所有的思考,"爱"或"不爱"、"自由"或是"梦想",无一不是远离了任何现实基础的空中楼阁;无一不是只为"自我感动"的幻想堡垒;无一不是在叛逆着这个世间最基本因循的有毒物质。

而这样的东西,无论他为之倾注了多少心血;也无论他为之标榜了多么高尚的理由、建构起多么精巧的理论框架,也压根儿禁不住现实的一丁点儿风吹草动的拷问。"一触即溃",只是他必然如此的结局罢了。

在这重意义下,"不要再想下去了。"这最后一次不留任何回旋余地的告诫,甚至成了命运对他的一种垂怜。

于是高海源终于抛下了一切理智,折服于这命运的告诫,不再去相信任何的思考与幻象。这时,他无比惊憾地发现:无能的自己,除了这无能的思考之外,竟再也一无所长、一无所是。他无疑正深陷在这一路以来,最为真切的迷惘当中。

即便从来都一无所获,因而也就一无所失,却也只能任由丧失、悲愤、屈辱、嫉恼这些卑恶的情绪席卷肆虐,将他冲刷进无边无际的昏睡。

绮丽的梦、缤纷的梦、做不完的梦……统统在那一夜里荡然无

第十四章 春雪

存。他也说不清自己究竟有没有睡着。黎明时，只余下朋友圈里那道依旧笔直的横线和似乎再也不愿分开的牵手照犹如出生的朝阳一样刺眼。明晰地勾勒出横亘在梦境与现实间再也无法逾越的那堵高墙。

"要坚强"，这是现在高海源仅存的被许可罗织为"梦"的回忆。

他决意要去求助于他人；求助于那些能够帮他且愿意帮助他的，毫无疑问互相都足以称之为朋友的人。即便他尚还不知道应该求助些什么。

忧心忡忡地来到办公室，没有胆量再去惊扰早已在座位上伏案工作的林筱晴，高海源径直走到南云身边，压低音量悄声耳语："有空吗？有很重要的事情想问你。我也不知道该怎么办了。"

第一次看见高海源这副颓唐的模样，南云吃了一惊，自然也没敢怠慢，于是放下手头尚未做完的杂活，随高海源来到僻静的地方。

"筱晴她……最近情感上有什么新动态吗？"对南云，他不需要拐弯抹角。

"没听说过呀。再说，你不是应该比我更清楚吗？"南云有些困惑。

筱晴的朋友圈不会屏蔽南云，南云也不会骗自己。看来，这事情筱晴起码还没有公开。

"你看看筱晴的朋友圈，她还是在屏蔽着我。不过我还是可以看见封面的。"

南云一点开林筱晴的朋友圈看见了封面，立刻就明白高海源想要问的问题是什么了。

不过她仍需要时间思考怎么回答这个问题，或许她也有着自己的考量。高海源并不急于催促答案。

南方小城里，到处都洋溢着并不属于他的春色。

思考良久，南云开口说道："你也还不能确定就是她吧？也可能是从网上找的图片。"

  高海源很感谢南云到了这个份儿上还想着安慰自己。但是南云似乎也没有搞懂，真正让自己难过的并不是筱晴是否真正爱上了其他什么人，而是筱晴对他什么都不曾说过。

  想到这里，他也稍稍冷静了下来。

  对呀，自己所纠结的根源不是正在于此吗？自己的的确确没有任何对筱晴当下情感状况施以抱怨的资格。

  不久前的冬夜，一次送小晴回家的途中，小晴也曾认认真真地告诉他，说自己只能和真正喜欢的人在一起。那时的他，不也曾认认真真地祝愿过小晴："祝你能够早日遇见这样的人。"怎么现在反倒又不甘心了起来。难道那时自己的话无一例外全部都是违心的谎言吗？难道现在最该为筱晴梦想成真感到高兴的不正是自己吗？难道自己那曾久久动摇过的心，不是终于能够得以坚定下来了吗？

  而真正让他所困惑的是，曾经那个同他无话不说、乐于与他分享的小晴，不知为何竟什么也不愿再与他言说了。……不，其实他知道，大概是自己近来只顾沉溺在自己的幻想里，而忽视了筱晴真正的喜怒哀乐。一边说着要重新开始"爱"的追求，却又借着"不想打扰筱晴"的名义，越来越少对她嘘寒问暖、分享喜悦；一边拒绝了"爱"最直接的表达形式，却又仍然是只顾自我满足地钻进"爱"的抽象概念里，难以自拔。还自负地以为，聪明伶俐的林筱晴对此不会有所察觉。这般自私的模样，哪里像是一门心思要把全部的爱都交付给林筱晴呢？简直荒唐可笑。不想再搭理这样的自己，也是理所当然的。

  看向眼前依旧在为自己担忧着的南云，他顿时无比感激，感激南云的关心，感激自己选择将这一困扰倾诉给她的决定。即便南云只是提出了一个微乎其微的可能性（他自信着不会认错那只思慕已久的手），但重要的是，通过简单的对话，至少让他明白，自己其实一直在被重要的朋友们关心着。"爱"也好，"不爱"也罢，自己早已在这份关系中获益良多，早就不再是孤身一人了。

第十四章　春雪　昼

还有一点更重要，与来自旁人更客观视角的交流，轻轻地一点就让他明白了，先前自己一直深陷思维偏执的涡旋里，找不见出路。可其实只需要被拉上一小把，走出那个"死穴"，就会在不远处找到更加广袤的可能性。对于当下自己和筱晴的关系来说，唯有一步步重新开始交流，才能看得见急需的可能性。

他的思考似乎恢复了先前的锐度。说来可笑，大概也只有自己才会在事态陷入这般田地，依然寄希望于用理智来统摄感情。

他思忖着如何把这样内在的进展，用言语讲述给仍在等待着自己下一句话的南云。他方才发现，就当下来说，这几乎是不可能的——说来惭愧，即便一直都在以挚友自居，却从未能把心底里很多讳莫如深的想法悉数吐露，所以自然也没法把当下的点滴喜悦分享给南云。有朝一日，一定要把自己的全部想法都分享给关心着自己的人们听见。只有这样才能打破交流的无奈，对筱晴也应是同样，不妨说这就是当务之急。

于是，就此点又简单地聊了聊，高海源和南云达成了共识：无论如何，都应该先搞清楚情况，明确自己应该站在什么位置去同筱晴好好交流。他需要继续求助更清楚现况的人，譬如袁琦。

回到工作中。对高海源来说，"不把生活中的情绪带到课堂上"，是他从事教师这份工作以来，一直坚守的信条，也几乎成了一种习惯。不过，今天自己依然能够如此坦然地做到，不得不说还是令他有稍许惊讶。

课堂上，他和学生们全都是一如既往的爽朗。也不知道是他在治愈着学生们，还是学生们在治愈着他。明媚的春天总是治愈的季节。这大概是需要治愈的人才会拥有的特殊感触。

偌大的校园里似乎只有一处与这暖意融融的一切显得格格不入，那便是他毫无疑问至为在意的身后的林筱晴。

不知是否是因为自己已经戴上了厚厚有色眼镜的缘故。空闲下来的林筱晴似乎变得比上个学期更为沉静了许多，只要没人找她，便始终一言不发，默默做着自己的事。

就像是黎明前最深重的黑夜，高海源努力想要在这般忽然就变得神秘起来的林筱晴周围寻找出他以为是所有被"爱"包裹之人皆会洋溢出的欢乐和幸福之感。结果一整天他都一无所获，冰窖一般的冷酷感从这一小片蔓延至整间办公室。

好不容易才熬到了下班，林筱晴一如既往轻快地拎起收拾好的挎包出门走了。他紧绷的神经也终于得以放松了下来。幸好自己坚守住了目前的立场，没有再贸然去与筱晴搭些言不由衷的话。

叫上同样显得有些心不在焉的袁琦一道。高海源，袁琦和南云三人还是首次一起去吃晚餐。

说来奇怪，当和袁琦这位可能是唯一知晓实情的筱晴密友面对面落座在一起时，他反倒并不急于了解真相。

他们边吃边分享起寒假里回到各自家乡后的见闻和开学后各自课堂上的趣事。每个人都在享受着这样无所事事的闲聊，不必绞尽脑汁，非得为无法解答的问题找出答复；也可以放松片刻，任不值得记忆的事情随意散去。就像是春风裹挟着春雨，翩姗曾逝，飘然又至。

自己和小晴也曾如此悠闲地聊过天，有很多很多次，在很久很久以前。高海源只是淡淡地想着，并没有说出口。

很快，吃饱喝足。一阵短暂的沉默过后，南云眼见高海源还是没有开口的意思，便替他问袁琦："你最近有看见筱晴的朋友圈封面吗？"

既然是高老师邀约的饭局，话题终会回到小晴身上，并不奇怪，也早就做好了应对的准备。不过这话由南云问出口，还是关于朋友圈的话题，显然是让袁琦有点儿始料未及。

袁琦理所当然给出否定的答案后，连忙好奇地点开了筱晴的朋友圈。

看着那张手牵着手的照片，袁琦罕见地锁起了眉头。看来就连袁琦也不曾知道这张照片的存在。

可能是怕被高海源看出来更多，袁琦并未久想，说："小晴什么也没有跟我说过，应该是在网上随便找的图吧。高老师你想得太多了。"

袁琦的声音失去了平日里青涩的欢脱感，有些艰难地躲避着高海源此时如炬的目光。

如果说一句话语所传递的信息是讲述者和听众共同愿意"相信"的，那么，是否就不必再有"谎言"和"事实"的区隔。"谎言"是否就可以获得"事实"的力量；"事实"是否就可以具备"谎言"的魅惑？

不。现在的高海源决心要从这样自私的迷梦中觉醒过来。这充其量也只能是"善意的谎言"罢了。

当然，他并不会责怪袁琦的"谎言"，也同样很感激她的善意。他越发坚定永远不会强使朋友们说出不愿意说出口的话，但他仍旧可以在这般并不指向"事实"的回答中，继续寻找她为什么要这么说的理由。

袁琦作为筱晴无话不谈的密友，也是最为热衷于撮合高海源和林筱晴之间感情的人之一，一定时常就像他和南云那样，同筱晴交流着他们的感情问题。筱晴自然不会对袁琦有所保留。况且，过年那段时间，远在各自家中的袁琦还曾在微信上，向他高海源亲授过可以博得小晴青睐的一些小小举动。说明，不久前小晴的情感状况还不曾有什么大的变化。

那么，现如今，袁琦不愿意告诉他"事实"的理由，无非要么是因为筱晴担心她告诉自己而特意叮嘱过；要么是袁琦并不希望他在这一刻就放弃对筱晴的继续追求。

他仍不明白袁琦为何要选择在他俩的关系中独自去背负这么多，

为何不能为事情就此画上一个并不能算作完满的句号。但他需要知道更多。因为他坚信，袁琦的选择，是为了不会伤害到高海源，也是为了不会伤害到林筱晴，所做出的考量。他同样坚信，袁琦会把他的话转告给筱晴。

"其实，我一直都不知道该不该说……我感觉要说'爱'很容易，可是却真的害怕自己不能做到。我甚至有点儿庆幸筱晴一直都在拒绝着我。事到如今，如果筱晴能够遇到真心爱她，她也能真心去爱的人……我真的很想要替他感到高兴。我也终于能专心去做自己该做的事。只是不知道这样的话我有没有勇气说出口，能不能真正地传达给她……"

"不是你想的那样！"袁琦的声音忽然变得高亢起来，大概是意识到了自己的失言，于是冷静了一小下，平复了变得有点儿激动的声音，接着说道："我替你去问问小晴吧。"

新一年的开春，同这里的朋友们的第一次团聚，少了他曾是最期盼的身影，早早结束在了各自尚还难以言明的心事里。

独自回到学校宿舍，高海源呆呆地躺在简陋的架子床上，凝望着雪白的天花板，静待袁琦的回信，努力让自己在此之前什么都不去想。

不久，收到消息。

"高老师，我刚才跟你说的，'那是在网上随便找的图'，你没有相信对吧？"

"嗯。我是不会认错筱晴的手的。"

……

"但是我说'不是你想的那样'是真的，你也太能捕风捉影了。"

"可是，我的臆测也不完全都是错的吧？"

早春的静夜里，万物都理应在幽寂地生长，等待着在不久后的烈阳之下，一举绽放出最为炫目的生命力。

此刻，这间亮起白炽灯的小小宿舍恢复到了它本应如是的样子。天花板上照旧只有一片空白，什么也没有浮现出来。

过了许久，袁琦回复："抱歉，高老师。我保持沉默。"袁琦做出了最大限度地坦白。

这回换作高海源沉默了，他不知道应该怎么回复袁琦，是该感谢她吗？还是说应该表现得失落一点才好。

不，他必须继续追问下去。

"那拜托你告诉我，如果像是先前你教给我的那样继续努力，会给她造成麻烦吗？或者让她更加讨厌？"

袁琦似乎并不反感他的追问，也或许因为只有这样她才能说出自己真正想说的话。

"你可以直接问她：'我还可以追你吗？'"

"直接点就好了，人真的要洒脱。"

高海源恍然。

原来自己正深陷其中，令自己进退两难的迷惘，所真正需要的并非安慰或者逃离，而是哪怕被讨厌，也要做出真正无悔行为的勇气。自哀自怨抑或捕风捉影都无济于事。由自己开始的故事也只能亲自去结束，毫无疑问。

"说的没错。我知道该怎么办了，多谢。"

对袁琦的谢意无以言表，唯有做好自己该做的每一件事。

他又打开了熟悉的聊天窗口，决绝地要去向林筱晴最后一次竭尽所能地——诉说。不留遗憾地去倾尽那些早就该说，却一直借口各个因缘际会，其实只是因自己的怯懦而没有说出口的关于"爱与不爱"的肺腑之言。不再是为了去争取什么，只是要留存下那些自己好不容易才收获到的至宝，必须得去这样做，责无旁贷！

自从你把我屏蔽以来，我想了很多。不知道怎么才能更好地表达，还是只能用这种笨拙的方式在微信上敲字。虽然可能会打扰到你让你更加厌烦，不过这应该是最后一次了，我也同样想从这种纠结的状况中走出来。所以这一次我想说说之前从来没想说也不敢说的一些话，希望你能看看。

你应该已经发现了，我对你所谓的爱，很多时候其实都不够真诚，有时候更像是一个感动自己的口号。虽然不想承认，但是我也无数次地闪过这样的念头，如果有的人需要一个人的爱，那我就是需要一个人去爱。特别是一个会不断拒绝我的人，让我得以保持这种鲜活的冲劲，不断前进。

机缘巧合之下，很不幸的，我就把你当成了这样的对象。大概你会说，这跟你有什么关系。但是我这样自私的愚行，不仅让你失去了一个可能的好朋友，更是长久地让你感到纠结和难受。而之后，你给了我许多次机会，我却一味沉溺在自己的幻想世界中，拒绝接受与我幻想相左的现实。懦弱地拒绝选择、拒绝责任、拒绝真正必要的付出、拒绝一个真真实实的你。

这样内在深层的懦弱逃避和表面浅薄的爱意与追逐相冲突，不断撕裂着我的理智。而我更是在这样的混沌中选择了最差劲的一条路，选择以一个受害者自居，从不顾及你的感受，不厌其烦、不知餍足地关注你、打扰你，让你觉得难受甚至害怕。

直到今天看见你更换了朋友圈封面，我才幡然猛醒，我早就该去做那些早已知晓的正确的事。人生苦短，必须、立刻、马上。

我的所有理智都在告诉我，应该放下了，不应该再去打扰你哪怕一丝一毫。

但我如果是个完全理智的人，想必这些痛苦从一开始就

昼　第十四章　春雪

不会有吧。

　　所以，即使事到如今我依然想要知道，不对，是第一次也是最后一次真正想要知道你认真的答案。

　　我还可以追求你吗？不同于之前那种浅薄流于言表的爱，全心全意只此一份，充满安全感的爱，让我们都能通往更美好未来的爱。

　　当然，如果说这些都已经太晚了，一切都已经到了无法挽回的地步，也请你最后再一次严肃地告诉我，我保证会竭尽全力用我所有的理智去控制住那些纷杂缭乱的幻象，努力扮演好一个陌生人的角色。所以，请你这一次不要沉默，告诉我那个一定会残酷的答案。

　　我想起了那个初夏的晌午，上完课的我趴在桌子上小憩，你轻叩我的桌沿，我们一起翘班，走在花瓣烂漫飞舞的路上。那天一定阳光明媚吧。

　　写完，并没有像过去每一次那样，一股脑地发给筱晴了事，而是一遍遍地读着，感受自己燃烧的心正一步步逐渐冷却下来。

　　又是一次拙劣的表演，甚至远比先前的每一次都更为拙劣。

　　文中照旧还是那样充满臆语与傲慢，不管不顾地一味只是在讲述着自己那些自以为是"高深莫测"其实只不过是"变态"而已的心路历程。而且，就算只看讲述的内容，也只能算作逻辑混乱、不知所云。压根儿没去反思事态的成因，提出弥补和改变的措施；却仍自顾自地宣告着那个"变态"的自我所引发的结果。难道还想要引起筱晴的怜悯不成吗？

　　在一番如此卑劣的自白过后，却又不可理喻地索求起了筱晴的爱？甚至还威胁似的说到，不能爱就成为陌生人。

　　简直混账的可笑……难不成要把这些恶心的胡言乱语都倾倒给筱

晴才好吗？

没错，他一字未改地按下了发送键。

绝非一时冲动，而是深思熟虑之后的恶行。

理由？他不想为之再赋予什么特别的理由，硬要说的话，他只想要被筱晴更加明确地讨厌。

对呀……袁琦的一番话语为他开启了梦寐以求的"可能性"，可是也正是因为总有这样艳冶的"可能性"，他便有了藏身其间的空隙；从前，他总是心安理得地沉沦在自私的幻想里，还要不断为之强加上千奇百怪的所谓"正当性"，而越陷越深……一意孤行地继续伤害着最重要的林筱晴。

所以，胡言乱语也好，情真意切也罢，言语不也像他曾自以为是的"爱"那样，同样是一种无形的暴力吗？

所以，利用这最后言说的机会，甚至强迫她的回答。从而将这暴力推抵至无可置辩的巅峰；消灭一切"可能性"藏身的根基，成为他高海源无法洗脱的"确定"的罪行。

高海源是一名加害者，是以爱之名摧残着爱的恶徒，必须被严惩不贷、引以为戒。而真正的惩戒，只能交由林筱晴来执行才显得深刻。

所以，这些话语并非需要精雕细琢的"情书"；相反，应是他最质朴的自白，是他所做的自供状，将连自己都深深厌恶着的一面大言不惭地告知给林筱晴，恳求她的严办。

所以，即便这些话毫无疑问还会深深伤害到小晴，这也是他最后的"必行之恶"。

在这重意义上，筱晴仍旧是他唯一可能的救赎。像过去那样冷嘲热讽，或是厉声拒斥，甚至是公之于众，他都做好了准备，期待着彼时向她表达忏悔、感谢和祝福，一定能够得偿所愿！除非……算了，不要再去幻想不可能的幻象了。

第十四章 春雪

这就是他面对"庞大理性"能做出的回应。无论如何,他都不会无动于衷。

然而,如果真的存在的话。不管是"庞大理性",还是林筱晴,似乎都不愿再与他纠缠不休,不想再以任何一种形式,放任他的幻想继续蔓延。

世界依然在以最日常的规律运行着,那的确是可被观测、记录和证实的。证据就大摇大摆地张贴在他办公桌的隔板上,我们将它称为"班级课程表"。横排标明着星期几,纵列则推呈出一天里不同的时段。如此纵横编织成为一张整齐的"格网",这些格子里填满着一个班级不同的科目。有他的名字、南云的名字、袁琦的名字、筱晴的名字。每个人的名字都被用以相同的字体,相同的大小填进不同的位置。这就是"记录"或"预测"着他们每个人工作日常的布告。并非什么"庞大理性"的安排,只不过是学校教务处尽可能摒除一切幻想、尽可能只秉承"公平合理"这一原则而做出的安排。每个人都在尽可能地遵照这一安排行动,让这个真实的世界得以有条不紊地运转。

这便是世界日常运行所公示出的规律及法则,每个人都是同样的重要或不重要,没什么区别。

可是,在这张"布告"的一旁,还有另一张无法忽视的"教师课表"。那又正在揭示着怎样的一套法则呢?

以相同的方式织就出一模一样的"格子",表明二者在时间与空间上的重叠。然而除此之外,它们便再也没有任何的相似。这张课表的格子中遍布着大片的空白。在空白之外,则仅仅填写着他一人的名字。所以,这是"高海源"的课表,是没有任何人或力量能够指定;因而也只能由他去亲历、去感触、去寻找得到的规则与意义,是他存在在这里的明证。

高海源伸出食指,沿着纸张看不见的纹理,滑过自己正变得生涩的名字,依次停靠在所任教的几个班级号码上。回想着那些上完或还没上的课堂，找寻着在这里的几年里，他为之寻找到了什么样的意义。

绝不仅仅是一串简单有差别的数字，每一个数字之后都满是一张张迥然不同的面孔。有的青春靓丽，有的稍显老成；有些无忧无虑，又有些心事重重；有时欢笑，有时生气，有时也会悲伤；小部分格外机敏，一点就通，大多数则需要他想方设法、更多更好地去启示；他们中有许多人热衷同他无话不说，一有空就来求学问道，也有许多人他至今都尚未牢记住他们姓甚名谁，但他们却全都有一个共同的身份——"他的学生。"

学生们都是独一无二的，却又因为这重身份而获得了共同点——他们无一不再以少年独有的澄澈目光追寻着自己憧憬的东西：情感、知识、自我、经历……无论所憧憬之物是多么邈远，也无论追逐的道路有多少艰难险阻，少年们的目光也不曾闪过一丝黯淡，亦不会有一线迷惘。

作为连接这目光之源头和所向的桥梁，这便是他工作的意义。甚至，当站在讲台上，被无数这般炽热的目光日复一日地贯穿，他自己也在一天天不知不觉地躁动起来。他终于下定决心，要去找回这份自己无疑也曾真正拥有过的目光。

在这繁忙的规则之外，这张课程表还在平静地宣示出理当有一种他未能找到，仍需要一遍遍去寻找的规则也是同样重要——那片广阔的空白。

那才是真正的空白。没有班级、没有学生、没有同事、没有必须去交流的对象、没有他自己的身影，也没有能够目睹的一切景象。只有时间在一点一滴从不停滞地流走，那是远比旷野都更为空旷的空白。

这样的空白，有规则或意义存在的必要吗？倒不如说，他必须让它们存在。即便是燃尽自己所有的想象力也要赋予其存在，他也不知道为什么，是一种习惯或是爱好使然？也可能只是如不这样，他便会

昼 第十四章 春雪

183

爱的迷惘

直直跌入无尽的虚空……

总之，在这里近四年的一千多个日夜里，他都做了多少努力用以填补这样的空缺呢？他利用这空白努力提升自己的教学能力，认真备课、学习优秀教师的教学经验。当然成效卓著，他很快从新人教师成长为备受学生爱戴的成熟教师。可是，他有觉得充实吗？一点也不。相反，因不足而激烈碰撞勃发出的热情逐步冷却，某种可能性的渐渐消亡更是让他坐立难安。他决心一定要离开这里，成为像自己的学生们那样的追逐者，即便尚不知道该去追求何物。

他又用这空白开始了更加广泛的阅读。古今中外，多少昙花一现的创作者抑或闻名遐迩的大师；诗歌、小说还有漫画；纪实、传奇乃至志怪，早已数不胜数。他深深浸淫在这些故事里，幻想着与其中的人物们一同冒险，并肩战斗；一起爱一起恨、一起哭一起笑。的确重又开始热血翻涌。可是，每每合上书本，他又难免黯然神伤起来，那毕竟仍不是他的"可能性"。旁观者与参与者之间的天堑不知该如何才能迈过去。

也许是偶然，也许是必然。恰逢此时，身边渐渐开始意外地响起一个清丽的声音："在看什么书呀？""有没有适合我看的，给我也推荐几本呗？"

他爱上了声音的主人。所有难熬的空白竟在不知不觉间填满了。趁着没课的空隙，他俩漫无边际地聊起天。家长里短、读过的书、看过的电影、做过的梦、想去往的地方……他们还一起玩过游戏、吃过饭、骑过车、逛过街，也旅过游。他只恨无所事事的时间、能够停驻在这里的时间太过短暂。他被离别的恐惧冲昏了头脑，向她说出了不可原谅的谎言——"关于爱的诺言"。因为他明知自己尚不能去"爱"。

"一颗缺少理解搏击长空的心，是绝对无法产生爱的！"①

于是，现如今，这段自以为是的"爱"结束了。没有填涂上任何记号的空白，理所当然化作了怪异的东西。背后不足半米处，林筱晴一如既往地端坐在那里，平稳匀质的呼吸声、淅淅飒飒的书写声，沉静依旧。只有高海源的存在，在她那里，彻底地消失了。

站在潭水前的人，听不见石子落水的"噗通"声。是他没有勇气再去惊扰潭水的宁静，还是潭水在躲避着他凝重的目光，又或许二者皆是吧。

小小办公室的这个角落，二人间不再有任何提问，也不会有任何回答，成了春意盎然的校园里最为寂静的地方。

几天后，他发现自己的微信号被筱晴默默地拉黑了。忏悔也好，祝福也罢，任何还没说出的话语都无法再传达给她了。他只能默默感谢筱晴这般同样决绝的回应。无论如何，自己都再不会去打扰她了。

所以，高海源又需要独自去寻找如何填补那重新清洁一空的空白，以不再去烦扰林筱晴的方式。

这个学期结束后，学生们要选择自己将来的学业方向。根据选科的不同，重新分班，认识新的同学，开始新的学习和喧闹。到了那时，他也会离开这里。但他不想再是以逃跑的方式遁去；也不愿幻想，在哪里还能寻找到"新的爱与新的喧嚣"。当然，还有几个月的时间该怎么去跟身后的林筱晴尴尬地相处，仍然全都是难解的迷惘。

那一天是公元 2022 年 2 月 22 日。大概再过很多年后他都会牢牢记得。因为南云告诉他，这是往前一千八百年，往后两百年里，"2"最多的一天；还是因为在这一天，南方小城的暖春，竟然降下了细细霏霏的春雪。

---

① 引自三岛由纪夫《苎菀与玛耶》。

简直就像是为他而下起的雪。他不得不开始相信，冥冥之中是否都蕴含着他尚不能参透的寒意。

高海源一直都不明缘由地迷恋着雪花缓缓飘落晶莹透亮的模样，思绪也享受着被那清洁的冰冷所凝冻住的触感。每每到了雪天，似乎都会想起小时候：贪玩的自己回到家中，外婆总是一边心疼地斥责着他，一边用抹布悉心擦去身上沾满的雪泥。自己则只顾大口吃着冻得通红的手心里早早蒸好的大包子，油乎乎的包子馅腾起轻飘飘的热气，淡薄的像是随时就要消逝一样，没想到，却随着那道化不开的雪景一直飘荡到了这里。

秦巴山脉里的故乡并非苦寒之地，开春之后也绝少再下过雪，更遑论是在这温暖濡润的潇湘水乡了。

雪越下越大，坐满了人的办公室一派安宁，好像人人都屏住了呼吸，静静聆听着雪片降落的余音。

一个未成熟的想法在高海源结了冰的胸膛开始孕育。

隔着紧闭玻璃窗的下雪声变得轰隆而刺耳，他的心开始"怦怦"直跳。

他终于忍无可忍，信手抄起放在桌角的一本书，起身。在同事们略感诧异的目光中跑出办公室，冲进漫天茫茫的大雪中。

抬眼望向这一刻灰蒙蒙的天空，莹白的小雪片从虚无中一个看不见的光点里诞生，歪歪扭扭，时快时慢，单向着四散开来，直至隐没在他的眼角。落去哪里了呢？他低头看向手中的书，是那本《幸福号起航》。打开书本翻到最后一页，一遍遍读着结尾那句："幸福号划破平静的海面，在船尾处留下了一条长长的白沫……"

趁着书页上落满冰晶尚未消融，他紧紧地合上了书本，暗自发誓——一定要把最后一场雪写进故事书的结尾！

夜晚，雪依然没有弱下来的趋势，路面早已因为积雪而变得寸步难行。同事们住得近的跋涉回了家，远的则等了一阵不见雪势减小，便自己或由亲人小心翼翼地驾车返回家。渐渐的，办公室里又只剩下了高海源和林筱晴两人，两人都一言不发地坐在各自的座位上。

林筱晴大概在等待着什么人来接；高海源则在无望地等待着林筱晴，幻想着她会像不久前那样让自己驱车送她回家。如果她开口的话，自己一定会不辞辛劳地把她平平安安送到家；只要她开口的话，无论是上刀山还是下火海，他也要让冰雪融尽、风暴让行！

但他的幻想依然只是幻想，没有丝毫足以影响现实的力量。

他又想到了上一个雪夜里，小晴坐在他车的后座，两人一道赏雪那天。那天他俩应该是聊了很多，他却没有告诉小晴自己有多么喜欢雪。想到这里，他的心立刻掀起一阵揪痛。回不到的过去，是否和到不了的未来一样，只是徒留下痛苦可言呢？他又为这样的想法感到耻辱。

挂钟单调地跳动着，两人依旧在沉默地对峙。高海源忽然间觉得林筱晴和自己实在是太过相似了。如果自己是林筱晴的话，就算是到了世界末日，也定不会再向背后的他求助半分；如果林筱晴是自己的话，大概这一刻明知背后的她不会再开口，也定是会为了一句等不到的话，等到世界的终结。

黑夜里，新长出的树枝不堪积雪的重负，轰然垮塌，旋即重又陷入了死一般的静寂。

天马行空的想象力一刻不停地轮番折磨着高海源，他只能将这无用的天赋转向到下午那个想法，继续未完成的构思……

终于，雪小了。林筱晴离开了办公室。空荡荡的办公室里只余下了他一人。他觉得他们在这场小小的遭遇战里，取得了一场无可奈何的"惨胜"。

跨过横在地上的树杈，徒步走回宿舍，倒头在架子床上，在疲累和寒气中酣然睡去。

翌日，雪停了，是个大晴天。

中午，高海源和南云一同在学校食堂用完餐，走在沿着食堂一路通向办公室的坡道上。

南云先前就听高海源说过林筱晴已经把自己拉黑了，本想着安慰他两句，好让他尽快走出来，不过，眼下看高海源似乎变得春光满面而颇为不解，便好奇地询问他，昨晚是否又发生了她还不知道的事情。

看着眼前坡道上，积雪消融成为涓流，在阳光下闪耀着流淌，坡道旁的芒草、落叶和野花，皆被这雪水洗涤得澄莹而剔透。他的心受到了一种感召，决心要把自己仍未完成的想法分享给南云，她一定也会为自己的想法而开心的。

"我上大学时，偶遇过一本小说。至今都是我最喜欢，也是对我影响最大的书之一，就是三岛由纪夫的《春雪》。"

"里面有一个场景的描写，甚至可以说教会了我该怎么去看待这个世界美的方法。"

"哦？这么厉害吗？"

"故事中的女主角聪子出家为尼后，男主角清显为了见她最后一面与她告别，拖着病体，穿过山门，登上坡道。沿途，他看见了这样的场景：

> 天空稍稍舒展开来，雪花在淡淡的阳光里飞舞。道路一边的竹林中，似乎传来云雀的鸣啭。排排松树中间或生长着樱树，冬天里的树干布满青苔，夹在竹丛里的一株白梅已经着花了。
>
> ……一切都显得异样的虚空和澄净，那些每天眼熟的景色，今日开始出现一种可怖的新鲜姿影。这期间，他依然不住打寒战，一阵阵如锐利的银箭簇穿过脊梁。路旁的羊齿草、紫金牛的红果、随风飘拂的松叶，还有那主干青绿而叶

子已经发黄的竹林，众多的芒草，以及贯穿其间的有着结冰车辙印的白色道路，一起没入前方幽暗的杉树林中。这段全然沉静的，每一个角落都很明晰，而且含着莫名悲愁的纯洁的世界，其中心内里，确确实实存在个聪子，她像一尊小小的金佛像屏住呼吸藏在这儿。

怎么样，有没有觉得描写得同我和她很像。"

"这么说的话确实有点。清显最后见到聪子了吗？"南云越发好奇了。

"……你这么感兴趣的话我下次借给你自己看吧。我主要想说的是另外一件事情。我打算，把我们的故事，也像这样写下来。"

南云的面孔由惊讶转为惊喜，她的微笑在灿烂的阳光里闪闪发亮。

"七年前我看到和记下了这段话，那时的春天还没有下过雪。所有这些画面和感动，至今还……不对，应该说直到今天才真正是历历在目。我也想试试看自己能不能写出这样撼动人心的文字。而且，我很早以前也和小晴说过自己想写小说，她那时的的确确没有嘲笑我。你觉得如何？"

"嗯……我觉得很值得一试。就算只是为了自己，有很多美好的瞬间也一定值得记录下来。而且，我觉得，小晴也会想要知道，从你的角度到底是怎么看待这段感情的。"南云认认真真地回答道。

"那你有想好写一个什么样的故事吗？写实的还是虚构的，Happy Ending 还是 Bad Ending？还有，打算起个什么名字想好了吗？"

"的确都还没想好……走一步看一步吧。再说，我们的故事不是也还没走到完结的时候嘛。还全都是迷惘呀……这么说的话，我是因为迷惘而爱，又因为爱而迷惘，干脆就叫作《爱的迷惘》吧！"

第十五章 随想

开始写作之后，高海源的记忆、幻想、梦和作品，错综复杂地织媾成为一体。

如果说这是他一直以来的梦想，未免显得太过冷酷、不近人情，不过他的确有着踏踏实实想着梦寐以求的彼方前进的货真价实的感受。

现实的泥沼，忽而化作了一汪播满莲子的清泉。纵使现在花枝尽落，略感荒芜；不过，回首从前走过的路，循着他的足迹，正盛开着一片片高洁美丽的并蒂莲，一路开向晦明难辨的未来。

甚至是写作的开始，都远比他先前畏难的遐想更为顺遂。……前些天那封不会再有任何回复的消息，导致筱晴把自己彻底拉黑的"元凶"。那时激动的脑海中"无意义"闪过两人初见时美好的一幕，也许不能再打动小晴，但它的的确确感动了自己。如果想要讲述二人故事的伊始，不正是恰恰该从那一幕讲起吗？

那甚至是无须他加以任何虚饰的真实啊！

看着颤动的笔尖下，一字一句开始清晰地浮现……"众里寻他千百度,蓦然回首,那人却在灯火阑珊处"的魄动心惊,熠然跃入眼前,简直难以置信!

更绝无仅有的是——"这是'历史性'的一刻,这一刻以后他将不再同于过往的自己;这是他即将跨越庸碌,开启只属于自己的崭新冒险的时刻!"这般"自恋"的感动开始强烈地涌来。

还没等高海源来得及为这激动人心的时刻欢呼出口,他又在意起了身后一直一言不发的林筱晴正在沉默地做着自己的事。

"你好像个变态。"冷冰冰的话语立刻重又让他惊出了一身冷汗。冷静下来,谁都不打扰地默默做好自己的事,才是唯一正确的做法。

尽管尚还没有想好故事的主题或意义,但是无数美好而难忘的素材早已蓄势待发……甚至还有一些都已经写在了给小晴送出或者没送出的"信"中了。

但是若要写作的话,仍需要一个线索将这些美好的画面串联起来才能播放。是"爱"吗?事到如今,这个字眼对他来说显得很是讽刺。况且,严格来说,这"爱"也不是从一开始就莫名其妙产生的吧。应该总有那么一个确切的节点,让他所谓的"爱"彻底不受控地爆发出来。到底是什么呢?也许在写作的过程中,终有一天能够找寻得到。

那么,能够自始至终,将一切牢牢串成一串的"线索",到底是什么呢?高海源继续思索着。

"梦",他的脑海中猝然蹦出了这一个字眼。

在启发他开始写作的那本《春雪》中,主人公松枝清显有一个习惯——将自己所做的那些千奇百怪、不知所谓的梦,记在一本名叫"梦日记"的记事本上。而这样的习惯竟然与高海源不谋而合,让他一直都印象深刻。那时的自己,的确也曾记下过一个奇怪而不知所谓的梦吧……

他连忙打开那本精致的记事本,向着一年前的春夏之交匆找去。

　　看完，并没有关于那个梦的详尽记载，却意外写下了自己关于梦醒时的奇妙感受。看见那句："胜利者（现实）却始终没有说出我最想听到的话。那就是，他较之漫长梦境更好的佐证词。"现在看来，更显得奇妙无比了。

　　千真万确是他曾一字一句写下的话语。他的记忆源源不断地浮现起来。写完那句话不久，他开始了与林筱晴奇迹般的故事。从前被他鄙夷不已的日常，如今看来，近一年的时间里，每一天都让他目不暇接，哪还有半点空乏可言呢？细细想来，从前那个无比空洞的，并不是波澜不惊的日常，而是那颗正孤寂着却还自以为充足的心呀！这么说来，自己与小晴看似偶然的相遇、相知和相爱，其实是在那个连自己彼时都未能察觉到的对孤独的深刻恐惧中，所做出的必然行动吗？

　　一直以来都自以为难以理解的自己，似乎看见了可以被全然解读的希望。高海源第一次为自己正在做的事情，激动到了感动的地步。

　　他的行文越发奇妙地充盈起来……如果将创作视作最终目的的话，那么先前一切难以理喻的事态无疑都会变得异乎寻常的明朗。先前小晴说过的那些难以忘怀的话语；他自己莫名其妙的所作所为；甚至是与袁琦、南云等友人的交往，忽然间全都凝集起了无比坚固的意义。因为如果有一丝之差，几乎都肯定不会如此顺遂地驱动他如今正式开始写作的这一举动。不，远不仅是如此。他先前独自一人时，自己的所学所思、所有明烈的悸动、所有读过的书、走过的路，乃至是做过的梦，无疑都共同把他带到了这里。与小晴相遇、相知，甚至是如今的相离别。全部超越了一种奇迹的偶然，而达成了一种更加奇迹的"必然"。这便是他的宿命吗？高海源开始畅想起来。

　　他回想起自己曾经受到《春雪》中另一位主角本多繁邦的影响，而对大乘佛教义理中的唯识论颇感兴趣，找资料略读过一二。那是穷究"命理"的学问。

在唯识论与德国古典唯心主义哲学一脉颇类似的观点中，世界是建构在我们的认知之上的。而具体的"识"，除了我们能够日常感知到的眼、耳、鼻、舌、身、意六识之外，还有第七识"末那识"（人的整体自我意识）和最为根本关键的第八识"阿赖耶识"（为梵语ālaya音译，另译作"藏识"）。

阿赖耶识即世界总体的客观意识，是包含着一切作为活动结果的种子，是一切永生不灭却奔流不息的起因。而我们的日常生活、时间流动，还有其他各种主观意识的形成，则都是这一种子在"缘起法"的作用下次第开花结果并继续播种的具现。所以，在唯识论的体系中，我们所有难以预测的"命运"，所有相遇、所有选择、所有茫然的行为都是在世界诞生之初便埋藏在深处的"种子"所结出的"果实"；是被缘起法则编织出的"因陀罗境界网"所网罗住而无处可逃的"宿命"。

那时的他，大抵是缺乏慧根的缘故，虽然感叹唯识论体系之精奥，却一直无法做到真正的心悦诚服、感同身受。于是便将之搁置一旁，忘得七七八八。现如今回想起来，的确又有了更加明了的体悟。

但不是接受，而是更加明确的"不接受"。

为了不生不灭的通达而永远失去追寻希望的自由。那绝不能是他来到这里的缘由和将要去往的目的。

小晴已然带给他的所有美好回忆，才是唯一可被证实的真实，会幻化成为一道信念，足以抵抗遗忘与虚无的侵蚀。他必须将之留存下来，这会是他最幸福的"宿命"。

可是，他刚刚才拒绝了宗教意义上的"命运"，那他自己所谓的"宿命"又到底是什么呢？他仍需要去苦思冥想。

所幸，这一次他不再是只能一个人孤独地想，除了身后什么都再也不愿同他说了的林筱晴，的确还有其他重要的人可以去倾诉。

他拿着刚写完的开篇《梦日记》找到了南云。

读罢，南云给出了意料之中的好评。高海源随之也就抛出了关于写作是自己的"宿命"的感慨。

见他这么说，南云若有所思地说道："难怪我一直都觉得你像是个'命定论'者。"

听见南云的评语，高海源一方面暗自感叹原来自己平日里的言行举止，南云也都在默不作声地观察和独自思考着；另一方面又为南云总结出的结论感觉不是个滋味。

自己是个"命定论"者，这样的评语若是自己作出的话，倒是没什么；可是由别人讲出口，却难免会觉得怪怪的。他知道南云当然不会有什么恶意，那么这种奇妙的违和感又是因什么而起呢？

没错，如果只是单说"命定"的话，就像是在沿着他人或某种存在为自己指定好了的固定轨道运行，而自己能做的只有去服从他。任何发自自我内心深处的力量，"自由意志"所做出的选择、挣扎和迷惘都会不复存在，至少也是毫无意义可言。人最终只能走回自己的轨道上，除此以外，别无他法。

他若不想接受这一点，就需要奋力去寻找，拒绝被灌输任何一种相信，在不被人所理解的孤独中为自己所有的选择、挣扎和迷惘都寻找到与众不同的意义。

意义，正是如此，他与其被说是一名"命定论"者，不如说是一名"意义论"者。他必须一直全力以赴，为自己的每一个行为、每一个想法全部开辟出意义才行。只有思考停滞后只能通向遗忘的空洞是他无论如何都不可接受的。这寻找意义的行为就是他存在于此的意义，亦是他为自己亲手选择的"宿命"。如果确实有轨道的话，那也必须是由他自己所建造的轨道。他选择收获由此而生的全数喜悦，当然也得肩负起自己选择的所有罪责。

他没有将这些想法告诉南云。他觉得无论是其他人还是自己，想要真正理解这点还有很多的事情要去做，还有很多的文字要去书写。

这同样会是他选择写作的意义之一。

现在的自己每一刻都在切实地进步，只有一件事情除外。

那恰是作为他迄今所有收获的真正"缘起"、他至为在意的身后的林筱晴。

他对自己目前与筱晴的相处深感一筹莫展。

与他此刻自我的充实截然相反，身后沉寂的林筱晴总显得那样郁郁寡欢。他不知道筱晴为什么会这样，也不知道是否是因为自己先前那些愚行的缘故。但是自己怎么可能装作毫不在意呢！

强硬的理智转瞬就将他拉了回来。贸然再去搭些言不由衷的蠢话只会继续伤害到林筱晴，明明是他无数次立誓绝不能再伤害分毫的小晴呀！他不知所措的心剧烈地动摇着。所有这些矛盾冲突的想法本身无疑全都是万分危险的。难道只有放弃写下去，什么也不去想，才是对两人最好的结果吗？

只身走在枝头悄然开满桃花的林荫小道上，回想着那些再也回不到的过去，看向身边再也不能同行之人的面影，他收获到了一种抚慰。

那时绽放着恶作剧的微笑的林筱晴，和如今满面愁容的林筱晴的确一直都不曾改变过。就像是他自己不论做了多少所谓的改变，其实内核都只是那个什么也变不了的他。他们的关系会一步步走到现在，不正是因为自己的傲慢，总自以为是地解读着林筱晴的想法，构建着一个只属于自己的幻想中的"小晴"吗？从未想到要尊重林筱晴真正的想法，总是自顾自地完善着自己那些"变态"的想法，也从未想要去了解一个与自己想法相左的林筱晴。结果自然会成唯一被彻底禁止再去探寻她的心的罪徒。

……也许筱晴也曾希望自己能真正地去理解她。那个只顾钻研自我的心的高海源，大概令她很是失望。许多细碎的回忆被看不见的思念从枝头轻轻卷起，一个接着一个纷飞着在他的眼前飘过。

想要了解一个人的心，是他仍像以往那样爱着林筱晴的明证。然而又因为这从未褪色过的爱，他不能纵容自己再去自以为是地解读林筱晴。尊重她的选择，克制住自己所有难熬的幻想，不再去烦扰她。这并非易事。

他不知道是否还应该继续写下去。他对"自我宿命"的解读，天然性地无法触及动摇了或相互矛盾的未来。但没有答案的事情若不去尝试，一定只会徒留下悔恨不是吗？况且，的确还有着另一缕微弱的火光并未熄灭。即便不去打扰筱晴，他也应该要为自己做好的事情——解读一直还未能理解的自己。现在的他，有机会、有理由，甚至有友人们的支持。也许他终于可以迈出那一步，迈向那个连自己都一直没有勇气去直视的，隐藏在最深深渊中的自己……

也许有一天，筱晴能够看见，明白他现在还无法言明的苦衷。他骗不了自己，这的确也是为了让林筱晴读到而书写的故事。这样的想法，让他稍许振作了起来。

动笔写下第二章的标题《无我相》。那时的高海源还不知道，这会是一场真正只属于自己的战斗开篇。

……

从一片自我创造的战场上回过神来。

坐在"老位置"上的高海源聚精会神地打量着周遭的一切事物，试图更加全面准确地理解和感受当下这种异乎寻常的状态。

今天是个难得闲来无事的周末，一大清早他就开始构思起如何写作。出于一种明确的直觉，他独自驾车熟练地穿梭过写字楼的重重深林，最后一次来到故地"空辞"。

沿途搜寻着告别的心情。即便是那些看惯了的事物：嘎吱作响的电梯、有些陈年顽渍的走廊、古朴的门槛，全然都显得鲜明又可爱。是一成不变的那些东西，映现在他当下不同于过往的明朗心境中产生了易变；还是说以前的自己因为诸多偏执和积郁的热望，从而一直都错过了正确认识到事物不曾隐瞒过的最本真的样貌呢？

刚一进门，他又遇见了让自己更为惊奇的一幕——自己印象中一向孤僻、有点儿古怪的店主，正在与人开心地交谈着。

对方是位大腹便便的中年男人，大概和店主是同龄人。俩人就像多年未见面的挚友一样，时而勾肩搭背，时而又放声大笑。

出于礼貌或是好奇，高海源并没有打断他们，静静地在一旁听着二人的对话。

聊天接近尾声。

大腹便便的男人说："这几年日子都不好过，老唐你以后要少玩点儿游戏了，还是得在这里坚持下去呀。"

听到这一番教训，店主也不生气，回嘴道："还用得着你小子说吗，账号我都便宜卖掉了，哈哈哈哈。"

两人一同放肆地大笑了起来，笑着笑着，"再见。"男人头也不回地转身走了。

他这才知道店主原来姓唐，是个在这儿挺少见的姓呢……

虽然还有很多疑问，不过自己可不是过来闲聊的，也有很重要的事情要做。于是，点好自己最常喝的无糖馥芮白，坐在靠着落地窗的座位上，打开那本精致的记事本，开始追寻起那个在这里一坐就坐了整整四年的自己。

墨快写干了的钢笔合上笔帽，感受着笔身上还残留着些许的余温，这才意识到手早已写得生疼。

来时窗外的太阳尚还高悬在正空，现在夜色已经充满了每一片霓虹光彩蔓延不到的空隙里。室内灯火通明，每个人都在专注于自己的事；稍稍离开窗户一点儿距离，便会在一尘不染的玻璃上映现出不知何时开始变得熟悉起来的面影。

高海源将四散漫游的注意力唤回自身。疼痛感消散之后的手指仍在不听使唤地微微战栗，并将之传染遍布全身。气温并没有降低，这寒战只可能是因为刚才长久地专注于写作时，源源不断泵给的肾上腺素让体温飙升过后的余波；脸颊上密布着一道道风干的泪痕，织成看不见的网。在眼睑下紧绷的质感，振烁着他的精神；胸腔中心脏激烈的搏击声，这会儿依旧在脑海中执拗地回响。

刚刚是经历了怎样一场没有硝烟和血光的惨烈鏖战啊！这是唯有幸存者才可能生发出的感叹。

高海源……第一次掘出了自己埋藏最深重久远的罪孽，他为自己亲手选定的"原罪"。

当然，他从未敢淡忘过分毫。只是，久久地埋藏于心底的罪，早就不再是外物，而同化成为潜移默化生长出了大片"自我"的根壤。那恐怕不仅是高海源的某一部分，而是他的全部，是作为他一切行为因果的"种子"：一次又一次的逃离，但和相遇的每个人都客客气气，努力成为朋友；面对什么事都总是嘻嘻哈哈，却一直在患得患失，回避着早该承担起的爱与责任……

成长，对高海源来说，并非天然的遗忘，也从不是妥善的和解。而是种越发构建完备的……迷惘。迷惘于不再知道该以一种怎样的姿态去面对自己、面对自己年少无知时所犯下的再也偿还不了的罪。

应当去理所当然地痛恨吗？

是该去痛恨自己年少时的自私和愚蠢没错吧。可是若没有彼时的自私和愚蠢，又怎么会犯下不可饶恕的罪；若是没有痛恨那个不可饶恕的罪，又怎么会执着地自我驱逐和一路追寻；若是没有这些驱逐和寻找，又怎么会有直到现在还一直在伤害着重要之人的自己呢？所以，他必须去痛恨现在全部的自己才行，甚至是去痛恨那"痛恨"本身。

可是，痛恨只是情感的一时宣泄，发泄之后的行动才有可能被赋予意义。他又能做些什么呢？难道要原谅自己，放下那对自己无限的恨意吗？这并不是罗素的那个理发师能不能为自己理发的脑筋急转弯。他为这样的想法深感痛恨不已。

于是，一直以来，对此什么都做不了的无能自己，只能陷入深深的迷惘。不愿理解，不想治愈。一想到自己的外婆，便条件反射般地躲闪。不自觉地斩断了那一片记忆中种种事件之间深远的链接，下意识地孤立着自己的原罪。只想留下那孤零零的美好片段，还有那个一直没能履行的约定。他在逃避着"逃避"本身。这怎么可能呢？

一个逃避的病人，是无法像病人般去逃避的。

这样的迷惘一点点撕碎了他的心，令他举步维艰。辜负着每一个关心他和他关心的人。

直到今天，高海源终于向自己坦白了所有的罪。而且，这不会是他只对自己一人的指证。他写下了白纸黑字的自供状。很快，南云会看见、袁琦会看见、筱晴也会看见，每一个他关心并且关心他的人都会看见。

高海源目光熠熠，凝望着前方，只看见所有那些走过来的路。

自十六年前的那一个瞬间起，他便注定再也无法从任何地方得到弥补与救赎；也绝不能去奢求任何人的理解和宽慰。但是，这一次他的确做了不同于过往的事——没有选择遗忘、没有继续逃避，也没有无动于衷。

他决战着那时全部的记忆和所有的罪。这对决本身就是一种胜利！

眼眶又一次变得莹润了起来，许多他还以为早就丢失了的回忆接二连三地涌现起来。那个他总是挣脱被牵住的手，只想向深山跑去，却总又牵起他的手，带他一次次漫步在山道的大手；那个一直在身后看着他笨拙地学骑自行车，从没有伸手扶住他东倒西歪的车头，却总在他摔倒后冲上来，给他按揉疼处，涂上药膏的身影；那个在他每每沉溺于电脑游戏时，都会温声细语劝他少玩些游戏，要好好学习，却总被他恶语相向，也并未生气，只是变得忧心忡忡的面孔……全都是最爱他和最被他深深辜负的外婆呀!

温热的泪珠沿着风干了许久的泪痕再一次缓缓滚下。

许多难解的谜题开始迎刃而解。以往亲朋好友们好奇并惋惜于他为何会放弃了自己明明立志要去钻研,甚至已经是学有所成的物理学专业。他从未回答过他们,因为他远比任何人都更想要知晓原因,而那不过是一个再也简单不过的理由:

少年时的他,每每在深夜里秉烛夜读,穷尽每一个现象之后最为深涩的机理,无非是有一个再幼稚不过的梦想——自己有朝一日能够像《哆啦A梦》的故事里那样,发明出可以回到从前的时光机器,乘上藏在书桌抽屉里面的时光机,回到那一天,阻止自己童年时的愚蠢和自私,好好说出一直没能说出口的告别的话语……

揩干晕成一片的泪花。

随着年龄的长大,更专业精深的学习,不得不让他从迷梦中一天天醒来。他终于明白了物理学并不是教他怎么发明时光机的魔法,而是告诉他为什么不能发明出时光机的科学。更重要的是,高海源明白了就算是能够回到过去,难道就能消除他所有的罪吗?那不仅仅是一件罪行,更是他的原罪,是他高海源本身啊!

他背负着没有人能够理喻的赎不清的罪,一路走到这里,还将去向远方,寻找某个他永远也找不到的惩罚。这是他的宿命,亦是他的选择。

在这里的最后一段时日,他同样没能发明出时光机,却似乎寻得了另一种意想不到的"魔法"——名为"书写"的魔法。就像是回到了那一天,看清了无比思念的面容、说着没有说完的话、哭诉起一路走来的艰辛与愧意,甚至还可以去弥补些许永远的遗憾(外婆是在他十二岁生日前一个月去世的,那辆放在仓库里的自行车是早早买好,让母亲转交给他的生日礼物)……

为了让这份魔法延续下去,他必须继续书写。背负上再多的不解和责备也罢，他都必须写下去。高海源使劲吸了吸鼻头，努力装作坚强的样子。

……

转眼到了闭店的时间，店里只剩下他和店主两人，店主从来不会催促他，只是起身默默地打扫着店里的卫生。

看着忙碌的店主那张比记忆中更显沧桑的脸庞，他意识到自己竟从未在那里瞥见过丝毫迷惘。

一定要和店主好好聊聊，然后再好好地道别！高海源想起了此一行的目的，他的想法从未如此明晰。

"最近的生意不太好做吧？"

店主走来附近收拾桌椅时，高海源开口问道。

"是呀，到了周末来的客人也不多。"店主边忙边说。

"你上午来的时候，跟我一直在聊天的那个人，就是这里的房东，也是老朋友了。别看他嘴挺碎，人还是很好的。今天过来，就是来给我免房租的。"店主想起来似的说道。

"哈哈，有这样的朋友可真好呀！"高海源由衷地感慨。

忙完了的店主拉开高海源对面空着的椅子，就像是多年的故交一样自然而然地坐下。高海源见状很是高兴。

"刚才是在写故事吗？看你一直都很专心。"打开了话匣的店主好奇地询问。

"是呀，终于找到了一个好故事。不过离写完还很早。"

"喔，很厉害呀！等写完了一定要给我看看，我最喜欢听别人讲故事了。"店主像个小孩子一样发自内心地说道。

"好呀，一言为定。"高海源没想到，有时候承诺竟是能如此轻松地许下。

"我打算要走了，这大概是最后一次来店里了。"高海源望向窗外被黑夜笼罩的远方。

"嗯，总有一定要去的地方。无论在哪里，都要把一定要做的事情做完。"店主也看着窗外，就像是在对自己说道。"不过我觉得你一定可以的，因为你这一次的眼神比起过去都要坚定很多。"店主将坚定的眼神望向他。

高海源并没有轻易再说些什么，只是在心中默默地掂量着这句话沉甸甸的分量。

"走之前我能再问您一个有点儿冒昧的问题吗？"

"当然。"店主像是猜到了他想问什么。

"这里为什么要起名叫作'空辞'呢？"高海源终于问出了一直都想知道的问题。

"从前有个人，她的梦想就是要开一间咖啡店。我和她一起努力了很久，什么准备都做好了，只剩下店名我们还没有商量好。结果这时候发生了意外，她就这样不辞而别了⋯⋯所以我把这里起名叫作'空辞'。这样每一次有客人问我，我都会想起她。"店主的眼瞳里闪熠着婆娑的光，穿过那光，他细细端详着不想忘却的回忆。

"一定要每一次都和重要的人不留遗憾地好好道别才行。"

"是呀，说的没错。"

他们的脑海里都浮现出还可以去好好告别之人的面影。

"这么说，您会一直在这里坚持下去吧。"高海源继续问道。

"也是没有办法的事，孩子他妈走得早，现在也正是他花钱的时候，只能我多去努力工作了。"

"您的孩子？"高海源搜索着在这里时的记忆，的确没有看见过类似店主孩子的身影。

"他就是喜欢跟他老子我做对，也不怎么来店里帮忙，一直都不听我的话，非要按照自己的爱好去选学了体育，辛苦了几年，结果高考就体育差了几分没过，只能去外地上了个民办大学，离得远又花钱得很。"

"您的孩子……他在学校里过得还好吧？"高海源急切地追问。

"他呀，整天都傻呵呵的，开心得很呢。最近还交到了女朋友，成天跟他老子我在微信上'秀恩爱'呢！"店主满眼幸福地笑着，高海源也一起发自真心地笑了起来。

忽然发觉已经过了闭店的时间很久，高海源有些许歉意，连忙收拾好自己的纸笔，准备告辞。

"再见。"迈出门槛前，他回望向吧台里这位老友的眼睛，认真说道。

"年轻人，可不能轻易说'再见'啊！"他没想到店主会这么说。

"雷蒙·钱德勒在《漫长的告别》书里面说过：'每说一次再见，就是死去了一点点。'所以，这是我们这些老头子才该说的话。"

"那我应该怎么说呢？"高海源好奇地询问。

"就说'拜拜'吧！"

"哈哈哈哈。"两人一同放肆地大笑了起来。

这语不惊人死不休的气度，的确与那位故人颇为相像呢。

他没有问出诸如"您的孩子叫什么名字"之类不礼貌的问题，因为他已经有了一个美好的答案，美好到足以写进故事里的答案。

第十六章　罪的杰作

南云专注于阅读的眼眸里反射出无数复杂流曳的光，直至所有那些缤纷的色彩凝汇出第一缕温莹的泪光。高海源明白了自己正在做的事情是何等重要，他需要且正在创造出一部杰作，不仅仅是为了他自己。

读完了高海源刚才拿给她的《无我相》手稿，南云有些失神。良久，擦了擦已经风干的淡红色眼眶，第一次向高海源竖起了大拇指："加油，请一定要好好写完！"

南云说出了他最想听见的心声。

受到了鼓舞，高海源随即说出了自己接下来的想法。

"我觉得自己简直就是个混账。先前明明说过再也不能去打扰筱晴了，扮演好一个陌生人的角色，可是现在我又想要出尔反尔。不管怎么说，我都想重新和她做朋友。看完这篇故事你应该能理解，不能和她继续像现在这样什么话都不说了。这个学期结束，离开这里的时候，必须和她好好告别才行，不然我一定又会后悔一辈子的。"

说着说着，高海源的眼眶也开始变红，强忍住即将决堤的回忆，他哽咽着往下说:"我也知道很难,而且会让她也很为难,完全就是我的一厢情愿。但是这个学期还有最后几个月的时间,这也是我唯一还能去努力争取的事情,不然我也不知道该做些什么了,你觉得怎么样?"

高海源不想再像过去每一次那样一意孤行地伤害林筱晴,他需要从南云的话语里觅得某种他并不具备的特质。

南云面对这个难题并没有摆出事不关己的随便态度。思考一阵,领悟到了高海源告诉她这番想法的用意后,给出了自己的判断:"我觉得还是不要再去打扰林筱晴为好。"

高海源并未气馁,继续追问着南云原因。

"你也不是第一次说出这样的话了吧,先前筱晴也给了你很多次做朋友的机会了,这一次既然都把你拉黑了,说明她也是下了很大决心的,感觉你对她总是不知道该怎么充当好一个朋友的角色。"

这些道理高海源当然全都明白……做朋友,过去的他说到底并不明白做朋友的疆界到底在哪里,难道对无法不在意的人强装作毫不在意、欺骗自己对方可有可无、催眠自己让火热的心变得冷漠,只为了可以说上那么一两句不痛不痒的话语。他不明白成为这样的"朋友"究竟有什么意义。出于这样的自负,拒绝了筱晴一次次给自己重新体面的机会。

偏激地认定自己从爱上筱晴那一刻起就彻底断绝了和她继续做朋友的全部可能性,却仍在混不吝地发一些胡话,不过是为了逼迫筱晴说出残忍的话的懦弱之举。这样的自己,怎么能有资格再去要求筱晴去放下一切对他的怨言,重新成为朋友呢?

但是,现在的他才终于明白了一定要成为这样"朋友"的意义所在:哪怕只是在离别时能好好地互道一声"再见"就足够了。

"以前确实全都是我的错,从来都没想要真正清醒过,一直都还心怀幼稚的侥幸……但这一次我彻底想清楚了,我现在只想也一定要和筱晴做朋友。全都是为了要好好告别，这是我最后的执念了。"

这回轮到南云迷惘了。她不明白高海源为何已经有了如此觉悟还要征询她的意见，究竟是想从自己的答案里收集到怎样的东西呢？她无法反驳，毕竟这番觉悟所联通的是他根源性的东西，她本来平静的表情开始流露出稍许不安。

"我当然不会再贸然行动，去雪上加霜。这段时间我会悄悄观察，等什么时候筱晴心情好，就去拜托袁琦把我的想法转告给她，解释清楚所有想法。之后无论是认真道歉还是弥补，只要筱晴需要的话，我都会很乐意。"高海源还在努力地诉说着自己的计划。但"计划"若是需要倾诉，不正是其已经动摇了的铁证吗？

"我知道你背负着很沉重的东西，但是把这些东西都和筱晴关联起来，不也是想让她一同背负吗？我觉得很不公平。而且你真的会忍心这样吗？"南云一针见血的话语总是很残酷。

高海源默然。许久之后，又贼心不死地吐出来一句："如果我真的这么做了，你觉得成功机会能有多少？"

"肯定不高，如果我是筱晴的话，同意的概率大概连一半都不到。"

谁承想听见这样的回答，高海源竟显得很是惊喜："我以为要低得多。我是决心就算只有1%的可能性，也要为之付出100%的努力。"

南云很是无语。不过清楚了高海源的执着，不想再打击他的积极性，只是悻悻地补上一句："'朋友'是强求不来的……"

的确，可是不做朋友他又能怎么办呢？只有无动于衷绝不能成为他的追求。他明白仍需要等待更加合适的时机，也可能是想要等待这样的时机永远不会到来。

"你觉得筱晴有喜欢过我吗？"高海源冷不丁问出了他并不真正想知道答案，并且他知道南云也不知道答案的问题。

"我觉得是没有过。"南云这次坚决地说道。

高海源不知道该怎么形容这时的心绪，他想要相信南云的直觉。他觉得只有这样，才有和林筱晴重新成为朋友，去好好道声别的可能性。

一阵绵长的春雨过后，气温骤然升高。南方小城的暮春已经迎来了初夏的气息。

林筱晴的心情也似乎终于雨过天晴，渐渐恢复到了往日里的模样。

一如在被高海源记录于笔下的美好回忆中那样。闲暇时，银铃般响起的粲然笑声，携来总是出人意料又恰如其分的适宜玩笑；与遇见的同事挨个炫耀自己刚考得的驾照和新买的墨镜；甚至是不时玩起来新出的游戏。林筱晴重新开始将自己更加灿烂的喜悦毫不吝啬地倾洒给办公室里的每一个人，当然是除了他以外的每一个人。

他不知道是该喜还是该忧，自己在林筱晴那里成了某种异质的存在，就像是透明的气态物质，没有可以被触及的实体，却有着无法刻意忽视的重量。

身后不足半米外的林筱晴极力回避着一切可能再去引起高海源注意力的举动：当他讲了一个笑话，惹得哄堂大笑时，只有林筱晴置若罔闻，默默地忙碌着自己的事；当他伏案工作，椅子不小心挡住了林筱晴的去路时，她也只当作是遇上了一堵墙，绕道远路；即便当他鼓起勇气，加入林筱晴和同事们的闲聊，筱晴也会立马缄口不言，低下头翻看手机，等待高海源的话题结束。

可是，刻意的疏离本身就是最无法让他释怀的举动。他只能一方面悄悄观察，努力寻找自己被如此对待的点滴线索和改善契机；另一方面又再也不敢轻举妄动，烦扰筱晴，只能在暗中默默消化种种不为人知的难过情绪。

这样不知所措的日子无疑是难熬的，是他在自讨苦吃没错，但他也的确是无处可逃。

有一次，林筱晴在办公室里和朋友聊起了聂鲁达，说起自己很想去多读一些他的诗歌，对此并没有太多了解的友人表示爱莫能助。身后默不作声的高海源多么想像过去那样，以一个朋友的身份，同她无所顾忌地畅谈，谈聂鲁达、谈尼采、谈星野道夫……可是，却只有他一人，失去了这样的资格。

恍然隔世。

他茫然翻开自己的记事本，翻向懵懂无知时摘录下的诗句。

"我不再爱她，这是确定的。但也许我爱她。

爱是如此短暂，而遗忘太长……"

人和诗的相遇，总是要历经这么多的失去吗？不知当筱晴遇见这句诗时，透过字里行间的广袤缝隙，会瞥见谁人的面影……只要不是他就好了。

他也开始学着在每天重复性的工作和生活中，搜寻点点滴滴的新奇，享受着每一份渺小明净的喜悦。有时是学生学到新知后的一个笑脸、有时是和友人们品尝美味时的分享和闲聊、有时是又写出了一点儿好内容后的满足、有时只不过是完成了一日工作之后的安然。做这些都是为了逃避身后终有一日必须去面对的林筱晴吗？他觉得这样的想法对所有人来说都并不公平。

还有时，高海源会忽然间觉得林筱晴对自己的态度并不像自己所想的"陌生人"那样，而简直像是在"怨恨"着自己一样。如果真的是被怨恨着就好了。如果真的是在被怨恨着的话，自己就不用继续经受"可能性"的折磨，可以放下那些执念，悄悄离去。自己也确实有着应该被怨恨的理由……那怎么可能呢？自己最该被"怨恨"的地方不正是在于自己"对爱的叛逃"吗？如果要将这作为怨恨的理由的话，起码双方对彼此的爱意应该建立在同一水平线作为前提呀！如果筱晴压根儿从未爱过自己，那自己内心深处的"反叛"要从何谈起？

对自己的恨意又要从何谈起？可是，这根本就是不可能呀！这是早就被南云甚至是筱晴自己在话语中断然否决了的"可能性"；这是自己再狂妄自大的幻想也不敢企及的"可能性"啊！

再也不要这样想下去了，他强令自己道。

高海源踌躇的内心倍感煎熬。"朋友是强求不了的……"他第一次想要选择放弃。"我保证不会再爱你了。"这样小孩子过家家般自欺欺人的蠢话他也实在说不出口。

事情的转机还是由南云带来。

这天一道用餐时，南云告诉了他一件"怪事"。

南云和林筱晴因为同在一个科组的缘故，有时会和其他同事们一道去聚餐。这次她们聚餐闲聊期间，有不太了解情况的同事跟筱晴谈起了高海源。林筱晴似乎对此并不避讳，甚至主动谈起了两人从前一起吃饭时的趣事。说到他俩失败的情感时，有其他和筱晴要好的同事本想说一些高海源不负责任之类的评语安慰一下她，没想到林筱晴却反驳道："不要这么说他。他很好，只是我们不合适。我已经把他删了……"

筱晴的话让一直都在一旁静静聆听着的南云颇感意外。虽然她也说不上来自己到底是对这听起来只像是在客套的话哪里感到惊奇，不过还是觉得应当把这些告诉给高海源。

听到这些的高海源并不太惊讶，只觉得又诞生出了更多疑惑。他不想再被困入这些没有意义，也消散不了的谜团中。他在南云的话语中捕获到了一种当下亟须的信心——号令他开始履行自己的计划。拨开重重雾霭，得以继续前行的决心。这是他在这里仅存的追求。

悄声盛放的繁花也会阒然落去，青葱的叶子又一次占据了枝头。让记忆里那条幽长的林荫小道，不知将要蜿蜒去往何方。路边余留有几支从未留意过的鸢尾花。低垂着花冠，亲近着雨后过分清香的泥土。

高海源约上袁琦一同去吃饭。席间，他忐忑地开口："虽然我知道很难，也会很麻烦你。我也是第一次求别人帮忙，客套的话我也不会说……但还是必须拜托你，因为也只有你才能帮我这个忙了。"袁琦收起平日里的笑颜，认真倾听着。

"希望你能替我和筱晴好好道个歉，我真的很抱歉，以前做了很多让她不愉快的事，说了很多让她难受的话。我一直都觉得很对不起她，也不知道怎么才能弥补。这个学期结束后我决定要走了，要去做自己还没做完的事。所以，在此之前，无论如何我都想要和她和好，重新做朋友。到时候才能好好告别……这是我唯一的执念了。虽然我知道肯定会令你很为难，但是我自己已经没有再去说什么的立场了。只能拜托你，帮忙把我的这些肺腑之言转告给她。如果她实在不同意的话，我也不能强求。希望到那时候你能代我说声'一直以来，真的很感谢'……"

说着说着，高海源又不争气地哽咽了起来。

出乎他的意料，袁琦听完，就像是期待已久一般，信心满满地说："没问题，我一直都觉得你们是很像的人，一定能成为好朋友的。如果小晴不同意的话，我就硬把她拉过来让你俩和好。"

高海源连忙劝阻她不要这样做，不过也不由得为她这充满活力的话语深深感动，重拾起了平日里的信心。

接下来的几天时间，到了一月一度的月考，工作变得繁忙起来。袁琦和筱晴也难有机会单独见面。这样的忐忑心情他便多维持了一阵。或许是，他也忙于工作，忘却了忐忑。

这天，工作结束，袁琦和筱晴早早相约下班后一同去吃饭。高海源无所事事走回宿舍，等待袁琦的消息。

一路上熟悉的教学楼、路灯、操场、坡道、热情打招呼的学生；回到宿舍后洁白的天花板、架子床、吊扇、空调、寒暄几句的舍友，即便到了临别的时刻其实都一成未变；自己、筱晴、南云和袁琦也从未曾改变过分毫。所以说，这是从一开始就注定好了结局的故事吗？那是由谁来决定，又是谁人希冀看见的结局呢？是故事的作者，还是故事的读者。他们不都是构造出这个故事的一环吗？这会是他在故事中注定无法回答，却又不得不去质问的问题。

那么，他是谁？

似乎无论如何，这一段故事都将要迎来结局。"Happy Ending 还是 Bad Ending？"他想起了南云的提问。如果是那唯一一个命中注定的结局，大概也就无所谓好坏。也或许，还有某个他根本意想不到的结局呢……

过了很久，又好像才过了不久。袁琦发来消息。凭借着一字字、一行行敲打在手机荧幕上工整的小字，将自己的遭遇和感想娓娓道来。

"高老师，我也不知道该怎么办了。我尽量把下午和筱晴说的话都告诉你吧！"

"吃饭的时候，我先试探性地谈到你。我跟她坦白了寒假时教过你怎么去追求她的事情，又聊到了你最近的一些事情，感觉小晴好像并不反感，还挺有兴致。于是我就趁热打铁，问她：'你们真的不能再和好做朋友吗？'"

"没想到小晴真的是太聪明了，一听到我这么说，马上就反问我：'是高老师让你来问我的吧？'"

"我说是我自己想知道，她不相信，于是我也只能跟她坦白了你的想法。"

"帮我跟她道歉了吗？"

"她没有怪你，她觉得你们就是普通朋友，说'做朋友就是朋友'。"

"我们现在这样也算是普通朋友吗？"高海源无奈地问道。

"我也是这么问她的，看你们这样相处我也挺难受的。"

"小晴想了很久，跟我说：'我也不知道应该怎么面对他。只要是想到跟他相处就会觉得尴尬。所以现在只能逃避，大概是最好的办法。'"

高海源无可奈何。

逃避……更应该逃避的难道不是步步紧逼，将二人的关系推入万劫不复境地的自己吗？可是罪魁祸首却仍在这里恬不知耻地强求着小晴的表态。现在逼得筱晴说出没有怪罪自己这样的话语，难道是会让自己的良心好受一点吗？只会收获到更加无地自容的愧疚而已！

如今他自以为是的执念，其实不也是在逃避着这样矛盾、偏颇又怯懦的自己吗？一直在逃避着自己对重要之人一次又一次的辜负，逃避着只应独自去承担的罪与罚。连他自己都不知道谈何面对，哪里又有什么资格去指摘只不过是想要逃避他而已的林筱晴呢？

"哎……的确是最好的办法了。"

他无法再去向筱晴传达这些想法，他不得不赞同筱晴的这些看法。

"她说如果是教学方面的事情，她还是愿意说的，但是其他事情，她可能不会说什么。"袁琦还是尽职尽责，努力回想着小晴话语中的每一个细节。

即便失落，他的所愿确也实现了：他又一次让筱晴为难，又一次辜负了重要的人，却又用这种卑劣的方式强使筱晴认可了他"朋友"的身份。只是为了留存下离开时能好好告别的可能性……吗？他不明白这到底有什么值得庆幸的。因为自己怀有执念就可以恣意利用伤害他人吗？这样做并不公平。对筱晴、对袁琦都是如此，他甚至怀疑自己是否连一名合格的"普通朋友"都算不上。

"我本来还想再说点儿什么，结果就被她骂了……让我不要再管她的事了。"袁琦将高海源从自责旋涡的边缘重新拉回到了对话中。

看着聊天界面袁琦委屈巴巴的文字，高海源为她的遭遇感到同情又想笑。的确是林筱晴会说的话没错。

"请你去吃大餐！害你挨顿骂，想吃啥随便点。"高海源连忙安慰。

"能知道她的想法我就好受多了，以后再也不会让她为难的。"

"起码等走的时候还能好好道个别，我就心满意足了。"

道别的时候，也一定要向袁琦和筱晴好好道歉和道谢。他暗下决心。

故事大概到这里也就结束了。这样的结束谈不上好坏，也难称得精彩。但总归还算是合理。就好比是用复杂的方法解出了一道数学大题，不是最优解，但终归还是做完了不是吗？

可又为什么会觉得失落呢？应该是他并没能在故事中为这个故事找寻到独一无二的意义，没有什么必须写下去的理由；但这么说来，倒也没有什么不能写下去的理由。还是继续写下去吧，与其他人都无关，这是他唯一想做的事情，也是他唯一仅存的追求。

又或许，故事的意义本就不是由作者灌输在故事中的。作者只应也只能去寻找、去想象、去罗织、去记录，而意义，则是每一个读者心目当中的哈姆雷特。也许当他终于有那么一天能心平气和地回看自己写就的故事，成为自己最忠实也是最叛逆的读者之时，他才能发现这整个故事竟有着这样的意蕴；也许某一天他也成为谁人的丈夫、谁人的父亲之时，独自驾车行至路口，在红灯变绿的俄顷，他才会恍然，那句林筱晴曾对他说过的话语竟是那样的含义……

……

好像过去了一个世纪那么久。

袁琦忽然想起了什么似的，发来消息："对了，小晴还说了一句我也不太懂是什么意思的话。"

"她说：'如果高老师能够不再那么关注我，专心做好自己的事；让我也能专心做好我的事，也许我们的关系还能更好。'"

这……他真的不是在做梦吗？

高海源从仰躺着的架子床上蓦然腾身坐起，脑海和心潮皆在激烈地奔涌。他出神地凝望着手机屏幕上确凿无疑的字迹，这并不是他凭空臆想出来的话语，证据就是他无论多少次点亮屏幕，只要回到这个界面，袁琦的困惑都一动一动地端坐在那里。而他，则远比袁琦更加困惑千万倍！

人和人的心意竟能相通到这般境地。这……真的是"可能"的吗？

他一遍又一遍检索着自己的回忆。那的的确确是他一直都无比渴望能够向林筱晴倾诉，却因为过度的渴望而从未敢言及分毫的话语。小晴她，是怎么知晓的呢？

他有必须去走的路、有必须去寻找的东西、有必须去做好的事情，甚至也有为之付出一切、为之背叛了爱的理由。可是他从未将这些告诉给任何人，小晴又是怎么从过去的只言片语和如今长久的沉默中发现这些的呢？

他浑身开始激动得颤抖起来。

甚至从他都还没能觉察到的时候开始，小晴便早已敏锐地发现自己对她过分的关注已经成为他通往自己所选定的宿命道路上最大的阻碍。朋友圈的屏蔽、通讯方式的拉黑、背对背的缄默无言，这些连他都只是在心底最幽暗的深渊中隐隐期许过的事情，难道全都因为小晴不仅是为了自己，也是为了让他能够专心去做好该做的事情吗？

现在，自己能够有无数的言语源源不断地涌来，奇思妙想一个接一个地被写下，不也正是因为有太多太多心声想要向她倾诉却没办法开口吗？很久很久以前，小晴便知道了他想要去写故事的愿望；现如今每一天，都能看见身后的高海源伏案写作、奋笔疾书的样子。即便就连偶尔前来的学生都会无比好奇他在写着怎样的内容；智慧如小晴，又怎么可能猜不透他在书写着什么故事呢？

简直不可思议……但这又的的确确是只有小晴才会对他说的话没错。

他竟会潸然泪下！

劳拉，不是在梦中，而是通过友人之口告诉彼得拉克："别哭了，难道你哭的还少吗？失望不能给有才华的人带来欢乐，你要继续走下去。"

贝娅特丽齐，不是在幻想的天国，而是在每一次的对视、在聊天记录中，救助着那样爱她、由于她而离开了凡庸人群的但丁。

这就是绝无仅有的奇迹啊！

甚至是和他一样，小晴也早就知道他们绝不可能再成为"朋友"。应该怎么相处？"更好的关系"是什么？难道说小晴也一直在寻找着不同于"爱"的深刻情感吗？

直到这一刻他才知晓，那正是无须言语也能沟通的心灵，和无关占有却无限广袤的"可能性"啊！

在这一刻，高海源一定是全世界最幸福的人，因为他自此背负起了决然意想不到的希冀，要一直走下去！

随后的事情，异乎寻常的简单明了，全因闪耀着"希望"那迷人的奇幻光彩。

他回复袁琦："小晴的这些话让我终于醒悟了，自己的确还有很重要的事情没有做完。我明白除了做好自己的事情，别无他法。不过我一定能够做好，一定要创造出来一部杰作。有朝一日一定会让你也一起见证！"

听完高海源的宣言，袁琦很受触动，感慨道："我觉得你们的性情太相似了，都是贪婪之人，自己不想停留，所以才没办法忍受对方为自己停留，这样的人的确是没办法在一起的。从你们身上我也学到了很多新东西……"

"哪怕以后再也没办法和她说些什么了，我也真的很感谢她。

永远。"

说完这些，聊天界面停下了响动。他澎湃的心潮也渐渐平复了下来。四周恢复了深夜里应有的静谧，这样就好，这样高海源、林筱晴、袁琦全都可以享有一夜的酣眠了，终于。

过了良久，他还是没能顺利入睡。

收到袁琦发来的消息："我和小晴说了，都转达完毕。以后大家好好工作、好好看书、好好生活吧！"

高海源有些讶然，他没想到这些自我告解的话语也会被袁琦转告给小晴，这样的在意，似乎也算得上是对小晴这最后所嘱的又一次辜负。

他再也不想虚伪下去了，从拜托袁琦帮忙开始，他不就是希望自己的心意能够被小晴所获悉吗？如今，他的爱终于不再迷惘。他要背负起这份永不迷惘的爱，离开这里，去做好自己的事情。

"感谢，无以为报！都好好努力吧，晚安。"表达最真挚的谢意，关闭手机，钻进被窝，迎接崭新的明天。

并非自己从前未能认知到事物本应如是的样貌，是否是从某一刻伊始，自己立于了某一处彼方；而一切，都在向着自己的方向前来呢？他开始想要相信这样一种不可能的"可能性"。

第二天清晨，上班路上早起的高海源久违地在教学楼门口偶遇到了林筱晴。心境明朗的他不顾筱晴脸上的错愕，就像是很久之前那样热情地向她打了个招呼，理所当然的，没有回应。

一如既往驾轻就熟地上课也充满了新奇的活力。他的欢欣似乎传染给了学生，比起往日，课堂上平添了更多的欢声笑语。

不过在课后的空余里，高海源又觉察到了一个有些难解的矛盾。

诚然，他现在有了源源不断的动力去奋力书写他们的故事，笔尖轻盈又坚定地在眼前游舞。小晴的美，伴随着他最美好回忆中的那道玲珑月光照下，跃然纸上，以摧枯拉朽的气势，轻而易举便推倒了那面阻隔在梦想和现实、过去和未来、偶然和必然之间无比坚硬的高墙。

现在，墙倒之后，他才猛地发现，自己与身后不足半米的林筱晴之间，已是一道再也跨越不了的沉默天堑。高海源甚至深知自己连尝试都不能去尝试，因为自己尚不能做好自己的事……

他想要回过头来，再看一眼那无疑正深爱着却不得不行将远别的美丽面容；他想要说些什么，最后一次聆听那无数次惊醒，命他必须继续前行的动听声音。可是……绝不能这样，他一定又会动摇的。难道他还要再一次辜负小晴吗？

再也平息不了的爱意铸成了"二律背反"般的悖论。无时无刻不在持续撕扯着他的心，就这样撕碎了他将行动照进现实的勇气。在至深的幻想中，他想到了逃离，逃去某个没有人迹的荒野，书写他没人会读到的故事，证明他自己逃离了的爱……

这天午后，结束了一早上的工作，吃完午饭回到办公室里午休，整间办公室全都安然沉浸在梦的包裹中。高海源执笔坐在自己桌前，同样淹没于梦一样遥远的回忆，那也是一个一旦醒来，就注定会消散的，再也回不去的梦吧……

身后传来一声轻微的呓喃，就像是在无风的盛夏无意间奏响的风铃般清脆悦耳。不包含任何一缕意义的音声，一定是迦陵频伽所鸣唱的无上妙曲。不知是从哪位天人的梦境中轻盈地溢出，又会灵敏地漾进哪位凡人的梦乡里。

他条件反射般转头看去，原来是林筱晴正在座位上酣睡。

他理应马上回过头来，制止自己的无礼，去做好自己的事情。

他自然没有那样做。

安稳的睡姿，宛若一只游荡在树丛中的小鹿，跑累了，便趴在芊绵的草地上小憩，悄悄潜去了神秘的魔法密林里。

平静无瑕的脸庞，定然是在骄阳下璀璨闪烁的冰川。他连忙躲开这刺眼的光芒，因为它注定很快便会消融。可是，即便要担负上永世失去的苦痛，就像是伫立在冥界门扉外的俄耳浦斯那样，他还是忍不住回眸那位正一无所知沉睡着的欧律狄刻，只因那正是他此生所能睹见的最奇妙的光彩呀！

才一转眼的工夫，那容颜又立马幻化成了在夜空里从乌云的罅隙中绚烂辉煌的辰星，齐声高唱着无声的歌谣，让他的目光再也无法移转，心海再也无法平息地汹涌澎湃。

这面影从未像眼下这样美丽而忧戚。

那会是一个怎样的梦呢？倒也不难猜出。安然入睡的筱晴微微起伏的胸膛上舒展着那双终于放开了牵动他无休止思念的手，在纤指的环抱下，是一本从未与他分享过读到一半的书。

读着读着便睡着了，会是个很可爱的梦吧。他好奇地望向书名，是北岛的《必有人重写爱情》。梦中的人儿呀，会梦到醒着的人之所以没有睡去，就是为了书写着这样一个故事吗？

还是说其实是自己正在做着一个自己醒着，而小晴睡去的梦呢？他宁愿做着这样的梦不愿醒来。在梦中，小晴会用他一遍遍思念着的声音告诉他："也许我们的关系还会更好。"

天籁般的话语是一把钥匙，为他打开了不敢企及的可能性门扉；无限的可能性正是他爱意无尽的燃料；而那名为"爱"的绚丽焰火，会盛放在那片原本空无一物、黯淡无光的海面上，熊熊燃烧成为斑斓的星云，直至永恒！

"上邪！我欲与君相知，长命无绝衰。

山无棱，江水为竭；冬雷震震，夏雨雪；天地合，乃敢与君绝！"

高海源感受到一股屈辱和不公迎面袭来。

从此往后，他只会踽踽独行在不再有这份爱的人海中。

他最后一次动摇了，他想要留下来，永永远远留在已然寄托了他此生全数爱的可能性的林筱晴身旁。这样的想法到底何罪之有？可是，这又毫无疑问会辜负小晴对自己最后也是最为明确的寄望：

> 如果你能不那么关注我，专心做好自己的事，让我也专心做好我的事……

他甚至还没有真正地走上那条必须独自走下去的道路啊！

为什么只有自己非得承受这些消解不开的重担呢？

高海源惭愧地低下了头，不敢用那因迟疑而痛苦得扭曲的目光，冒犯此刻如此安宁的林筱晴。

> 多少人爱你青春欢畅的时辰，爱慕你的美丽，假意或真心。
>
> 只有一个人爱你朝圣者的灵魂，爱你衰老了的脸上痛苦的皱纹。

他的脑海中闪过了叶芝的《当你老了》和莫德冈那为了自由奋战不息的飒影。

是呀，他真正至死不渝所爱着的，并不是小晴那终有一日美丽不再的容颜，而是那颗和他一样炽热而无法停息的心呀！

在曾几何时无数次不经意间吐露的心声里，他明明是知道的。小晴也同他一样有着必须去往的地方和必须做好的事情。她要用自己的相机开辟出属于自己的意义；她要用光影腾挪，将易逝的刹那间刻入永恒！

他明明是知道的，为什么又总是在一次又一次地视而不见呢？难道只有自己的梦想和自己的爱才是唯一重要的吗？想要为了小晴而停留。这是多么混账自私的想法，简直就是对小晴梦想最大的亵渎呀！

他们都是笔直伸向虚空中不同方向的线，他们都有太长的路要走下去了，偶然的相会已是最大的幸运，再这样痴痴地凝望下去，任谁都无法前行。

他终于回过头，强撑住战栗的目光，紧锁在记事本空白尚未写出的字迹上。做好自己的事，将悲愤塑成言语，竭尽所能地临摹下他们的故事。

也许到了那一天，路终于走到了尽头。他们的所作所为能够将世界性的平坦扭转出奇迹的弧度。"山无棱，天地合"，绝望化为希望，分别的直线才能再次相会！

……

终于，高海源想在这里结束这一段已经足够精彩的故事。不过，如前所述，他的想法从来都没有影响现实丝毫的力量。

隔天一早，南云看向高海源的目光中就充满了犹疑。

等到工作告一段落，南云将高海源唤到僻静的角落，心事重重地问他："昨晚你和林筱晴又说了什么吗？"

高海源有些困惑："什么都没有呀。我还是被她拉黑着，根本什么也说不了。怎么了吗？"

"没有就好，忘了这些事情吧。以后都不要再互相打扰了，专心做好自己的事情吧。"南云躲闪着他的反问。

高海源已经大致明白发生了什么，只有他不知道的事情。

"小晴发了朋友圈吧，关于我的事情。"

"……"南云并没有反驳。

"让我也看看吧，她最后想对我说的话。"即便一定会更加痛楚彻骨，他也必须亲眼看见，领受林筱晴的怒火。这是他罪有应得。

架不住他的执着，抑或是觉得唯独当事人被蒙在鼓里实在有些残忍。终于，动摇了的南云点开林筱晴的朋友圈，摆放在他面前。

初夏，校园角落里草木葳蕤，远远还能听见学生的琅琅读书声。

阔别已久的朋友圈早已不同往昔，那张牵手的封面图也不知何时又换成了延绵不绝的远山。最近那条，发表在昨夜凌晨。

"女生不回信息，发小作文逼别人别再沉默。

被拉黑，继续找她朋友传话。

时不时盯着她，到身边同事都能感受到的程度。

已经没有分寸感到让人觉得烦不胜烦。

有考虑过当事人的感受吗？

这不叫喜欢，这就是纯骚扰谢谢。

说实话被这样盯上真的会有人被感动吗……

……

字字诛心。

每一个字都在解答他的疑惑、摧毁他的幻想、瓦解他的意志。所有的罪愆都被彻底定性，不容他再有一丝申辩的余地。

那些他自以为是的在意和爱，其实都只是"没有分寸感"和骚扰而已。

就连他想要远走去做好自己的事情，他的"梦想"，都只全然是自己的一厢情愿。除了让小晴烦不胜烦之外，与她从来就没有半点关系。

是时候该醒过来了，这个梦已经做得太久太久了。无论是多么美好的梦，一旦醒不过来都只会魇成噩梦，更何况还是这个一直在伤害着别人的梦呢？

"这不是喜欢！"

"说实话真的会有人被感动吗？"

他不明白林筱晴为什么要说这样的话。难道她认为自己正在记录着那份自以为是的"爱"，渴望着有朝一日能够让她看见，感动她，证明那份对高海源来说无比重要的"爱"吗？

那么她的确没有猜错。

可是她又是在对谁诉说着这些话呢？是唯一不应该看见这条朋友圈的被拉黑的高海源；是不明就里的旁人们；还是因为这样深远的冒犯而痛苦得彻夜难眠的林筱晴自己呢？

别再这样想了，就因为这些自以为是的臆想，他对林筱晴的伤害难道还少吗？

高海源没有再写下去的勇气了，因为那故事存在的理由和根基，全都被荡然无存地清除殆尽了。

他将这番自暴自弃的想法告诉了南云。南云很生气："我不想再掺和进你俩的事情里了。不过你自己想清楚，如果你写这篇故事不是为了自己去写，是为了她而写，那就不要写下去了。的确没有任何人会被感动！"

他彻底迷惘了，不再是对那已然被否决的爱的迷惘，而是对"生"的迷惘、对"梦"的迷惘、对"高海源"的迷惘。

他自以为是、无穷无尽、不求回报的付出，是自己在对小晴做着永远的弥补和赎罪。然而，在内心的深处，他正夜以继日，罔顾小晴真正意愿和向往，偏执地构筑着一座只供自己逃进去的堡垒，名为"自我感动"的城堡。然而，当他终于躲进去后竟才发现，所谓堡垒，只不过是封锁住自我的监牢。他撕心裂肺的痛苦，像一次次大喊"狼来了！"的孩子那样，还在等待着旁人的救援。

他可怜吗？不，只有可憎。一次又一次地辜负着真心待他的人，只为自己那自私又无望的梦想；他能够被拯救吗？不，没有任何外在的力量能够推倒那面他为自己垒砌，还在不断加固的墙。他只配在里面声嘶力竭，撞得头破血流，落入无人在意的坟冢中去……本应是这样才对。

不久，得知了事情的袁琦不忍心看着高海源一无所知，私下告诉了他事情的原委："小晴告诉我，她昨天午睡时，发现你一直在盯着她看，让她很害怕。你何必要这样呢？"

并不出乎意料，那时自己痛楚而扭曲的目光，连自己都心有余悸，更遑论是被那样盯着的林筱晴了。

事到如今，再狡辩什么全都无济于事，辩解只会更加伤害到筱晴。况且，那些都是无从辩驳的事实呀！

袁琦的关心倒是也给他提了个醒。既然自己的罪行已然得到了确证，那么自己唯一该做的，无非就只有道歉与忏悔。

"谢谢你。我明白了，我会亲口向她好好道歉的。"

袁琦发出了和南云一样的感叹："哎，你们都没错，只是不合适罢了，以后都不要再谈这个事了。"

回到办公室，坐在自己的座位上。身后的林筱晴还是那样沉默地工作着，就像是什么都不曾发生过一般。如芒在背的高海源不禁想要怀疑，是否是那场大梦还是没能醒来，到底是从何时开始陷入的梦呢？

那当然是不可能的。他停下所有幻想，鼓起全数勇气，压制住狂跳的心，向着身后干巴巴地开口："对不起，以后保证不会再这样了。"

他已经忘却了该如何同筱晴搭话，也不敢再转头看向她的背影。

寂静的身后传来一声刺透骨髓的冷笑。

的确是来自林筱晴，他永远也猜不透的回应。

……

好了，必须做一些事好让自己抽离出来了。

熟悉的月色如同记忆中那般皎洁明媚，静静地倾听着所有人悲欢离合的故事。

他被超市亮起的霓虹招牌所吸引，心想着货架上琳琅满目的商品大概能让自己好受一些。

不出所料的是，他在摆放规整的货架和茫茫多的商品间，看见了一个曾经奔波在那里、急切地搜寻着小晴爱吃的零食水果的高海源的身影，他需要逃离的身影，不打扰那个专注自己的逃离。

快步走到收银台前，那里有一束淡粉色的雏菊吸引了他的注目，不明就里的细微感动让他不得不驻足下来。

自己好像还从未买过花吧。

付完款收银员将之打包之际，一朵菊花瓣轻轻地离开了枝干，飘落在地上。

弯腰拾起花瓣的须臾里，他做了一个决定。

好吧，是一定要继续写下去的决定。

无论还要背负上多少不解，无论还要背负上多少厌恶；哪怕是再也感动不了任何人，他都要坚强地写下去。

他不是一直都是这个样子，背负着远比这些都更加沉重的十字架，一步步终于走到了这里，怎么才这会儿就要放弃了呀？真丢人！

所以，他要认真写下去。哪怕不会被任何人看见；哪怕只是完成或者继续那个承诺，那个同外婆、同自己悄悄立下的誓言，他也要独自写下去！就算是把自己放逐到离海最远的天涯也要写下去！

这就是他、是故事存在的理由吗？作为他所犯下的罪的明证，作为引以为戒的素材也要存在的理由吗？

他的文字、他的文学并非什么梦想；而是梦醒时的错愕和对必将逝去的梦的绝望挽留。所以，他正在一笔一画写下的，绝对不会是与现实并行不悖，醒来后就可以一笑置之的东西；而是注定要深深刻入他之后所有未来的东西，让他之后每一刻，都不得不被其愚弄、被其驱逐到那片注定无人会向往的海，去寻找那只一直流浪在荒野上等待着他的棕熊。

他甚至想好了最后的期限。那么就定在来年的清明时节吧！那个总下着绵长不断的阴雨的，承载了他无数回忆和思念的清明时节。

他要在那时，一个人带着新从打印机中取出，还腾着热气的稿纸，走上那条崎岖的山路。把这个写完了的故事带给那位他一直思念着，一定也思念着他的人！作为他仍能铭记着他的罪和他们之间约定的证言。

所谓宿命，一定就是这样的东西。拼尽全力，燃尽最后一缕气也要将之凿刻在自己余生唯一一座丰碑上的记忆；足以贯穿一切苦难、一切伤痛、一切失落、一切迷惘，乃至是一切所犯下和将要犯下的罪孽的记忆；唯一通往着未来，代表着希望的记忆！

"高海源出于本能，只能记下那些美好的事情。"这句他还尚未写进故事里的话语鬼使神差地蹦进了他的脑海。

……

思念推开了记忆沉重的门扉。

他回想起来，自己第一次和小晴热烈地聊起天的缘由。不正是在那年清明的假期里，返乡的他走在祭奠回来的山路上。雨后方晴，偶遇了一朵饱满的蒲公英，摘下蒲公英，拍下满意的照片，将之吹散。一阵落寞之际，竟鬼使神差地将之发送给彼时还算不上熟络的林筱晴。作为交换，那时远方正在和朋友们玩耍的林筱晴，也发来了自己面前的一片浅粉色郁金香花海。

证据……若要证据的话，那些不正摇曳在他至今仍顽固不肯清空的，他俩那一长串仍在翻涌不息的聊天记录的最顶头吗？

这样奇迹的邂逅，竟才是差点儿就要被他给遗忘了的，所有故事的真正开篇！

梦幻的繁花，顷刻绽满了每一座山冈。

第十七章 惜鐏空

君不见，黄河之水天上来，奔流到海不复回。
君不见，床头明镜悲白发，朝如青云暮成雪。
人生得意须尽欢，莫使金鐏空对月。
天生吾徒有俊才，千金散尽还复来。
烹羊宰牛且为乐，会须一饮三百杯。
岑夫子，丹丘生，与君歌一曲，请君为我倾。
钟鼓玉帛岂足贵，但愿长醉不用醒。
古来圣贤皆死尽，唯有饮者留其名。
陈王昔日宴平乐，斗酒十千恣欢谑。
主人何为言少钱，径须沽取对君酌。
五花马，千金裘，呼儿将出换美酒，与尔同销万古愁。

大家知道这是首什么诗吗？没错，这就是诗仙李白在语文教材里的必背课文《将进酒》，也是我最喜欢的诗文之一。不过，你们肯定也已经发现了。这诗文似乎于中学时所学的有所不同。的确，我也是今天才知道，原来这首是今人在敦煌的藏经洞中，发现的唐朝古抄本《惜罇空》；而我们所熟知的那版《将进酒》其实是宋朝人"几经雕琢"的版本。也就是说，这其实才应该是更接近李白所著的原始版本。

今天上课时，我满怀着激动与敬仰的心情讲到了这篇我一直以来都很喜欢的《将进酒》。本想着是一篇大家都会很熟悉和感动的古诗，大家肯定也都会跟我一样喜欢它。结果才刚一下课，就有个平日里我挺喜欢的学生，神秘兮兮地跑来办公室找我，问我："袁老师，您知道《惜罇空》吗？"

我回答他说："不知道呀，怎么了呢？"我正等着他给我答疑解惑时，结果他却说："呵呵，连语文老师都不知道呀！"还没等我回过味来，就一溜烟地跑回了教室。

真是气死我了！想到他那张扬扬得意的可恶嘴脸，我就气不打一处来！

于是我就自己上网去查了查，这才发现了这个令人震惊的事实。

哎。现在的我有点儿失落。自己是否真的称得上是一名够格的语文老师呢？

不过，我想更重要的原因还是我心目中那个完美无缺的诗仙太白形象，有一点幻灭了罢。

首先，第二句那句"高堂明镜悲白发"变成了"床头明镜悲白发"，曾经那个即便远行，也一直心系父母的游子形象顿时荡然无存了；然后那句"天生吾徒有俊才"也明显不如"天生我才必有用"来得更为自信和有气魄，那份狂傲不羁的才情，似乎也遭到了贬抑；更有甚者，"与君歌一曲，请君为我倾耳听"竟然变成了"与君歌一曲，请君为我倾"，且不说押不押韵的问题，就连意义也都完全变了味，那个曾经开心地为朋友们高歌的太白，竟变成了一个只顾自己唱自己的，还要让朋友们为自己倾酒的自私模样。

最可恶的还要数那一句"古来圣贤皆死尽，唯有饮者留其名"，即便他再是狂妄，也不能说出这般欺师灭祖的胡言乱语嘛。现在哪还有一丁点儿"谪仙人"的非凡气度，简直是活脱脱的一个醉鬼嘛。就连身边那些也不劝劝他的朋友们，都显得不过是些酒肉朋友罢了。

如果说是我的学生写出这样的诗文，那么我一定要恶狠狠地把他骂上一顿，然后罚他把原文抄上个十遍八遍的才够解气。可是……可是这才是历史上那个真正的李白所写呀！原来，那个一直以来人类历史上最完美、最浪漫的"诗仙""谪仙人"其实都只是被后人们一步步所编织、修改和加以创造出来的形象吗？

哎，现在不仅仅是李白本人了，就连我一直以来为之奋斗的事业，甚至是我坚固的世界观似乎都遭到了动摇。

结果就在我还难过的当口，不解风情的高海源竟然冷不丁地跑来问我，等上完了课要不要一起去喝顿酒。

我不禁怒火中烧。哼，你不知道我现在最讨厌的就是酒鬼了嘛！

不过冷静下来后仔细想想，明明认识了这么久，一起吃过这么多顿饭，从来没见过他喝哪怕一丁点儿酒的呀。啊……难道是因为他一直都在为我们当司机的缘故？再联想到我最近确实有愧于他——因为被高老师的话感动，于是我就自作主张地发消息强迫小晴一定要跟他和好，结果被小晴误会以为是他的意思，又被更加讨厌了……还挂在朋友圈里，闹得"满城皆知"。

现在高老师应该还不知道，其实都是我的错，还傻乎乎地要请我去喝酒，感觉他都有点儿可怜了，应该也是有很多话想要跟我说，加之他也快要走了，虽然我从来没喝过酒，还是忍不住答应了他，去看着他喝酒，陪他谈谈心也好。

于是，这一次他终于没有再开车，我俩一同乘公交去往喝酒的地方。一路上我都有点儿心不在焉，甚至还开始惴惴不安地担心起了是不是高老师已经知道我告诉小晴的话，故意设下"鸿门宴"要去责备我呢！好在高老师并没有这样的意思，他和小晴现在也再没有机会聊到这些了吧，哎。

高老师说他自从开上车之后，已经很久都没有再坐过公交车了。于是，他就在空荡荡的车厢里东瞧瞧、西望望，像是个孩子一样，也可能是正在追寻着某个久远的记忆。我似乎在他明亮的眼神中察觉到了一丝明净的忧伤，应该是错觉……

很快到了站，我们来到一家装潢有些 KTV 风格的小酒馆。进入夏天了，喝酒的人渐渐多了起来。临江的位置应该有些风景更好的酒馆，不知道他为什么要选在这里。

选了个相对僻静的角落入座后，高老师点了些啤酒，为我和他自己斟了满杯。我告诉他，自己从来没喝过酒，他就微笑着说："没关系，想喝的时候再喝一点儿就好。"并没有强迫我的意思。说完，一边自顾自地喝起来，一边告诉我，自己也从来没喝醉过，以前做过实验，一连喝了好多瓶啤酒都没醉，今天也想来试试喝醉酒的感觉，感觉应该是在吹牛吧，哈哈。

不久，高老师说出了此行的真正目的。

他告诉我，自己最近在写一篇很重要的故事。现在只写了一个开头，走之前应该是写不完了，所以他很想现在就让我看看，听听我的想法。

当然是义不容辞。

最近他一有空就开始写起什么东西，时常看见他奋笔疾书和停笔稍歇时专注又幸福的模样，我也实在是越发好奇。再加上，我曾经也看到过他那篇关于《幸福号起航》的文学评论，高老师的文字虽然还略显青涩，不过他的确有着很多非常独到的角度和观点。所以即便这篇"重要的故事"还只是一个开篇，我也很想好好看看！

更何况……大概是和小晴的故事吧。

于是，我郑重其事地接过高老师递来的那本熟悉的记事本，仿佛担下了一份沉甸甸的使命。

我认认真真，一字一句地阅读起来。感觉时间过得很慢，周遭的一切都安静了下来。高老师放下了酒杯，茫然地看向这里，分明是在看着我，却并没有看见我。

……

第一章《梦日记》看完了，梦境与现实交替，颇有些"意识流"的意味。而且果然不出我所料，即便俩人都用了化名，还是一眼就能看出来。那应该是在高老师的记忆中，真正和小晴邂逅的那一刹那吧。"人生若只如初见"，纳兰性德诗中所描绘的一瞬的怦然心动在高老师的故事中也展现得淋漓尽致。

那个会"敲敲桌子，快步躲到逆着光大门外，绽开恶作剧微笑的林筱晴。"伶俐又可爱的模样，简直与我所熟知的小晴一模一样。看来，那个在我到来之前的小晴，跟如今这个我所熟络的姐妹，没有一丁点儿的变化。

然后，当我看到俩人在桃花瓣纷飞的林荫小道上挥别时的场景，我回想起了几个月前，小晴拿给我看的高老师发给他的那篇小作文；顿时就理解了高老师最后那一句："你轻叩我的桌沿，我们一起翘班走在花瓣烂漫飞舞的路上。那天一定阳光明媚吧。"这句话的全部含义；似乎我也明白了，那天在小晴难堪的表情和话语中，我所感受到的并不只有厌恶的真正缘由。小晴一定也在高老师恳切的话语中看见了那些行将落尽的桃花瓣吧……哎，可惜这些事情高老师大概永远也不会知道了。这是小晴和我的秘密。

也许只是有了一丁点儿感觉，我似乎还看见了一个他从未亲口告诉过我，我却又仿佛已经非常熟悉的高海源的形象。我在说些什么胡话呢，大概又是一种错觉吧……

还有最后那句："此刻，他正尽情地享受着写作这份孤独的快乐。"简直仿佛也是为我量身定做的一般。

"精彩!"我不禁赞叹起来。听闻后的高老师略感欣慰,浅浅地笑了笑。

正当我满怀期待准备看向第二章有着《无我相》这个云山雾绕名字的章节时,高老师忽然拦住了我,示意让我先看第三章《遇蝉》。嘿,果然有点儿猫腻,不过,悉听尊便!

《遇蝉》也是美轮美奂的一章:出其不意的精彩偶遇,却充满着"命中注定"的气息,让人不得不质疑起了故事的真实性。可是那场精妙绝伦的偶遇发生的场景却是在校门口我同样每天都要路过的人行天桥上。更巧的是,我也曾听其他朋友说到过那年冬天,卡车撞上天桥的事故,甚至还给我看了那时的新闻!如果这也是设计出来的桥段……不可能的吧;如果是现实发生过的事情,简直可以称得上是奇遇了。我以后一定要找机会问问小晴,在我想到究竟怎样才能不动声色地问出结果之后。

(这时,高老师忍不住跟我追忆起过往:自己以前有一次想让小晴接着看看那篇文学评论,还说到自己已经给袁琦看过了,她的评价很不错。小晴依然婉拒道:"那不就够了吗,毕竟她才是专业的。以后写的也要多拿给她看看。"结果自己就一直惦记着小晴那时的话……)

哇,这么看来,连我都不得不沉沦在这个故事当中了。现实和故事的力量也在我身上如此奇妙地交织着。我能够理解高老师为什么一定要给我来看了,我简直就是独一无二的最佳读者了嘛,嘿嘿。

回到故事本身。不得不说,高老师所描绘出的小晴简直是太过于完美无瑕了。现实中的小晴确实机灵又可爱,不过……不过这也是高老师会如此执着于小晴的缘故了吧。

还有开头那段与学生唐亮的交谈,的确很有趣。高老师似乎还想要表达出更多我暂时尚不能理解的东西,还需要看完了后文再做以评价。

现在，我应该够格看《无我相》了吧，哼！

……

看完了。

我竟然会陷入良久的沉默中，说不出话来，看来我的确是个"不够格的语文老师"。

可是我除了"震撼"以外，真的什么也说不出口。

没想到平日里，总是乐乐呵呵，感觉没心没肺的高老师，竟然一直都独自承受着如此沉重的东西（我一直以为他被困在了关于过去的回忆里，只是从未想过竟会是这么久远的回忆……）。更重要的是，我什么都帮不了他。

我不禁端起了桌上还未动过的酒杯，想缓解下口干舌燥。吁……不出意外的难喝。怎么会有人沉醉在这种东西里？

哦，我怎么一时糊涂，都忘记与高老师碰下杯了。不过他应该不会怪罪我，他已经有点儿醉了，不知是沉醉在酒里，还是沉醉在自己的故事里。

高老师举起还剩半杯啤酒的酒杯，举向天花板上闪亮的球灯，深邃的目光久久地凝视着透过酒杯照过来的灯光。我也学着他那样看了看，灯光穿过透明的酒杯，照在逐渐消泯的酒沫上，晶莹剔透，的确非常美丽。

我没有开口问他，这篇故事是否是虚构的。我的声音大概已经传抵不到他那边了，他与我所生活的地方，实在有着巨大的距离……

可是，我又忍不住继续独自想下去。如果这是虚构的故事，那不得不说是一种幸运；可是，若非经历过更加绝望和窒息的事态，又怎么会写得出如此沉痛的东西呢？他说这是他的故事。"故事"的意思大概就是过去的事和永远也过不去的事。哎，我有点儿想哭了。

文字，有着远比我先前认识到的更加深邃的力量。特别是当它就发生在自己身边的时候。

我忽然想起了自己曾经说到过,有一种背负着"诅咒",而不得不去书写的作者。高老师大概就是正在这样书写着,背负着自己永远也偿还不了的罪孽……

不知为何,我竟也思如泉涌了起来。

我想到了我的家庭。

我没有经历过这样痛彻心扉的失去,我的至亲们至今全都健在。我真的是一个幸福的人啊……不过高老师的故事还是大大地给我提了一个醒——我以后一定要每一次都认认真真和每一个重要的人不留遗憾地好好告别才行。

啊……这么说来,高老师曾经恳求我时所说的那些话:"无论如何都想要在临走前和小晴重新做朋友。""到时候才能好好地道别。""这是我唯一的执念了。"原来是这个意思呀,你当时要是能跟我讲得更明白些就好了啊!但是我又怎么能忍心要求你把自己内心里一直埋藏最深的深渊都剖出来让我看见呢!

那么,你今天向我把这一切都坦白,是因为想让我不再怪罪你了吗?还是想让我不再怪罪我自己了呢?哎,高老师,你有时实在是有点儿过分的温柔了。该生气的时候就生生气,该发火的时候就发发火,也会让自己好受一点儿的不是吗?

我没敢再盯着高老师,是因为愧疚吗?还是只因不想让他看见眼眶里打着旋儿的几滴泪花呢?

"来,干杯吧!"高老师忽然高声说道,声音还是这么的爽朗……于是我擦了擦湿润的眼睛,同他碰了杯。然后,一饮而尽。

我明白了,即便已是什么都无法改变,但是只要能说出来,只要有人能理解自己半分,就一定会好受很多的不是吗?倾诉和倾听本身就是另一种救赎。

文字,就是有着这样能照亮深渊的魔力。

于是，我使劲地吸了吸鼻涕，认认真真地以一个语文老师的角度，分析了一些语法上的小问题，提出自己的修改建议。高老师也在认认真真地听着。

抱歉，高老师，我不能再跟你说更多的了，不能回答你那些真正想知道的问题。因为，现在的我也并没有准确的答案，把自己都不确信的话随随便便就说出口，是一种不负责任。你一定能够理解我的吧！

不过，我相信你并不需要我的答案，你一定能够找寻到能让自己确信的答案的。只要你继续以这样真挚的目光去寻找，就一定能够遇见无数个奇遇，一定能够看见别人看不见的风景，也一定能够找寻到只属于自己的真正救赎！

所以，加油吧高老师，继续坚持写下去，直到写出完整的故事。不，要一直坚持到写出完满的故事。写出那个既能治愈自己，又能治愈我们所有人的故事。我相信你一定可以！

这些话我也没有说出口。因为我相信你一定能够"听见"吧！不是用耳朵，而是要用心去听；用你那颗正"怦怦"跳动着的心去听才能听得见！

我也不知道自己为何这样盲目地相信着。一定正因是整日里都乐乐呵呵的你，所以才能这样相信吧；一定是因为只有你才能像齐奥朗《在绝望之巅》中所传达的那样："将眼泪变成思想，发出反叛的野蛮呐喊。在绝望之巅挣扎，燃起超脱生死的真正激情！"

文字，简直就是关于相信的奇迹啊！

……

哎，说着说着，我都有点儿控制不住自己，甚至嫉妒起高老师来了。

能够遇见这样的一个故事，高老师究竟是幸运还是不幸呢？要是我也能遇见一个这样的故事就好了。

恍惚间，曾几何时我心目中的那个太白，和面前高海源这会儿醉玉颓山的姿影偶然间重叠在了一起……我又开始说胡话了，一定是错觉，我大概也醉了罢。

哎，可惜高老师马上就要去远行了。要是不走就好了，不走就可以常来这里喝喝酒聊聊天了不是吗？不走，就找寻不到必须去寻找的东西了吗？

　　君不见，黄河之水天上来，奔流到海不复回！
　　君不见，床头明镜悲白发，朝如青云暮成雪！

滚瓜烂熟的诗句开始在我的脑中炸鸣。

"君不见"的，到底是什么你隐藏在这句"床头明镜悲白发，朝如青云暮成雪"之下，无法言明的忧伤呢？"君不见"的，是否是一定要将自己驱逐直至"奔流到海不复回"的深重罪孽呢？

年幼时，随父一道从遥远的碎叶城出发，踏遍茫茫的戈壁、穿过漫天的黄沙、翻越"难于上青天"的蜀道，终于抵达了那个承载着几乎整个无忧无虑童年的家。可是，为什么又要在这个和我们一模一样大的年纪，就"仗剑去国，辞亲远游"？甚至是用一生去践行了那个"奔流到海不复回"的诺言呢？难道在那个群山环抱着的天府之国里，也有着一个不知何时被你辜负或者辜负了你的重要的人吗？

　　人生得意须尽欢，莫使金樽空对月！
　　天生吾徒有俊才，千金散尽还复来！

你那"一晌贪欢"的可悲模样，又岂能是功名利禄这种你本就毫不在意的东西，所能触动分毫的？以至于你不得不在无尽却无法言说的悲哀中吟叹出"天生吾徒有俊才"的自我麻痹。还有，你到底是在说"吾有俊才"还是"徒有俊才"呢？只有这样才能是"千金散尽"也散不尽的愧疚吗？

　　　　钟鼓玉帛岂足贵，但愿长醉不复醒！

　　哎，可悲可叹的太白呀，你在成为"酒中仙"之前，一定也是一个跟我们一样真正生活着的，真正哭过、真正笑过的"人"吧。在你不知不觉成了那个"天子呼来不上船"的酒中仙之后，在被天子呼唤的须臾里，你是否又仿佛看到了那个年少无知时，辜负之人的面影呢？惊醒的片刻，又留下了无限的落寞，千百年来又有谁人能读懂你半分呢？与之相比，纵然贵为天子，又"岂足贵"呢？还是"但愿长醉不复醒"吧！

　　我似乎变得泪眼婆娑了。

　　　　岑夫子，丹丘生，与君歌一曲，请君为我倾！

　　岑夫子、丹丘生呀！你俩为何不曾在为太白倾酒的同时，听见那首他并不想让你俩细听的歌谣中包蕴的无以言表的悲伤呢？可是他若真的不想让你俩听见，又何必这样歌唱呢？

　　你们不是好朋友吗？你们若是听见了的话，怎能不质问太白，令他把那句说不出口的话，借着酒劲，尽情地诉说呢？即便什么也改变不了了，但是，只要能说出来的话，自己一定就会好受很多了不是吗？

　　　　陈王昔日宴平乐，斗酒十千恣欢谑！

　　可是，即便是这样，太白也不会记恨你俩的吧。因为他只会恨自己，恨那个年少无知时，犯下再也无法弥补的弥天大罪的可悲的自己呀！可悲到即便吟出了诗千首，也不敢再言及那句话分毫的自己呀！

在他最为扭曲的幻想中，千百年前的陈王曹子建，在被亲生哥哥魏文帝曹丕辜负，放逐致死之前，是否也曾和自己一样，在某个不为人知的角落里，深深地辜负过某人呢？太白又是否会暗暗地艳羡着那个因自己的罪，而被哥哥明确地厌恶、惩罚、放逐以至于杀死的"陈思王"呢？欢谑吧，欢谑吧！有时总得以纵情的欢谑才能面对生活的无情戏谑不是吗？

古来圣贤皆死尽，唯有饮者留其名！

不得不独自背负着这份罪的太白呀！最后还是吟出了那句罪无可赦的"古来圣贤皆死尽"。说出这句话的同时，太白一定也已经知道了。时至今日，自己同样早就成了"皆死尽"的"古来圣贤"了吧。同自己一道死尽千年的，还有那份已然独自背负了千年的罪。

"唯有饮者留其名"，从此，世上再无罪人李太白，只剩狂人酒中仙。如此结局，你会略感欣慰吗？

放下吧，实在是太累了……

……

过了很久，我的酒劲稍醒了一点。

我似乎是做了一个很长很长的梦。记不大清了，只记得我好像在梦中历经了千年，竟寻回了一项差点儿就丢失的宝物。还记得，有一个熟悉朋友的声音，一直在陪伴着我，跨越了千年。

对面的高老师也醒了酒，他明澈的眼神中并看不见分毫对即将到来远行的迷惘。

我倾满了我俩面前空着的酒杯。

有一位无话不说的好朋友陪伴在身边的感觉真好！

胸中的温热尚存，我知道接下来要去书写怎样一个故事了。那是我不得不去书写的故事！比"爱"更重要，或许那也是我独一无二的"爱"的故事！

谢谢你，高老师，你分享给了我一个好故事。我也会还给你一个同样精彩绝伦的故事的。一言为定！

"五花马，千金裘，呼儿将出换美酒，与尔同销万古愁！"

不知为何，我会吟诵出这句话。来到这里之前，我不是还不喜欢这首《惜罇空》吗？

不管了，哈哈大笑的我与同样哈哈大笑的高老师干了杯。

今宵，夜还很长，且来他个不醉不休！

贪欢！

最终章　再见了

追随你的星宿吧！

——但丁·阿利吉耶里《神曲》

告别的时刻到了。

也不知是被谁走漏了风声，刚考完期末考试的学生，似乎就知道了高老师这个学期结束后会离职的消息。

有几个熟络的学生，甚至顾不上对答案，就急匆匆地跑来办公室里向他求证消息的真伪。既然如此，高海源也不忍心再瞒着这些心地纯良的学生，向他们坦白："是呀，我也和你们一样，还有很重要的事情没有做完，必须也要去奋斗了。等你们高考完的时候，我也差不多就忙完了。到时候来找我，我带你们一起玩儿！往后的学业你们也不用担心，学校已经安排好了比我更有经验的老师。只要你们继续努力，一定可以更上一层楼的。"

"可是……"学生们好似都还有很多心里话想告诉他。七嘴八舌一阵后，他们达成了共识："大高，你可别急着跑呀，起码也要等到我们下次过来。"不知从何时开始，学生们都像是朋友一样称呼他。

"那当然了，肯定要等你们的。况且我的最后一节课还没上呢。"

学生们得到了他的保证，于是便一哄而散，纷纷去忙活自己的事情了。当然，忙些什么倒也不难猜得出。

"就到最后一节课了呀……"高海源在转眼间便安静下来的办公室里默默想着，合上摊开的备课本。"能不能为他们上一节不一样的课呢？"

最后一次站上了熟悉的讲台，忽然间便有了许多不舍。

从前他以为自己喜欢站在讲台上的感觉是因为自己总可以真诚地说出想说的话，直到现在才明白，其实那是因为每当站在这里，便总会有很多人真诚地想听见他所说的话。他们会因为他的话得到思考、感到快乐，帮助他们一点点地成长为自己想要成为的人。他大概没有辜负他们托付给自己这样的宝物。

看向台下正襟危坐的学生们，他们的眼里比起平日的纯真，更与他一样添上了不舍。

"这节课的开始，想和大家先分享一个事情。"高海源清了清嗓子，用平日里上课的语调开口，没有说他先前准备好的话。

"有的同学可能已经知道了，这节课上完后，我就不再是大家的老师了……"听到这话，台下立马躁动了起来。"不过我觉得这是个好消息。虽然不再是大家的老师了，但是我会一直都是大家的朋友。而且，我以后还会成为大家的同学，你们在学校里学习，我去学校外面学习。我们还要一起努力，互相勉励！"

"加油！"台下传来了欢呼和掌声，他也一齐使劲儿向学生们鼓掌打气。

今天是他教师阶段的毕业典礼。课堂就像是礼堂一样，洋溢着欢庆的氛围。高海源终于要成为一名年龄稍大的学生，继续去寻找自己尚未拥有的东西。只是他未曾想到当这一天到来时，竟会有这么多的朋友将他欢送，期待着他的满载而归。

等待掌声停息，高海源满怀赤忱的激动，情难自禁地说："这最后一节课，我想了很久也不知道还有什么能传授给大家的。但是，就在刚才，我才忽然意识到，这不仅是我为大家上的最后一节课，也是大家为我上的最后一节课。我的确还有很多东西想从大家这里学习。所以，这最后一节课，我就不再问大家问题，换作大家来考考我，想问我什么都行，如果是我不知道的，希望大家也要不吝赐教！"

听见大高这么说，于是大伙儿也都不再拘谨，叽叽喳喳地热烈讨论起来。

高海源的眼角挂满了幸福的微笑，认真注视着这些似乎有无数的疑问，却不知道应该从哪里问起才好的朋友们，想要将每一个真挚的面容都刻印进脑海里；想要珍藏起每一份属于他的宝贵收获。

最先的问题似乎是想从学术上来考倒他，学生们询问起了茫茫宇宙中人类从诞生之初便好奇不已的疑问——什么是黑洞；进入了黑洞里面会有什么；人们究竟能不能超越光速，如果超越了光速会发生什么；我们什么时候才能去宇宙航行呢？

然而回答这些问题正是高海源的拿手绝活。他带领着孩子们的想象力一同飞出了教室，冲破了云霄，尽情翱翔在那片他自幼便无限憧憬，同样从未拒绝过他的无垠星海。"总有一天，我们都会一起抵达的，所有人。"他发自内心这样相信着。

眼看这些问题难不倒他，学生们又问起了他们立马就能知道答案的问题，关于"大高"的问题。

不过这些自然也考不住他。自己的老家在哪里；高考成绩怎么样；准备要去哪里发展？回答自己学生的过程，也是在帮助自己坚定选择。

"大高是要去写小说了吧。打算写一个怎样的故事呢？"常来办公室的学生问道。

"就是因为遇见了一个精彩的故事,所以才必须去写,而且要写出来一部真正能感动人心的杰作才行。"

"会把我们也写进故事里吗?"

"一定会的!"

高海源向学生也向自己打下了包票。

喧闹的人群中不知是谁抛过来一个问题,吸引了高海源的注意。

"大高你是什么星座的?"

"你们可以猜一猜。知道的朋友都说我的性格是很典型的这个星座。"高海源把问题原封不动还给了学生们。

学生们才不管三七二十一,七嘴八舌地把自己知道的星座全都一股脑喊了出来。

"射手座!"终于有学生猜到了正确答案。

"没错,依你们看,我的性格像不像这个星座?"

"射手座是什么性格?"学生们又开始议论纷纷。

"射手座是风象星座吧。自由自在的风,的确和大高很像呢。"平日里很安静的女生说道。

"才不是呢!"平日里调皮捣蛋的男生急忙反驳。"射手座可是斗志满满,不屈不挠的火象星座。我也是射手座,所以我知道。"

"而且,射手座的故事是代表着半人马族贤者喀戎。所谓贤者,即探索者。无论有多少苦难都不会屈服,热情地去逼近普遍性的真理。"射手座的男孩用他从没有看见过的严肃神情,聚精会神地讲述着。

学生,一直都是自己最好的老师呀!认真听讲的高海源由衷地感叹。

下课铃声不解风情地响起,不过这场欢乐的毕业典礼,大概永远都不会落幕。

刚回到办公室里,椅子还没坐热。学生们写好的卡片就在先前几位让他等着的学生带领下,像雪片一样汇聚过来。

高海源挨个阅读起来。五颜六色的精致卡片,每一张上都写满了字。有的字清秀娟丽;有的字雄浑有力;也有的字则跟他的字一样并不美丽。但每一个字都在尽已所能地排列工整,清晰好读。透过所有这些字迹,他仿佛看见了每一位书写者洋溢着青春又充满活力的样子。用心地书写,只为向他尽情倾诉。

从"大高"的昵称读下去,每一篇都在向他情深意切地讲述着一个个别出心裁的小故事。短短的一年时间里,他与他们每一个人的故事。

从第一次的初见开始;到长久的相伴;再到某一瞬间——也许是他的一次不经意的笑容,也许是一句短短的话语;最后得知了离别消息时的不舍和祝福。每一篇都有着独一无二诉不尽的精彩与深情;每一篇都有着永不消泯的特殊意义。

他不敢相信自己的所作所为会被这么多人铭记在脑海里,书写在他们的故事里。所有他并未刻意留念的瞬间,对他人来说都有可能是一个个意想不到的奇遇,真是何其有幸啊!他的工作、他的存在、他的喜悦,全都在这里得到了确证,无数个无法忘怀的确证。

他差点儿就要激动得热泪盈眶。不过自己暂时还不能被泪水模糊了双眼,他还有重要的事情要做——作为交换,他也要回赠给同学们自己最珍贵的宝物。

他撕下记事本上的空页,用那支还将要写下无数个故事的钢笔,一笔一画、认真工整地为每一位学生写下最美好的祝福话语:"一定要考上理想中的大学!""一定要每一天都高高兴兴!""一定要一直为了梦想而努力!""一定要去看见不一样的风景!""一定要追随光、靠近光、散发光、成为光!"……

还有那些他搜肠刮肚回忆起的自己一路上所摘下最美好的诗句:

昼 最终章 再见了

"休对故人思故国，且将新火试新茶。诗酒趁年华。——苏轼《望江南》"

"诗人，生活在别处。在海洋，在沙漠，纵横他茫茫的肉体与精神的冒险之旅。洪水的幽魂刚刚消散。——兰波《生活在别处》"

"欲买桂花同载酒，终不似，少年游。——刘过《唐多令》"

"小舟从此逝，江海寄余生。——苏轼《临江仙》"

"为了说出真理，改变你的脚步。准备好，燃烧成火树。只要我愿意，我心中的全世界崭新如初。——阿多尼斯《我的焦虑是一束火花》"

……

太多了，自己一路走来收获到的瑰宝实在是太多了。而且，这也是他们每一个人都一定可以自己找寻到的至宝。署好"大高"，将之郑重地递给学生。

收获祝福的学生，不忘留下他的微信，约定下次相见的时间，开心地与他告别。

"再见。"他与每位学生都心满意足地告了别。

一时嘈杂的办公室终于安静了下来，高海源得以松了口气。

他想起有一位平日里特别爱问问题的爱笑的女孩，似乎没有看见她的身影。

正在这么想着的档口，爱笑的女孩推开办公室大门，低着头径直朝他走来。

走到他身旁后，默默地把手里攥紧的卡片递给了他，什么也没说，也没有像平日里那样笑。

高海源认认真真地看完，同样大受感动，苦思冥想着自己还有什么特别的祝福能够送给她。

这时他撑在桌子上的手臂，感受到来自身后的一阵颤抖，他下意识回头看去，没想到女孩竟早已是泪流满面了。

高海源的心也剧烈颤抖起来，他从来都没有想过会有人因为自己的离开这么难过。

而且，他从来都不会安慰哭泣的女孩。

他不敢再随便说些不负责任的话，但是又绝不能视而不见，毕竟那可是货真价实为自己而掉下的眼泪啊！

不知所措的高海源只好向女孩打包票："以后有什么问题，随时都可以在微信上问我，我绝对不会嫌烦的。""又不是见不着了，等我忙完这一阵子，就回学校来看望你们……"果不其然，哭得更凶了。

思来想去，无可奈何的高海源动笔在纸上写下："你的泪珠是给我最好的礼物，我要将这颗珍珠镶嵌在故事的末尾处。"

和抽屉里翻出的美味零食一起，递给哭个不停的女孩。在泪光中绽放了灿烂笑容的脸庞，就好像沐浴过雨水后盛开起芙蓉的荷叶一样，纯洁而美丽。

好不容易刚送走爱哭的女孩，又有几个生怕自己会哭出来的女生一起组团前来同他道别，甚至还叫上了"男姐妹"一起。

结果，还没说上几句，竟都抱在一起哭得稀里哗啦起来。

高海源看着他们哭作一团的可怜模样，觉得既可爱又可笑。

"就算是为了让自己这一刻的欢笑传递到她们心中，自己也一定要写下去不是吗？"他心中那个明朗的声音又在默默响起。

不知不觉间，与学生们漫长的告别结束了，他们都回到了各自的家。下班时间也到了，应该与办公室里朝夕相处的朋友们告别了。

与每一位收拾好桌椅，准备推开办公室的大门，去享受漫长暑假的同事们挥别。相互祝福，互道保重。

袁琦也收拾好了自己的物品，站起身来准备告别。

昼 最终章 再见了

对袁琦，已经诉说得太多了，无须再多言语什么，两人交换了彼此坚定的目光。

"一定要再见啊！"

"当然，很快就会的。"

"加油，一起努力吧。"

"没错，你也一样！"

还有无数的事情需要拜托袁琦帮忙；还有无数的成长一定要与她分享；还有无数次的再见一定要与她好好告别。

至于南云，南云也决定要离开这里，继续去追逐自己的梦想了。他们暂且仍顺路，还不用急着告别。

向着假期出发，大家总是会很积极。不一会儿的工夫，偌大办公室里的这个角落，就只剩下高海源和身后半米开外沉静的林筱晴。

林筱晴，有很多自己的事情要忙，偶尔下班也会比平时稍晚一些，绝对不是为了等谁的话，绝对不能再多想。

可是，即便发生了这么多的事，总还是可以说一声"再见"的吧！不对，正因为发生了这么多的事，所以才一定要好好告别不是吗？只要自己离开这里，只要能断然跟过去所有事情告别，他们俩都一定会好受很多不是吗？

而且，与每一个人都好好告别，这可是他的执念啊！为了这执念，他已经放弃了太多东西、伤害了太重要的人，自己已是没有什么还能失去的了。

只用不到一秒，甚至不用回头，只用说出那两个字就好了。无论多么干瘪难听的声音也罢，只要能说出口，自己一定就能解脱了。

就是为了这一刻的到来，自己还已经做好了很多准备。

几周前，他从家里翻箱倒柜找出一本很久之前小晴借给自己，自己却一直没能读完的贵重的书，将之细细拂去灰尘，包装起来，附上感谢的话语和小晴爱吃的零食，趁着她去上课的时候，悄悄放在她的办公桌上。等自己下课回来，林筱晴已经收回了那本书，留下其他东西，放还在他的桌子上。

甚至就在几天前，鼓足十二分勇气的自己，厚着脸皮朝身后不知因何事开心不已的筱晴开口说："让你难受了这么久，真是很不好意思。请你再去吃顿大餐赔罪吧？"许久，震惊不已的林筱晴终于挤出一句："不用。"那的确是他多久都没能听见过的声音。

他继续没脸没皮地说："没关系，什么时候想吃了随时找我。有效期是永远喔。"

"……"

不管怎么说，筱晴已经看到了自己的心意。

所以，现在只剩最简单的两个字而已了，自己一定能够说出口没错。

而且，无论是什么样的回应，无论是有回应还是没回应，无论是一声冷笑还是说"再也不见"都好，抑或是某个他永远都不会想到的回复，他都一定能欣然接受。不，是一定会成为他旅途上同样最珍贵的礼物才对！

身后响起了起身收整桌椅声。

他的心开始狂跳不止，不知不觉就停下了一直正在奋笔书写着的故事。

身后响起了轻盈的脚步声。

他向前挪动可能会挡住过道的椅子，心脏和话语一齐提到了嗓子眼儿。

他发现自己正站在这样一个节点上——创造他的行动，也创造他的故事；创造现在、创造未来，同样创造着记忆；创造欢乐、创造痛苦；创造可能性、创造必然性；创造绝望、创造希望；创造值得被铭记的、创造必须被遗忘的；创造真理、创造历史，也创造着"创造"本身。

也许在下一秒，这创造的节点立马就会湮灭殆尽，但是他将永远记得他现在来到过这里。

……

身后遥远的地方传来了重重的关门声。

高海源什么都没能说出口。

世界一直都在以令他目不暇接的方式运行着。

他望向办公室连通走廊的窗口。

……

他没有看错，出了大门，走过窗口的林筱晴的确向这里瞥了一眼，向着办公室这个只剩下他一人的角落里。

她会怨憎直到这最后一刹都没能说出"再见"二字的懦弱自己吗？明明只用说出这最简单的两个字就好了呀。无论是得到回应，还是没有回应。谁都可以放过自己，谁都可以不必再怨憎对方了不是吗？

他怎么会懦弱到如此匪夷所思的地步呢？

要不还是算了吧……一切都这样算了。他没有继续拼搏下去的勇气了。毕竟"说实话，被这样盯上真的会有人被感动吗……"哈哈哈哈。高海源这样自嘲道。

……

突然，他想到了什么。

他急匆匆地在自己那本精致记事本上翻找起来。

摊开的记事本上，赫然是雷蒙·钱德勒的那句话："每说一次再见，就是死去了一点点。"

他痴痴凝望着这句不久前才偶遇的话语……是呀，为什么要遗憾呢？难道不是更该感谢没能好好告别的自己吗？这样，他和林筱晴这段短短的相处就永永远远不会死去；林筱晴的美丽永远不会随着年华老去；这段旅程的记忆永远如此迷人的闪熠。

……

一道闪电击中了他。

延此思索下去,不是还有一位至关重要,却没有来得及说再见的人吗?

世界顿时一阵天旋地转起来……

我的外婆:

一路以来,我始终都在怨恨着那时的自己。怨恨着那个就因为一时的孩子气,结果再也没机会同她好好告别的自己。

成长……这份怨恨也一直在随我一道成长。成长为了心底那枚冰冷巨大的楔子;成长为了我"不可战胜的寒冬";成长为了我无法饶恕自己的原罪。我甚至总会觉得自己还不够愤恨那时的自己,甚至愤恨起了那个还不够愤恨的自己。

可是我一直都错了……我原来并不恨自己。恰恰相反,我其实一直都在感激着那个十六年前没有能好好说出"再见"的自己。因为,如果那时的自己与已经病重的外婆不留遗憾地好好道了别,那么所有那些与外婆一同度过的金子般无忧无虑的时光、所有那些与外婆一起尚未能做完的梦,一定会早早地就死去了吧。

原来,不是我一直在孤独地背负着这些沉甸甸的东西;相反,其实是这些总也做不完的梦和自以为是的罪孽一路在背负着我,来到这里,去向远方。

……

哎呀,为什么眼泪总是在一个劲地掉个不停呢?如果外婆看见长这么大还这样不争气的自己,会说些什么呢?

"要坚强,男子汉怎么能这么轻易掉眼泪呢?"

……哭得更大声了。眼泪就像是决了堤的洪水一样，再也止不住得涌过来。

我真的好想你。

"哭吧，好好地哭一场。忍了这么久了，一定很辛苦。就要像个十二岁的孩子一样，放肆地哭，一点儿都不丢人。"外婆一定会这样说。

……

于是，他趴在这张即将要告别的办公桌上号啕大哭起来。

办公室里还有零零散散几个没走的朋友，他们一定很惊讶吧。没关系，只要没有那个烦人的高海源，什么都不懂装懂还总在一旁说些无关痛痒风凉话的高海源。那这就不是伤心的哭，而是开怀的哭；不是痛苦的眼泪，而是幸福的眼泪；是滚烫的眼泪，足以融化一切顽固的坚冰，让久久冻结的河水开始通往大海漫漫征程的热泪！

哭吧，尽情地哭吧！等哭够了就擦干眼泪。重新戴上眼镜，睁开炯炯有神的大眼睛。因为还有很长的路要去走，还有很多的故事要去书写！

再见吧！

2023 年 4 月 3 日

后记：日出之所以美丽，定是因为其冲破了最黑暗深邃的晓夜。谨以此文纪念所有一道守望着黎明的人们。